Borboletas
no jardim

VALTER DOS SANTOS

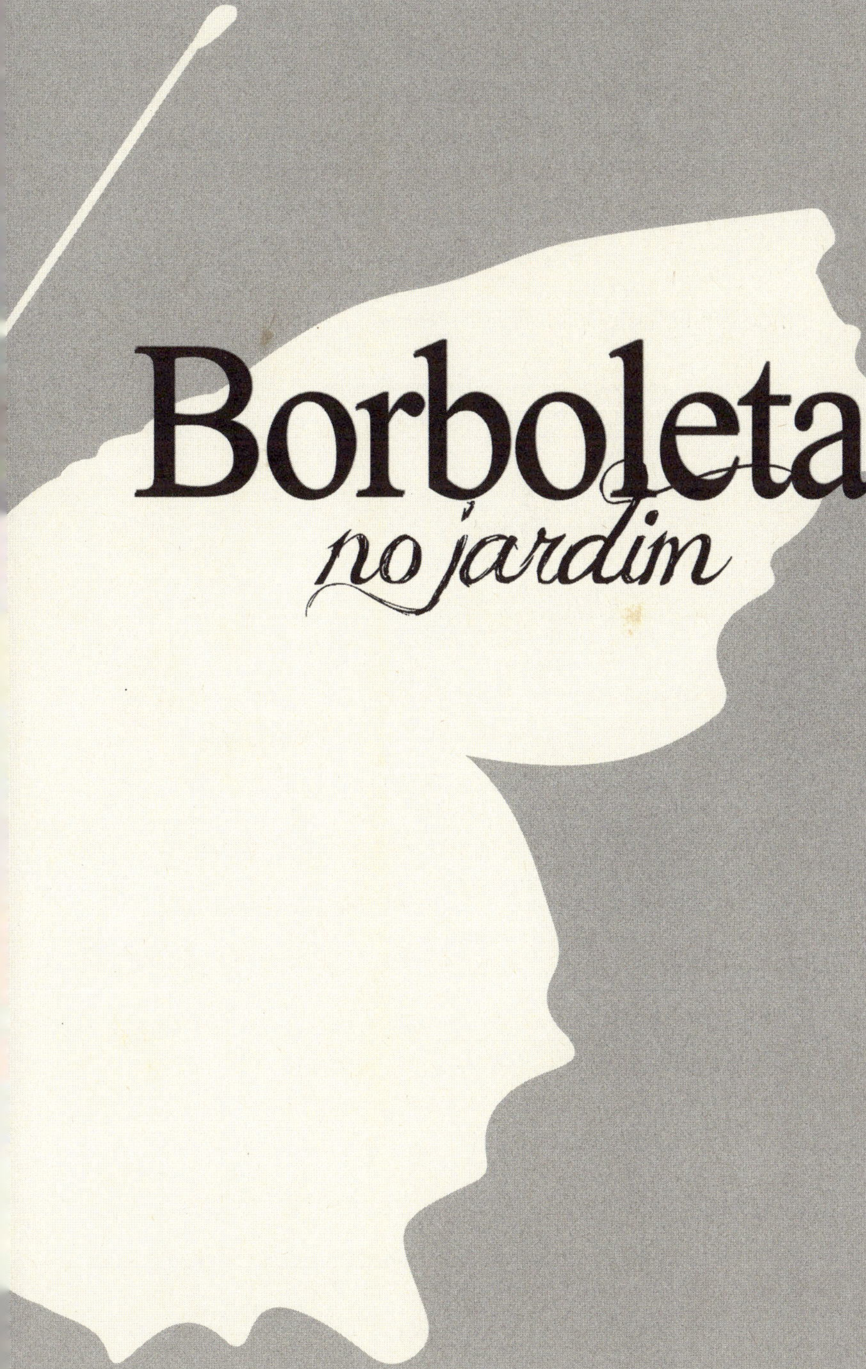

Borboletas
no jardim

Borboletas no Jardim

Editores:	*Luiz Saegusa* e *Cláudia Z. Saegusa*
Capa:	*James Willis - Spiffing Covers*
Projeto gráfico e diagramação:	*Casa de Ideias*
Revisão:	*Casa de Ideias*
1ª Edição:	*2015*
Impresso no Brasil	*Printed in Brazil*

Esta obra foi publicada originalmente em inglês
com o título: *Butterflies in the garden*

intelítera editora

Rua Lucrécia Maciel, 39 – Vila Guarani
CEP 04314-130 – São Paulo – SP
11 2369-5377
www.intelitera.com.br

Dados Internacionais de Catalogação na Publicação (CIP)
(Câmara Brasileira do Livro, SP, Brasil)

Santos Junior, Valter Lopes dos
Borboletas no jardim / Valter Lopes dos Santos Junior. - - 1. ed. – São Paulo : Intelítera Editora, 2015.

Bibliografia.

1. Espiritismo 2. Romance espírita I. Título.

15-00333 CDD-133.9

Índices para catálogo sistemático:
1. Romance espírita : Espiritismo 133.9

ISBN: 978-85-63808-42-4

VALTER DOS SANTOS

Borboletas
no jardim

intelítera
editora

Sumário

Parte II

Borboletas no Jardim
O verdadeiro amor resiste à prova do tempo

Sobre a obra "Borboletas no Jardim"

Meu primeiro romance, "A Verdade Nunca Morre", tinha acabado de ser publicado quando desembarquei em Miami para passar as férias. Ainda estava sob efeito da alegria de ter publicado o livro na Europa e nos Estados Unidos. É o tipo de entusiasmo que nos faz sentir como se fôssemos crianças novamente.

Quando entrei na fila da imigração do Aeroporto Internacional de Miami, um homem à minha frente puxou conversa. Também estava vindo da Inglaterra. Contou-me que trabalhava com finanças e que, nas horas vagas, gostava de tocar guitarra e compor. E que toda vez que precisava de inspiração vinha a Miami, pois ali se sentia mais criativo e à vontade para pensar em novas músicas. Olhando para ele, ali à minha frente, sentindo-me cansado e com sono, pensei: "*Talvez esteja na hora de eu também buscar inspiração e escrever meu segundo romance*".

No dia seguinte, estava à beira da piscina quando meus amigos da Inglaterra me mandaram uma mensagem de texto pelo celular. Era sobre "A Verdade Nunca Morre". Estava em primeiro lugar na lista de *best-sellers* do site de compras e vendas norte-americano Amazon. Não consegui acreditar. Peguei o *tablet* para acessar a Internet e verificar. Era verdade. Meu primeiro romance estava sendo lido por centenas de pessoas na América do Norte. No mesmo instante, me ajoelhei, fechei os olhos e agradeci a Deus por aquela bênção. E pensei: "*Senhor, se é de sua vontade que eu escreva outro romance, peço que me envie inspiração*".

E não podia ter recebido mensagem mais direta de Deus. Naquela noite, quando me deitei para dormir, tive a sensação de voltar no tempo, mais precisamente para o século XV. A imagem era de duas mulheres cavalgando rápido, fugindo de alguém ou de alguma coisa. Senti que estavam com muito medo. Logo atrás vinham homens, também cavalgando com rapidez, que logo as alcançaram, capturaram e torturaram de maneira horrível, como descrevo mais adiante.

Quando a visão terminou, eu estava sentado na cama, ensopado de suor. Senti na pele o medo e o desespero daquelas mulheres e todos os detalhes da cena, até mesmo o vento que soprava entre as árvores. Era a inspiração que eu havia pedido. Durante os dias que estive em Miami, deparei com cavalos por toda parte: em propagandas de revistas, lojas de decoração e até camisetas de pessoas na rua. Não tive dúvida: meu novo romance teria que contar a história sobre as duas mulheres daquela visão.

Dedico este livro a todos que já sofreram
a "perda" de um ser amado.

Acredite: nossa vida não termina com
a morte do corpo físico. Como espíritos
que somos, vivemos para sempre.

Dedico esta obra ao meu primeiro e grande herói: meu pai.

Introdução

LOCALIZAÇÃO: O reino medieval de Navarra, sucessor do Reino de Pamplona, ocupava terras nos dois lados dos Pirineus, ao longo do Oceano Atlântico, entre o que hoje são a Espanha e a França.

Reino de Navarra. Início do século XV. Inverno.

Era uma noite fria e duas mulheres cavalgavam rapidamente, fugindo. Ambas usavam vestidos longos, tinham cabelos compridos e escuros, e eram muito parecidas, apesar da notável diferença de idade. Uma era bem mais velha. Cavalgavam rápido e se aproximavam da ponte que ligava a vila à floresta, caminho para a França. Era uma noite escura de novembro. Ao entrarem na floresta, a mais jovem, que estava à frente, incitou o cavalo a galopar mais depressa.

— Rápido, Asas, rápido! — dizia a jovem.

Seus cabelos esvoaçavam-se ao vento e seu rosto mostrava determinação. Olhou para trás para ver se a outra a acompanhava e continuou, sem diminuir a velocidade.

De repente ouviram sons de cascos de cavalos se aproximando, e ao longe se avistavam tochas entre as árvores. A mais jovem continuou a instigar o cavalo e orou em silêncio. Puxou para fora do decote uma corrente que tinha pendurada no pescoço, pegou o pingente com a imagem da Virgem Maria e o levou aos lábios, beijando-o: "Virgem Maria, não me importa o que me aconteça. Peço apenas por minha mãe. Ela não merece sofrer. Imploro que a proteja". Mas sua prece foi interrompida pelo barulho dos homens que se aproximavam.

— Eles estão mais perto! — gritou a mais velha. — Vão nos alcançar!

Puxou as rédeas e fez o cavalo parar.

— O que está fazendo? Eles estão vindo! Temos que correr ou nos pegarão! — disse a mais nova, parando também, de frente para ela e fazendo um gesto. — Venha, mãe. Rápido.

— Não. Não vou mais. Ainda posso salvá-la. Vá, filha. Corra!

— O que está dizendo? Não vou a parte alguma sem a senhora, mamãe. Vamos!

— Se eu ficar, eles me pegarão e isso lhe dará tempo para fugir.

O barulho dos homens ficava cada vez mais alto. Eles xingavam as duas e gritavam:

— Vão se arrepender de ter fugido, bruxas!

— Não temos chance, filha. Os cavalos deles são muito mais rápidos, e eles vão acabar nos alcançando. Vou ficar e me entregar. Vá rápido. Vá para a França, para a casa de minhas irmãs. Lá você estará a salvo. — disse a mais velha, com lágrimas nos olhos. — Vá. Você ainda tem uma chance de escapar disso. Não se preocupe comigo.

Mas antes que Carmen pudesse responder, os homens se aproximaram e cercaram as duas. Seguravam lanças e tochas e usavam correntes de ouro com crucifixos no pescoço.

— Pegamos vocês! — disse um deles. — Desçam dos cavalos, agora!

Seis outros homens se aproximaram e as arrancaram das selas. Dois amarraram suas mãos com violência, rindo, com expressão de sarcasmo. Um deles beijou o crucifixo que tinha no pescoço e em seguida esbofeteou a mais jovem.

— Não somos judias, nem bruxas. Por favor, deixem-nos ir. — implorou a mãe. — Por favor!

— Não há salvação para vocês. Serão mortas! — respondeu ele.

— E agora vejam o que faremos com seus cavalos. — disse o líder, ainda montado em seu corcel, apontando uma lança na direção dos animais com uma expressão malévola nos olhos.

Os dois cavalos se agitaram, como que sentindo a energia negativa lançada em direção a eles. Quatro homens se aproximaram, de espada na mão, aguardando instruções.

— Eu imploro, não machuquem nossos cavalos. Deixem-nos ir. — pediu a mais jovem. — Por favor, deixem que sigam em paz.

O líder do bando respondeu, segurando seu crucifixo:

— Eles carregam o mesmo mal que vocês. São amaldiçoados e temos que matá-los, da mesma forma que as mataremos.

E gargalhou, levantando a lança e ordenando:

— Irmãos, em nome do Pai, do Filho e do Espírito Santo, ordeno o abate desses animais que servem a Lúcifer!

A mais jovem tentou se aproximar dos cavalos, mas foi empurrada com força por um dos homens, caindo no chão.

Os quatro levantaram as espadas e, com extrema violência, cortaram as pernas do cavalo da mulher mais velha, que emitiu um som agudo e esganiçado, e caiu, agonizando. Mãe e filha olhavam para aquilo horrorizadas.

Os homens riram, observando o cavalo se debater, e brincaram com o cavalo da filha, que agora estava em pânico.

— Não se preocupe, garoto. Você irá se juntar a seu amigo no inferno!

Os quatro ergueram novamente as espadas, atingindo o outro cavalo, Asas. A filha gritou enquanto eles cortavam as pernas do animal. Asas tombou sobre o outro e os dois relinchavam e ganiam horrivelmente, um som alto que podia ser ouvido de longe. Contorciam-se e batiam a cabeça, enquanto uma imensa poça de sangue se formava no chão.

— Asas! — a jovem gritou, desesperada, com lágrimas correndo pelo rosto. — Meu menino... meu querido! — E, olhando para os homens, gritou: — Vocês não são humanos, são monstros. Não servem a Deus, apenas a essa igreja corrupta.

Os homens já se posicionavam para atingir os animais com um golpe fatal, quando o líder gritou:

— Não! Não usem espadas. — E olhou para as duas com um sorriso cínico. — Vamos queimá-los vivos!

Os homens se espalharam, apanhando galhos secos e jogando em volta dos animais para fazer uma fogueira. As duas mulheres choravam e os cavalos gemiam e relinchavam, em agonia. Em poucos minutos os homens terminaram de montar a fogueira e atearam fogo. O líder disse, então, demonstrando grande prazer:

— Vejam. Vejam seus animais queimando. Sintam a dor e a agonia que eles sentem. É uma morte lenta, exatamente como será a de vocês.

Parte I

1

A viagem

ASHEVILLE, Carolina do Norte, Estados Unidos, 1975.

Roy e Linda iriam passar o final de semana nas montanhas Great Smoky. Katie, a filha de cinco anos, ficaria com os pais de Linda.

Roy era um homem belo e alto, de cabelos negros e olhos de um azul profundo. Desde adolescente chamava a atenção das mulheres. Nasceu na Inglaterra, mas se mudou para os Estados Unidos ainda criança. Por conta da morte dos pais, foi criado por parentes que se comoveram com a história. Assim que terminou o colegial, mudou de estado para concluir seus estudos na Universidade da Carolina do Norte, onde conheceu Linda. Formou-se em Economia e Finanças, e arrumou emprego em um banco internacional. Casou-se com Linda e, um ano depois, Katie nasceu. Ambicioso e eficiente, Roy logo alcançou uma boa posição na empresa. Mas, devido às responsabilidades que vieram com o cargo, tinha que trabalhar até tarde e viajar com frequência para participar de reuniões, passando boa parte do tempo fora de casa.

Linda também era uma mulher muito bela, de cabelos loiros e olhos azuis, porém mais claros que os de Roy. Tinha estatura pequena e aparência delicada. Trabalhava como professora primária, mas depois do casamento, decidiu se tornar dona de casa, dedicando a vida a cuidar, com amor, da casa, da filha e do marido.

— Estou tão animada com essa viagem. — disse ela a Roy.

Ele estava impaciente, andando de um lado para o outro na sala. Era a primeira vez, desde o nascimento da filha, há cinco anos, que o casal viajava sozinho.

— Mamãe, mamãe! — gritou Katie, descendo a escada para se despedir dos pais.

Linda se ajoelhou e abraçou a menina.

— Ah, minha filhinha. Neste final de semana, vovô Joey e vovó Elizabeth vão ficar com você, como eu lhe disse.

— Eu quero ir com vocês.

— Mas e seus avós? Eles vieram aqui só para ficar com você. Vai querer deixar os dois sozinhos? — perguntou Linda, olhando bem em seus olhos. — Não gosta mais deles?

— Sim. Gosto muito... mas...

— Então, vão ficar tristes se você não quiser ficar com eles. Vai ser tão divertido! — continuou ela, ajeitando os cabelos da filha. — Vovó disse que quer que você a ajude a assar biscoitos. Ela sabe que você gosta. Não vai ser bom?

A conversa foi interrompida pelo barulho de um carro parando na porta da casa.

Roy foi abrir a porta para os sogros. Linda e Katie abriram um sorriso ao vê-los no carro.

— Onde está minha menininha? — disse Elizabeth, saindo e estendendo os braços para Katie.

Ela correu e abraçou a avó, dizendo, alegre:

— Vovó! Mamãe disse que vamos assar biscoitos e bolos!

Linda piscou para a mãe, que respondeu:

— Sim, vamos! E também vamos brincar de boneca e com seus joguinhos aqui no jardim. Vai ser muito bom.

Roy cumprimentou Joey e o ajudou com as malas.

— Obrigado por virem! — disse, apertando-lhe a mão. — Sei que ligamos para vocês em cima da hora, mas agradecemos muito por cuidarem de Katie enquanto estamos fora.

Joey respondeu com um movimento de cabeça. Ele e Elizabeth não aceitavam muito bem o casamento da filha. Achavam que ela era jovem demais e que Roy era muito imaturo. Elizabeth pegou a mão da neta e a levou para dentro da casa.

Linda era a única filha do casal. Eles eram muito protetores com relação a ela. Katie era bem parecida com a mãe: tinha cabelos loiros, belos olhos azuis e era muito bem-educada.

— Olá, papai! — disse Linda, com seu jeito sempre carinhoso. Beijou-o no rosto! — É tão bom ver vocês. Obrigada por virem. Roy e eu estamos mesmo precisando de um tempo sozinhos.

— Você sabe que faço qualquer coisa por você, meu anjo. — disse Joey, sorrindo.

Roy olhou para o relógio e disse:

— Venha, Linda. É melhor nos apressarmos. Vou colocar as coisas no carro. Não quero pegar trânsito na estrada.

— Estou pronta. Vou só me despedir de Katie mais uma vez e já volto.

— Ah, Linda. Voltaremos no domingo. Você faz drama para tudo. Até parece que nunca mais irá vê-la. São apenas três dias fora. Venha, vamos!

Linda foi para dentro e encontrou a filha na cozinha com a avó. Elizabeth estava pegando ingredientes nas prateleiras para fazer um bolo e a neta falava sem parar. Ela ficou parada por um instante, admirando a filha, e então disse:

— Meu bem, mamãe está indo.

As duas se abraçaram. Katie cobriu o rosto da mãe de beijos.

— Amo você, mamãe. — repetiu várias vezes, segurando seus cabelos. — Você não vai demorar muito, vai?

— Nada, nada. Papai e eu estaremos aqui no domingo em tempo de colocá-la para dormir e ler sua história favorita até você pegar no sono. Agora divirta-se com seus avós. — E, pegando nas mãos da filha, completou: — Seja boazinha. Não faça muita bagunça, está bem?

— Serei boazinha, sim, mamãe. Prometo.

— Eu sei. Você é minha princesinha, não é?

As duas sorriram e se abraçaram novamente.

— Linda, venha logo. Vamos. — disse Roy, entrando na cozinha. Ajoelhou-se e beijou a filha. — Voltaremos logo, querida.

Linda abraçou a filha mais uma vez, beijou-a e disse:

— Nunca se esqueça de que mamãe a ama muito. Muito.

Os dois entraram no carro e acenaram para Elizabeth, Joey e a filha, que foram até a porta. De repente Katie gritou, apontando para uma borboleta amarela que voou para perto dela:

— Mãe, mãe... Veja, uma borboleta!

De dentro do carro, Linda sorriu e respondeu:

— Estou vendo, filha. É muito bonita. Fui eu quem a trouxe para passar o final de semana com você. Toda vez que sentir saudades de mim, olhe em volta e, se vir borboletas, é sinal de que estou com você. E quando eu vir borboletas, também vou pensar em você e saber que você vai estar comigo. Combinado?

Katie respondeu:

— Combinado! Amo você, mamãe!

Quando o carro saiu, Linda gritou:

— Eu a amo muito, filha, sempre! Se sentir saudades, procure pelas borboletas. Até logo, mamãe. Até logo, papai.

Linda ainda olhou para trás depois de alguns instantes e viu que eles já tinham entrado. Ficou olhando para a casa até ela desaparecer com a distância. E observou a rua enquanto eles seguiam, com os olhos lacrimejando.

— Por que você está tão emocionada, Linda? É apenas uma viagem de final de semana. — disse Roy, rindo e brincando com ela.

— Não sei, Roy. Estou emocionada mesmo.

Ela ligou o rádio e procurou uma estação com músicas para se distrair e esquecer aquela sensação.

— Ouça isto, Roy... James Taylor! — exclamou ela.

— Essa não, Linda. James Taylor? — disse ele, rindo. — Daqui a pouco você vai querer cortar os pulsos.

— Ah, Roy. Você sabe que eu gosto das músicas dele.

Roy cantou um trecho da música, imitando o cantor.

— Com certeza você é a maior fã de James Taylor de todos os tempos.

— Mas é você quem sabe de cor todos os nomes dos álbuns dele. Você que é um grande fã. — ela respondeu, rindo.

— Bem, vivendo com você não tive muita escolha.

Os dois riram e continuaram a viagem para o Parque Smoky Mountain ao som de "Carolina in my Mind", música de James Taylor. Era um belo dia ensolarado de verão. Roy baixou a capota do conversível para que os dois pudessem aproveitar a brisa. A estrada estava praticamente vazia e os dois foram apreciando a paisagem maravilhosa da Carolina do Norte.

Longe dali, em uma colônia espiritual chamada Lunas, estava um espírito chamado Geraldine, que tinha a aparência de uma senhora de cabelos castanhos e olhos azuis. Estava concentrada, cuidando do jardim, e falava com as rosas enquanto preparava o solo para plantar mais sementes. Era um jardim pequeno, mas cheio de flores coloridas. Pássaros muito parecidos com beija-flores voavam ao redor, experimentando o néctar das flores, e também outros pássaros e borboletas, atraídos pelo cheiro no ar. E no chão estavam dois pequenos cães, ainda filhotes, rolando e brincando na grama.

— Ei, vocês dois. Cuidado com minhas rosas! — disse Geraldine, jogando um beijo para as rosas. — Elas são muito delicadas e sensíveis, não são, minhas lindas?

— Geraldine, está na hora. — disse outra senhora se aproximando. Ela pegou as ferramentas, se levantou e limpou o avental, que tinha terra.

— Chegou a hora, minha irmã. Linda, Roy e Katie vão precisar de nós. — disse Teresa.

— Sim... é mesmo. — disse Geraldine, pensativa. — Mas o tempo passou tão rápido... Tem certeza de que já...

Teresa nem a deixou terminar.

— Venha, minha irmã. Temos uma missão, lembra-se? Vamos ajudá-los a enfrentar os obstáculos que surgirem. — e ergueu a cabeça da irmã carinhosamente, pondo a mão em seu queixo. — A vida nos apresenta momentos difíceis para que possamos aprender e progredir com eles.

Geraldine levantou a cabeça, respirou fundo e disse:

— Você tem razão. Será um período muito difícil, porém de muito aprendizado.

Teresa sorriu para a irmã e lhe contou sobre os planos para os eventos que estavam por vir na Terra.

2

A passagem

ENQUANTO isso, na Terra, fazia uma bela noite de verão, sem nuvens e com milhares de estrelas espalhadas pelo céu. Linda e Roy estavam deitados na grama, um ao lado do outro, observando aquele belo cenário.

— É tão bom estar aqui com você, Roy. Devíamos fazer isso mais vezes. — disse ela enquanto olhava para as estrelas.

Eles estavam de mãos dadas, sentindo a brisa suave em seus corpos. Próximo dali, estava a barraca que eles haviam trazido e uma fogueira, que Roy tinha acendido. Os sons dos grilos e das corujas eram os únicos ali, tornando o momento ainda mais mágico.

— Meu trabalho tem tomado cada vez mais meu tempo. Não está sendo fácil conciliá-lo com minha vida pessoal. Peço desculpas, pois só agora vejo como temos nos distanciado. Nunca estou em casa, e esses dois últimos dias me mostraram novamente... — ele fez uma pausa, afagou os cabelos de Linda, beijou-a nos lábios e continuou. — Esses dois últimos dias me mostraram novamente como eu a amo!

Os dois se beijaram apaixonadamente e se amaram sob o céu estrelado.

Na manhã seguinte, acordaram abraçados, sentindo a fresca brisa da manhã. Assistiram ao sol nascendo por detrás das árvores, entre as montanhas, iluminando a lagoa e trazendo um novo dia. Emocionados com a beleza ao seu redor, se beijaram e se amaram novamente.

Durante aquele final de semana, o casal teve momentos juntos como não tinha há muito tempo. Linda passava a maior parte do tempo em casa, cuidando de Katie, e sentia muita falta do marido. Quando Roy teve a ideia de acampar nas montanhas, ela ficou feliz com a possibilidade de passar algum tempo só com ele depois de tantos anos com ele se dedicando exclusivamente ao trabalho.

Os dois prepararam e tomaram o café da manhã e depois foram nadar no lago, brincando como dois adolescentes que tinham acabado de descobrir o amor, felizes com a companhia um do outro.

Mais tarde, depois de desmontar a barraca e guardar tudo, Roy colocou as malas no carro e disse:

— Tudo pronto, amor. Hora de voltar para casa.

Então a puxou para perto, abraçou-a pela cintura e perguntou:

— Então, gostou do fim de semana?

— Hum... não... — ela disse, balançando a cabeça e rindo.

Ele sorriu.

— Não? Não gostou de passar esses dias comigo?

— Não gostei... adorei. Adorei cada segundo!

Roy a abraçou ainda mais forte e os dois ficaram ali por alguns instantes, sentindo o calor e o aconchego do corpo um do outro. Mas foram trazidos de volta à realidade por um vento súbito, que carregava poeira e cheiro de chuva, anunciando uma tempestade de verão. O céu azul logo se encheu de nuvens escuras.

— É melhor irmos antes que a chuva chegue. — disse Roy.

Assim que eles entraram no carro, as primeiras gotas caíram e já se ouviam os trovões. Roy saiu rápido, tentando escapar da tempestade, mas ela acabou por alcançá-los na estrada e ficou muito intensa em poucos minutos. Os dois ficaram preocupados. O único som dentro do carro era o da fita cassete tocando músicas do cantor James Taylor. Lá fora os raios e trovões aumentavam a cada instante, fazendo um barulho assustador. Roy estava totalmente concentrado na estrada, prestando atenção redobrada. De repente, Linda sentiu um arrepio percorrer sua espinha e teve uma sensação estranha. Os dois sentiram uma grande pressão no peito e uma enorme tensão. Ela deixou cair uma lágrima, sentindo uma mistura de emoções. Seu coração batia rápido e ela sentia o suor escorrendo pelas têmporas. Roy segurou sua mão com força, levou-a aos lábios e beijou.

As janelas começaram a embaçar. Linda abriu a trava do cinto de segurança para alcançar uma caixa de lenços de papel e limpar o para-brisa, mas, nesse momento, uma rena atravessou correndo a rodovia, forçando Roy a desviar rápido para não atingi-la. Com a velocidade, o carro saiu do seu controle. Roy colocou o braço direito na frente de Linda, tentando protegê-la, mas, como perdeu totalmente o controle da direção, o carro capotou diversas vezes, saindo da estrada e batendo contra algumas árvores. O corpo de Linda foi atirado para fora pelo para-brisa, caindo longe. Roy continuou do lado de dentro, mas o carro acabou virado para baixo entre duas árvores.

Teresa, Geraldine e mais três de seus amigos que também faziam parte da equipe espiritual estavam lá para ajudar os dois. Colocaram-se ao redor do acidente. Mantiveram-se em silêncio, orando pelos dois: de um lado, Roy dentro do carro, inconsciente e sangrando muito, e do outro, o corpo de Linda, caído a certa distância, coberto de lama e sangue. Ela tinha sofrido ferimentos muito sérios e estava prestes a morrer. Teresa e Geraldine se aproximaram e ficaram ao seu lado. Com as mãos erguidas e as palmas voltadas para baixo, começaram a fazer orações. Depois de alguns minutos, os laços fluídicos que ligavam Linda a seu corpo físico se romperam e ela ficou livre completamente. Sentindo-se muito confusa, olhou em volta e viu Teresa, Geraldine e os outros espíritos em volta dela. Virou-se para o carro e, vendo Roy lá dentro coberto de sangue, gritou, assustada, pedindo ajuda. Desesperada, começou a falar com ele, tentando acordá-lo, mas ele estava completamente inconsciente.

— Acorde, Roy, por favor! — implorou, desesperada. Virou-se novamente para pedir ajuda e só então viu seu corpo caído no chão, coberto de sangue e lama, sob a tempestade que continuava a cair.

— O que está acontecendo? — perguntou assustada. — Meu corpo, todo ensanguentado! O que está acontecendo, meu Deus? — Logo em seguida caiu no chão, inconsciente, e foi então amparada por Teresa, que a abraçou com muito carinho e a conduziu a um hospital de espíritos debilitados no mundo espiritual.

Depois de deixar Linda no hospital de espíritos, Teresa retornou em poucos minutos para a cena do acidente. Teresa e Geraldine se aproximaram do carro de Roy. Ele estava preso entre as ferragens, muito ferido, e sangrava bastante. Em espírito havia saído do corpo, mas os laços que uniam espírito e corpo continuavam intactos. Sem ter noção do que estava ocorrendo, estava sentado no chão fora de si. Teresa olhou para Geraldine e para os dois outros amigos e disse:

— Teremos que levá-lo para um hospital espiritual perto da Terra até que seu corpo se recupere dos ferimentos.

Um dos espíritos socorristas que tinha ficado na Terra pegou Roy com cuidado, e suavemente volitou em direção ao hospital mais próximo.

A tempestade ainda estava forte, com trovões e muitos raios caindo na região. Teresa olhou para os corpos: de Linda, caído no chão, e de Roy, dentro do carro. Antes de sair dali, elas precisavam encontrar uma forma de fazer com que os corpos deles fossem encontrados e levados a um hospital para receber tratamento.

Teresa, ao se aproximar do local do acidente, verificou que havia uma família dentro de um carro estacionado não muito longe dali. Eles estavam vindo das montanhas, voltando para casa, e tinham parado para esperar a chuva diminuir. Teresa chegou rapidamente onde o carro da família estava parado. Era um casal e três filhos. Ela se projetou para dentro do carro, entre o marido e a esposa, e enviou ao motorista pensamentos de inspiração, indicando que voltasse para a estrada e continuasse a viagem. Embora não pudesse ver Teresa, ele sentiu uma enorme vontade de seguir sua intuição.

Sem pestanejar, ligou o carro e voltou para a estrada.

— O que está fazendo, James? — perguntou a esposa, assustada com a atitude inesperada do marido. — Ainda está chovendo muito. Não tínhamos decidido parar até que a tempestade passasse?

O homem parecia em transe e nem respondeu. Percorreu toda a distância, seguindo a sugestão de Teresa. Quando se aproximou do local do acidente, viu uma luz brilhante que vinha do meio do mato. Era uma luz emitida por Geraldine. James estacionou para seguir a luz. Ainda em transe, sob a ação da sugestão de Teresa, desceu e caminhou alguns metros até ver o carro de Roy capotado.

— Roy vai ficar bem agora, Geraldine. Esse homem com certeza irá chamar uma ambulância e ele será levado a um hospital para receber tratamento. Assim que seu corpo se recuperar, o espírito poderá retornar e ele sairá do coma.

— Sim. Vamos ver nossa Katie agora. Ela com certeza vai precisar de apoio. — disse Geraldine.

As duas deram as mãos e desapareceram no ar, reaparecendo no mesmo instante na casa de Roy e Linda. Foram direto ao quarto de Katie, que estava com a avó Elizabeth, brincando com suas bonecas. Teresa e Geraldine ergueram os braços, com as palmas das mãos voltadas para as cabeças de Elizabeth e Katie e oraram por elas, enviando vibrações de força e encorajamento.

A tempestade já tinha chegado a Asheville e com muita força. Elizabeth estava ficando preocupada e começou a sentir um pouco de náusea e tontura. Levantou-se e olhou pela janela. "Eles já deviam ter chegado... Espero que Roy tenha parado o carro para esperar a chuva passar", pensou, mas sua intuição lhe dizia que havia algo errado.

— Sinto tanto por elas. — disse Geraldine, ainda com as mãos erguidas e transmitindo vibrações positivas. — Logo irão receber as notícias tristes.

— Não deixe que pensamentos tristes ou negativos se apoderem de sua mente, minha irmã. Mantenha a positividade e o equilíbrio para continuar transmitindo vibrações de amor e coragem. Concentre-se no amor que sentimos por elas e isso as ajudará a enfrentar tudo isso. Não se esqueça de que o amor pode curar qualquer ferida.

Algumas horas depois alguém bateu à porta. Elizabeth deixou Katie brincando no quarto e foi ver quem era. Quando estava descendo as escadas, viu o xerife Russell conversando com seu marido. O policial estava pálido e com ar triste. Tirou o chapéu e o segurou contra o peito.

— Entre, por favor, xerife. O que o traz aqui no meio dessa tempestade? — perguntou Joey, indicando a ele a sala de estar.

— Sr. Cooper, Sra. Cooper... Desculpe-me se não trago boas notícias. — ele fez uma pausa, respirou fundo e continuou. — É sobre sua filha, Linda, e o marido, Roy. — fez outra pausa. — Lamento ter que informar, mas... eles sofreram um acidente... Ainda não sabemos exatamente o que aconteceu, apenas que o carro capotou... — ele pigarreou. — Pode ter sido por causa da chuva ou...

— Por favor, xerife. Não vou aguentar. Diga o que aconteceu com nossa filha. — disse Elizabeth, descendo rápido as escadas, desesperada, com as mãos na cabeça.

Ele continuou, um tanto sem jeito:

— Quando chegamos ao local, encontramos o carro virado.

Elizabeth começou a chorar e Joey a abraçou. O xerife continuou:

— Roy foi levado para o Hospital Saint Martin. Está em coma e... e... — baixou os olhos antes de dar a notícia. — Sua filha estava morta quando a encontramos. Sinto muito mesmo.

— Não! — gritou Elizabeth. — Não! Minha filha não... minha menina. — ela chorava agora sem parar.

Teresa e Geraldine chegaram à sala e mais espíritos amigos se juntaram a elas. Começaram todos a orar, criando uma luz intensa que envolveu toda a casa para acalmar o coração daqueles pais. O xerife Russell se desculpou mais uma vez por trazer notícias tão tristes e explicou que Roy estava na UTI, sem muita chance de sobreviver. Os médicos haviam dito que seria somente por milagre, pois seu estado era muito grave. Ofereceu-se, então, para ajudar no que fosse preciso, despediu-se e saiu.

Elizabeth e Joey ficaram ali, parados, mergulhados na dor da perda da filha que havia partido tão cedo, aos vinte e sete anos. O silêncio foi quebrado por Katie, que surgiu nas escadas procurando por eles.

— Mamãe e papai já chegaram? — ela perguntou, animada, descendo os degraus e olhando ao redor.

Elizabeth não conseguiu responder. Estava embargada pelas lágrimas. Mas não queria que Katie a visse chorando, então, cobriu o rosto e foi para a cozinha.

Joey segurou as lágrimas.

— Não, minha querida. — disse em tom carinhoso, segurando as mãos de Katie. — Eles não voltam hoje. Agora suba e espere que eu já vou. Vamos montar uma barraca para você brincar com suas bonecas.

Katie correu para o quarto, animada com a ideia de brincar com o avô, sem saber que sua vida acabara de mudar completamente. Logo depois, Joey foi ao hospital ver Roy, enquanto Elizabeth tentava ao máximo se controlar para não chorar na frente da neta. Quando o avô retornou, a menina já estava dormindo e Elizabeth estava sentada em uma cadeira, no jardim, chorando e olhando as estrelas no céu. Joey pegou uma cadeira, sentou-se ao lado dela e a abraçou. Os dois ficaram um bom tempo em silêncio, chorando e pensando na filha.

Então, Elizabeth olhou novamente para o céu e sussurrou:

— Você acha que ela está em algum lugar lá em cima?

— Sim, eu acho, meu bem. Acredito que ela está em algum lugar entre as estrelas. Não vamos perder a fé. Devemos nos lembrar daquilo em que acreditamos: que nossos corpos morrem, mas continuamos, em espírito, vivendo em outro lugar. Um dia vamos nos juntar a ela... Nossa fé vai nos ajudar a continuar nossa missão aqui.

— Você tem razão. Estou tentando com todas as forças imaginar que nossa filha não está morta e sim vivendo em outro mundo agora. Mas, Deus, como dói a falta dela... E sei que sempre vou me sentir assim.

— Nós dois vamos... Mas toda vez que pensarmos nela, temos de nos lembrar dos momentos felizes que passamos juntos e lhe enviar muito amor. Tenho certeza de que ela vai receber, esteja onde estiver.

Joey ficou em silêncio por um instante e, então, explicou que Roy estava mesmo em coma e que os médicos estavam fazendo todo o possível para salvá-lo. Os dois decidiram não contar a Katie até ter mais informações sobre o estado dele. Continuaram a olhar para o céu como se estivessem tentando ver o rosto da filha em uma daquelas estrelas.

— Vamos, Teresa? Quero ver como eles estão. — disse Geraldine, com os olhos fixos em Elizabeth e Joey.

— Sim, vamos. Linda deve dormir por algum tempo. Antes vamos visitar Roy.

As duas fizeram mais uma prece para Joey e Elizabeth e, em seguida, desapareceram.

3

O despertar para uma nova realidade

TRÊS dias depois, Elizabeth e Joey estavam no hospital quando Roy saiu do coma. Os dois estavam visivelmente cansados e abalados. Quando Roy abriu os olhos, as primeiras pessoas que viu foram Elizabeth e Joey.

— Onde estou? — perguntou ele, com voz fraca, parecendo confuso.

— No hospital, Roy. — respondeu Elizabeth.

Ele colocou a mão na testa e começou a entrar em pânico enquanto as cenas do acidente surgiam em sua mente. De repente tudo ficou claro: o último beijo, a tempestade se aproximando, os trovões e raios, a chuva na estrada. Ele se lembrou de tudo. Como se fosse um filme passando a sua frente em alta velocidade, vieram as cenas de Linda tentando pegar a caixa de lenços, a rena atravessando na frente do carro e o capotamento.

— Ah, meu Deus! Linda! — ele gritou, tentando se levantar, mas Elizabeth o segurou.

— Calma, Roy. Você está muito machucado. — disse ela, colocando a mão em seu peito para acalmá-lo. — Sofreu ferimentos graves.

— Como está Linda? Onde ela está? — ele perguntou, ainda em pânico.

Elizabeth e Joey ficaram quietos, sem conseguir responder. Ela começou a chorar e saiu do quarto.

— Onde ela está, Joey? Preciso vê-la... Por favor, me diga. Ela está bem, não? — ele agora tremia.

Joey respirou fundo e fechou os olhos. Depois de alguns instantes, respondeu:

— Linda morreu, Roy. Nossa Linda morreu no acidente.

— Não! Não! Não! Linda, não! Não é possível! Por favor, não me diga isso!

Ele não conteve as lágrimas. Fechou os olhos e gritou:

— Por que, Deus? Por que não matou a mim em vez dela?

— Calma, Roy. Sei que é difícil, mas você tem que ser forte agora para dar forças a Katie. — disse Joey, enxugando as lágrimas do rosto. Depois olhou novamente para Roy e continuou. — Ela ainda não sabe o que aconteceu. Não tivemos coragem de contar a ela. Só Deus sabe como está sendo isso tudo para mim e para Elizabeth... Perdemos nossa filhinha, que era tudo para nós. Mas estamos tentando nos manter de pé por causa de Katie.

— Há quanto tempo estou aqui?

— Três dias e meio. Os médicos disseram que você só sobreviveria por milagre. Quando já estávamos perdendo as esperanças, você surpreendeu a todos. Já no segundo dia, começou a dar sinais de melhora. Então, Elizabeth e eu decidimos esperar você se recuperar para planejarmos juntos como contar a Katie.

Roy estava mudo, olhando para o teto. Lágrimas escorriam em seu rosto sem parar.

— Vou ver como está Elizabeth. Ela não tem passado bem desde que recebemos as notícias e ando preocupado. E você também deve estar precisando ficar sozinho, imagino.

Pegou a bolsa de Elizabeth, que estava na poltrona ao lado da cama, e disse:

— Volto mais tarde. Roy, sei que é um momento difícil, mas temos que pensar em como dar a notícia a Katie.

Roy repassou mentalmente seus últimos momentos com Linda várias e várias vezes, chorando, revoltado com a vida e com Deus. Foi visualizando cada detalhe do acidente, sob todos os ângulos, sentindo-se cada vez mais culpado. Teresa, Geraldine e os pais dele, já falecidos, estavam ao seu lado no quarto. Ele não os via, mas eles estavam ali, enviando-lhe pensamentos de tranquilidade e coragem para enfrentar as novas lições que a vida agora lhe apresentava. E também pensamentos com a imagem de Katie para que ele se concentrasse em sua filha e encontrasse motivação para viver. Roy adormeceu assim que eles começaram a orar por ele.

*****

Linda acordou depois de alguns dias no hospital de recuperação em uma Colônia Espiritual. Sentia-se leve e em paz. Abriu os olhos e viu Teresa e Geraldine ao seu lado. As duas sorriam, alegres por vê-la retornar ao lar.

Linda se sentou na cama, olhou em volta e perguntou:

— Estou de volta, então?

— Sim, querida. Você voltou ao mundo espiritual que é o seu lar, agora. Deixou a Terra há poucos dias. — explicou Teresa.

Linda tinha ficado dormindo no hospital desde o acidente para que pudesse se recuperar. Ela abraçou Teresa e Geraldine por um bom tempo. Sentiu então uma forte dor ao captar o choro da mãe, vindo da Terra. Viu então a imagem de Elizabeth, chorando na cozinha e pensando nela. Mas antes que aquilo a afetasse, concentrou-se e enviou à mãe vibrações de amor. Pediu à mãe que não sofresse e que, em vez de chorar, orasse a Deus. Depois de alguns instantes de prece em profundo silêncio, disse a Teresa e a Geraldine:

— Senti tanta saudade de vocês. Obrigada por toda a ajuda!

Olhou pela janela, observando os campos verdes, cobertos de flores de lavanda, ao redor do hospital.

— Ah, minha querida... Tudo vai ficar bem. Não se esqueça de sua missão. Sabíamos que iria ser assim. — disse Teresa, abraçando-a novamente. — Continue a filtrar a tristeza e o desespero deles e a enviar de volta a eles muito amor e harmonia.

Linda deu um pequeno sorriso. Geraldine afagou seu rosto e disse:

— A boa notícia é que você já pode sair do hospital e ir para Lunas.

Linda tinha um rosto angelical. Seus cabelos louro-mel brilhavam com a luz. Ela emitia uma luz clara e brilhante, característica da maioria dos espíritos elevados, e agora tinha aparência tranquila e saudável como Teresa e Geraldine.

As três deixaram o hospital e caminharam para fora. Linda respirou fundo, inalando o ar puro do mundo espiritual. Ajoelhou-se e tocou as flores de lavanda, sentindo o perfume suave que elas emanavam. Fechou os olhos e pensou na mãe, que ainda estava na cozinha, sentindo muita tristeza.

"Deus, permita que os ventos do universo levem este perfume delicioso até minha mãe Elizabeth, na Terra, e que ele lhe propicie paz interior e tranquilidade. Que este aroma de lavanda a ajude a se lembrar que vivemos para sempre e que estou aqui, pensando nela".

Imediatamente a fragrância viajou pelo espaço e chegou até Elizabeth. E, no momento em que ela sentiu aquele aroma leve, pensou na filha, e uma onda de alegria e conforto invadiu o seu ser. Elizabeth olhou para o céu, que naquele dia estava claro e sem nuvens, e enviou um beijo à sua filha.

Quando sentiu que a mãe estava se sentindo melhor e tinha parado de chorar, levantou-se e pegou a mão de Teresa. As três deixaram o local e viajaram na velocidade da luz em direção à Colônia Lunas. Em menos de meio segundo, estavam na casa de Geraldine, onde seus dois cãezinhos as aguardavam, e fizeram festa ao vê-las chegar. Geraldine morava na mesma colônia espiritual em que Linda vivia antes de reencarnar. Linda e Teresa se sentaram no sofá enquanto Geraldine foi para a cozinha preparar um suco fluídico revigorador para Linda.

— Foi tão difícil partir, achei que ainda era cedo. Katie é muito pequena e Roy... — Linda parou por um instante. — Não creio que Roy esteja pronto para o que está acontecendo. Não acho que esteja preparado para dar a Katie todo o amor e cuidado de que ela precisa.

— Este foi o planejado antes de vocês reencarnarem. Roy pode não estar preparado, minha querida, mas a vida é assim. Ele precisa aceitar o que acontece, assim como todos nós precisamos. — disse Teresa, em tom firme, porém sereno. — Os obstáculos são os sinais da evolução que batem à nossa porta. São testes que precisamos enfrentar e aproveitar para progredir.

Geraldine voltou para a sala trazendo uma jarra e um copo. O suco era uma mistura de ingredientes desconhecidos na Terra, mas bastante comuns nas colônias espirituais. Ela despejou no copo para Linda, pedindo que tomasse para recuperar as energias. Linda agradeceu e bebeu.

Teresa continuou:

— É hora de eles passarem por isso juntos, e vão crescer com a experiência. Faz parte da missão deles, lembra-se? Já fizemos nossa parte e agora é com eles. — ela pegou a mão de Linda e escolheu as palavras. — Logo Roy dará a notícia a Katie. Não será fácil, Linda, mas achamos que você iria querer estar lá com eles na hora. Você pode ajudar transmitindo-lhes vibração de amor e coragem.

— Não sei se vou conseguir controlar minhas emoções, posso acabar deixando-os mais tristes e perturbados se lhes enviar as vibrações que tenho agora. — ela olhou para as duas, pensou por um instante e continuou. — Mas talvez eu esteja sendo egoísta. Não é o momento de pensar nos meus sentimentos, e sim de me concentrar no fato de que eles precisam de mim. Tenho que estar ao lado deles para que se sintam amados e tenham forças para seguir em frente.

Teresa e Geraldine sorriram.

— Estaremos lá com você para ajudar.

4

Um pequeno coração partido

ENQUANTO isso, na Terra, Roy saiu do hospital um dia antes do funeral de Linda.[1] Concordou com Elizabeth e Joey que seria melhor se ele mesmo desse a notícia a Katie, então os dois esperaram até que ele estivesse em casa.

Ao ouvir o barulho do carro de Joey se aproximando, trazendo Roy para casa, Katie correu para encontrá-lo.

— Papai, você voltou!

Roy desceu do carro e se ajoelhou. Abraçou a filha e afagou seus cabelos, tentando esconder a tristeza. Uma lágrima escorreu em seu rosto e ele a enxugou rapidamente antes que ela visse.

— Onde está mamãe? Vocês voltaram juntos, não? — perguntou Katie, olhando por cima do ombro do pai para ver se ela estava no carro. — Não a estou vendo. Ela está brincando de

[1] Diferente do Brasil, os funerais e enterros nos Estados Unidos e outros países anglo-saxões tardam vários dias para acontecer. Geralmente, entre sete e dez dias após o desencarne.

esconde-esconde, papai? Cadê ela? — e correu em volta do carro, rindo, procurando pela mãe.

Roy olhou para Elizabeth e Joey, com muita tristeza no olhar. Pegou Katie pela mão e disse:

— Meu amor, vamos até o jardim. Papai precisa falar com você.

Os dois se sentaram no banco perto de uma árvore. As mãos dele tremiam e lágrimas escorriam em seu rosto. Era a notícia mais difícil que ele já havia dado a alguém na vida. Estava acostumado a tratar com negociantes experientes e astutos, mas nem as transações mais difíceis se comparavam ao que teria que fazer agora. Sua filha, que nem havia completado seis anos, era a criatura mais inocente que ele conhecia, vulnerável e frágil. Seu coração estava em pedaços e agora ele iria partir o coração daquela a quem mais desejava proteger no mundo.

— Temos que conversar sobre a mamãe, Katie. — disse ele, olhando bem em seus olhos para acompanhar e ajudar em suas reações.

A menina ficou em silêncio, prestando atenção. Sentia que algo estava acontecendo ao ver as lágrimas nos olhos do pai. Linda estava ali, ajoelhada na frente dos dois, transmitindo vibrações de amor. Geraldine e Teresa também estavam ao lado de Linda, com os olhos fechados e enviando pensamentos positivos para Katie e Roy.

— Mamãe e eu sofremos um acidente de carro na volta das montanhas. Estava chovendo muito... — disse Roy, pausadamente, tentando conter as emoções e não chorar mais ainda. Não queria mostrar a Katie que também estava arrasado e inseguro quanto ao futuro. Sabia que devia transmitir segurança a ela e fazê-la sentir que tudo ia ficar bem. — Ficamos muito machucados... e....

— Ela está no hospital, papai? Os médicos estão cuidando direitinho dela?

Mais lágrimas surgiram em seus olhos e ele sentia como se o mundo fosse desmoronar. Respirou fundo e passou a mão no rosto da filha.

— Os machucados dela foram muito sérios, meu amor... Mamãe não aguentou e... morreu.

— Não entendi, papai. Quando ela volta? Quando ela volta para casa? — perguntou ela, assustada.

— Ela não volta mais, querida. Quando as pessoas morrem, elas não voltam... Não podem mais voltar. Ela foi embora para sempre...

— Eu não vou mais ver minha mãe? — ela começou a chorar, confusa e com medo.

— Não, meu amor. Não vamos mais vê-la. Mamãe foi embora para sempre. — Roy a abraçou e a aconchegou em seu peito.

A menina afastou os braços do pai e saiu correndo e chorando, desesperada. Foi até um arbusto em que costumava brincar, fazendo de conta que era uma pequena casa. O arbusto tinha uma pequena abertura e um espaço oco dentro. Ela entrou, sentou-se no chão e ficou chorando até quase perder o fôlego.

Roy foi até lá, ajoelhou-se, e Katie viu que ele também estava chorando. Ela então saiu do arbusto e o abraçou com força. Pai e filha ficaram ali, pensando nos momentos felizes que tiveram com Linda. Katie se lembrou de todos os instantes do último dia com a mãe. Lembrou dos abraços, dos beijos que deram uma na outra e também do sorriso da mãe. Depois de alguns instantes, Roy a pegou pela mão e a levou até o banco onde eles estavam sentados antes. Não podiam vê-la, mas Linda os abraçou e os envolveu em muita luz. Os três choraram. Teresa e Geraldine se aproximaram, ergueram os braços e oraram, pedindo paz e conforto para aquela família. Então uma forte luz, invisível aos olhos humanos, surgiu no ar, transformando-se em uma espécie de arco-íris, resultado das vibrações de amor de Geraldine, Teresa e Linda.

Elizabeth veio para o jardim, acompanhada de Joey. Os dois se sentaram perto de Roy e Katie. A menina chorava sem parar. Olhou para os avós e disse, soluçando, que sua mãe não voltaria mais para casa.

— Sim, minha princesinha... Sei que é muito triste. Estamos todos muito tristes também. — disse Elizabeth, abraçando a neta.

— Sinto muita falta dela, vovó. — disse Katie, entre lágrimas. — Quero que ela volte agora.

— Também queremos, minha querida. Também queremos. Mas não foi culpa dela. Sua mãe não escolheu ir embora. Quando a morte chega não há como dizer "não". Ouça: sua mãe não foi embora de propósito. Ela simplesmente ficou tão machucada que foi chamada pelo papai do céu para ir morar com ele. — explicou Elizabeth.

— Seja forte. Não estou morta. Lembre-se: não morremos, jamais morremos. Apenas evoluímos, progredimos e vivemos para sempre. — Linda disse a Katie. Tocou o pequeno rosto da filha e continuou. — Estou viva e estou aqui, cuidando de você. A única diferença é que não estou mais em um corpo físico. Essa separação dói muito, mas Deus irá cuidar de você, Katie. Você nunca estará sozinha.

Mesmo sem ver ou ouvir o que Linda estava dizendo, os quatro começaram a se lembrar dos momentos felizes que viveram com ela. Linda aproveitou a oportunidade para se levantar, fechar os olhos e pedir a Deus que uma borboleta surgisse ali. Concentrou-se na imagem e, em alguns segundos, uma bela borboleta azul apareceu voando pelo jardim. A borboleta voou por todo o jardim até pousar no joelho de Katie. A menina parou de chorar. Olhou para Roy e para os avós e disse:

— É mamãe! Prometemos uma para a outra... Prometemos que iríamos mandar borboletas uma para a outra quando estivéssemos nos sentindo tristes! Mamãe me enviou esta borboletinha, eu tenho certeza.

Roy, Elizabeth e Joey sorriram para Katie. A borboleta voou, então, pousou em cada um deles e depois voltou para o joelho da menina. Katie imaginou a mãe ali perto, cuidando dela, e pensou: "Por favor, volte, mamãe... Preciso muito de você".

— Não tenho como voltar, filhinha. Pelo menos não como antes, mas estarei sempre perto de você. A qualquer momento que precisar. — disse Linda, dando-lhe um beijo no rosto.

Levantou-se, então, colocando-se ao lado de Teresa e Geraldine.

— Vamos, então? — sugeriu Teresa. — Podemos voltar em breve.

Linda concordou e jogou um beijo para eles antes de partir, acompanhada das duas.

Elizabeth, Joey e Roy ficaram no jardim com Katie, observando o céu, cada um sentindo à sua maneira a perda de sua amada Linda.

5

Borboletas

ALGUMAS semanas depois, na colônia espiritual Lunas, Linda estava sentada na grama de frente para o lago, observando o céu e pensando em Katie e em sua família na Terra.

Embora sentisse muita saudade deles, encontrava conforto no fato de saber que as dificuldades pelas quais estavam passando eram necessárias para seu progresso e desenvolvimento espiritual. Lunas era um belo lugar, cheio de jardins floridos e campos verdes. Linda observava aquela bela paisagem, meditando ao som dos pássaros coloridos que voavam nos céus da colônia, quando Geraldine se aproximou.

— Estava procurando você. — disse ela.

— Você parece pensativa e distante. Está tudo bem? — Geraldine perguntou, sentando-se ao seu lado.

— Estou bem, sim. Sinto apenas saudades. Tenho pensado muito em Katie e Roy. Espero que estejam bem. — disse Linda.

— Pense que eles estão na Terra, colocando em prática tudo que aprenderam até agora. Não podemos subestimar a força deles. Temos que confiar em suas capacidades e acreditar que conseguirão superar tudo. Afinal, todos temos que passar por dificuldades em algum momento, não? — disse Geraldine, levantando-se e dando a mão a Linda, para que se levantasse também.

As duas foram andando pelo campo florido e conversando sobre as experiências de Linda enquanto encarnada. Analisaram as situações mais difíceis que ela precisou enfrentar e as lições que aprendeu com cada uma. Compararam então as cenas vividas nessa última encarnação na Terra com as anteriores, como exercício de aprendizado.

O céu na colônia era sempre claro e a temperatura sempre agradável. O campo era cobertos de pequenas flores, deixando a paisagem sempre colorida e uma agradável fragrância no ar.

Todos em Lunas estavam sempre ocupados com alguma tarefa, fossem as atividades do dia a dia ou outras missões, como ajudar espíritos necessitados. E também estudavam, aprendendo novas habilidades que os ajudariam a obter mais conhecimento e evolução.

Geraldine e Linda continuaram a conversar até chegar à área residencial. Subiram uma pequena ladeira e chegaram a uma rua bem longa, cheia de árvores frondosas e altas, de folhas amarelas, nos dois lados, formando uma espécie de túnel de folhas e flores. O chão era diferente do que se vê na Terra. Era cheio de pequenas flores coloridas, parecidas com as que se via nos campos, formando uma espécie de carpete natural.

Chegaram então à casa de Geraldine. Teresa as estava esperando.

— Olá, Teresa! — disseram as duas.

— Olá! — disse ela, sorrindo.

— Vamos para o jardim? — convidou Geraldine.

As três seguiram para o jardim da casa.

— Então, Linda, está gostando das borboletas que Katie lhe envia? — perguntou Geraldine.

A pergunta mexeu com os sentimentos mais profundos de Linda. Ela olhou para o céu, respirou fundo, lembrando-se de Katie, e respondeu:

— Adoro cada uma delas e sempre envio outras de volta.

Fechou então os olhos e imaginou uma bela borboleta amarela. Concentrou-se, envolveu-a em vibrações de amor e, em seguida, no mesmo instante, na Terra, mais precisamente no playground da escola, onde Katie estava tomando lanche com os colegas, Katie viu uma borboleta sobrevoar ao seu redor e pousar sobre a mesa. Katie, que naquele instante estava triste, sentindo falta da mãe, ao ver a borboleta, sentiu-se leve e alegre com as vibrações enviadas por Linda. Lembrou-se do dia da viagem, em que ela se despediu dizendo: "Eu a amo muito, filha, sempre! Se sentir saudades, procure as borboletas".

Sentindo que Katie estava mais alegre, Linda agradeceu a Deus pela bênção e, depois de alguns instantes em silêncio, disse:

— Estou preocupada com Roy. Ele tem saído para beber todas as noites e fica completamente alcoolizado. Meu pai, muitas vezes, tem que ir ao bar para buscá-lo e o encontra desacordado. Ele e minha mãe têm feito de tudo para cuidar bem de Katie, mas ela é ainda uma criança e está muito abalada e, agora, além de tudo, sente falta do pai. Ela precisa muito dele nesse momento.

Teresa e Geraldine olharam para ela, consternadas. Linda continuou:

— Faço orações, enviando vibrações de amor.

6

As câmaras dos espíritos que estão sofrendo

TERESA, que trabalhava nas câmaras dos espíritos que sofriam, mas tinha tirado férias para poder ajudar Linda, retornou às câmaras para retomar o seu trabalho.

Um espírito de aparência feminina aproximou-se de Teresa:

— Olá, meu nome é Rita. Hoje é o meu primeiro dia e me disseram que a senhora irá ser a minha mentora aqui. Irá me ajudar a aprender o trabalho.

— Prazer, Rita! — disse Teresa. — Sim, eu fui informada sobre a sua chegada. Será um prazer te ensinar o nosso trabalho aqui nas câmaras.

Teresa foi mostrando cada cômodo a Rita e a apresentou aos outros trabalhadores. Todos ficaram felizes em conhecê-la.

Depois de apresentá-la a todos, Teresa a levou por um corredor. Mas alertou-a antes:

— Agora vamos ao salão onde estão os "sofredores". A maioria está sofrendo muito, sentindo dores e desespero. O barulho dos gritos e a energia negativa de seus pensamentos podem perturbá-la.

— Mas eles sentem mesmo dor, Teresa? — perguntou Rita.

— Não, é apenas uma criação da mente deles. Criam a dor e acreditam que a estão sentindo mesmo. Estão tão obcecados com as experiências que tiveram na Terra e, tão ligados à vida que tinham, que se recusam a acreditar que não estão mais presos em um corpo físico. Recusam-se a aceitar sua vida espiritual e por isso carregam consigo os ferimentos e sofrimentos que tiveram.

Quando Teresa abriu a porta, Rita entendeu imediatamente o que ela queria dizer. Eram centenas de espíritos deitados em leitos parecidos com os que temos nos hospitais da Terra. Alguns estavam chorando, outros gritavam e falavam palavrões. E entre eles havia diversos espíritos iluminados, prestando socorro. Alguns medicavam e socorriam os pacientes, trabalhando como enfermeiros, enquanto outros conversavam com eles, oferecendo conselhos e apoio.

— O que eu faço? Converso com eles? — perguntou Rita, preocupada.

— Sim, converse com eles. Aproxime-se e lhes dê apoio. Se quiser, pode me acompanhar por enquanto. Podemos conversar com eles juntas. Que tal?

Rita concordou.

— E como os curamos? Há algum tipo de medicamento aqui? — Rita perguntou.

— O amor cura qualquer ferida. Não há medicamento mais poderoso que o amor incondicional. — Teresa explicou.

As duas se aproximaram de um espírito que tinha a aparência de uma senhora de idade. Ela estava deitada, chorando baixinho e xingando alguém. Estava suja, coberta por algo que parecia lama seca. Ao ver Teresa e Rita, ela se levantou, animada, e parou de chorar.

— Finalmente tenho ajuda! Finalmente Deus Poderoso enviou alguém para me ajudar a fazer justiça!

— De que justiça você precisa, Marie? — perguntou Teresa com suavidade em sua voz.

— Você sabe meu nome? — o espírito sorriu e levantou as mãos para o alto. — Obrigada, Senhor, por me enviar estes dois anjos. Até o meu nome elas sabem! É a prova de que o Senhor não me esqueceu.

Então olhou para Teresa e Rita e disse:

— Estou esperando neste lugar há muito tempo. Disseram que aqui eu encontraria ajuda. Que Deus ajudaria a curar minha alma.

— E tem razão, Marie. Estamos aqui para ajudar. — disse Teresa, em tom carinhoso.

Marie começou a falar baixinho para que ninguém mais a ouvisse.

— Vocês precisam me ajudar a destruir aquela mulher má. Ela tem inveja de mim, da minha beleza, e tentou de tudo para acabar comigo e com meu casamento.

Achou que Teresa e Rita estavam se apiedando dela e que finalmente havia encontrado alguém que pudesse ajudá-la com seus planos. Continuou:

— Ela não ama o próprio marido, tenho certeza. Vejo como olha para meu Rob com segundas intenções. Mas não que o ache atraente. Não. O que ela quer mesmo é viver a minha vida... Ela quer ser o que eu sou.

Teresa a interrompeu.

— Marie, você deve parar de pensar em sua irmã dessa forma, já faz setenta anos que você desencarnou e deixou a Terra. Sua irmã Joanne também já desencarnou há muitos anos e vive agora em um lugar muito bonito, onde você também poderia estar não fosse por esses pensamentos obsessivos.

— Não! — gritou Marie. — O que está dizendo, sua tola? Ela tem inveja de mim. Ela é quem está obcecada, não eu. Ela quer ter tudo que eu tenho. Sempre foi assim: invejosa e má. Preciso encontrar aquela mulher e fazê-la sofrer.

— Pare de mentir para si mesma, Marie. A inveja que você enxerga nela é a inveja que vem nutrindo em si mesma durante toda a sua existência. O mal que vê nos outros é o mal que insiste em manter dentro de seu próprio coração. Acorde, Marie, e veja que todo esse tempo que você perdeu tentando destruir Joanne foi um tempo precioso desperdiçado. Ao invés de procurar evoluir e progredir, perdeu anos e anos se concentrando apenas na vida dos outros e lhes desejando mal. E enquanto se consumia com esses sentimentos perversos, as pessoas ao seu redor aproveitaram as oportunidades da vida para se tornar espíritos melhores. E hoje vivem em paz e felizes enquanto você continua aqui, parada no tempo.

Marie se sentou na cama, chorando. Depois de algum tempo, perguntou:

— Como Deus permitiu que isso acontecesse comigo? Estou velha e feia. Perdi todas as minhas joias e meu dinheiro. Não tenho mais empregados para me servir. Este não é o paraíso que a igreja me prometeu.

— Você passou a vida toda indo à igreja, mas enquanto sua boca repetia preces decoradas, sua mente estava fechada às belezas da vida. Você se escondia atrás de santos e orações, mas, por dentro, desejava o mal a todos ao seu redor. Jamais reconheceu as bênçãos que recebeu; não apenas as bênçãos materiais, como sua beleza e riqueza, mas a bênção de estar cercada de espíritos bons e carinhosos, como Joanne, seu marido Rob e seu cunhado William.

Marie colocou as mãos no rosto, as palavras de Rita tocavam fundo em seu coração. Rita as tirou, em um gesto delicado, e continuou:

— Eles estavam ao seu lado, — continuou Teresa. — tentando ajudá-la a sair da escuridão e ver a luz, mas isso você jamais reconheceu. Conheciam todas as suas fraquezas, perdoaram cada gesto de maldade e tentaram, durante muito tempo, lhe ensinar sobre as coisas que realmente importam na vida.

Marie cobriu novamente o rosto, envergonhada de tudo que não podia mais esconder.

Teresa continuou com delicadeza:

— Você deixou a Terra com bastante idade. Passou a vida toda odiando sua irmã e se esqueceu de olhar ao redor e aproveitar as oportunidades que Deus lhe deu de se tornar uma pessoa melhor.

Puxou delicadamente as mãos de Marie novamente e terminou, agora com voz ainda mais carinhosa:

— Temos que ir agora, Marie, pois há outras pessoas como você, precisando de ajuda. No dia em que decidir mudar sua forma de pensar, o universo irá sorrir e muitas portas se abrirão em seu caminho para torná-la feliz. Viremos visitá-la em breve e, se você realmente desejar livrar seus pensamentos de todo o ódio e inveja que a corroem, poderemos levá-la para um local muito bonito onde você poderá recomeçar em paz.

Teresa e Rita então se afastaram e foram falar com um espírito que tinha a aparência de uma jovem. Estava chorando em um canto, sentada no chão, descalça e com um vestido todo sujo de sangue.

— Olá, Daniela. Por que está chorando? — perguntou Teresa.

— Porque eu o amo... eu o amo muito. Tentei tanto mostrar a ele como podíamos ser felizes juntos mas...

— Ele escolheu Verônica. — completou Teresa.

— Sim! Como pôde? Depois de tudo que fiz por ele. Dei todo o meu amor àquele homem, mas ele simplesmente ignorou meus sentimentos.

Havia uma energia escura e negativa ao redor dela. A garota tinha olheiras ao redor dos olhos e parecia muito perturbada. Suas mãos e seu rosto também tinham marcas de sangue. Ela soluçava e tremia.

— No dia em que descobri que eles ficaram noivos, perdi a vontade de viver. Deixei de comer e bebia muito todos os dias para esquecer. A bebida passou a ser minha única amiga. — e gritou, fazendo um escândalo. — Eu tinha que esquecê-lo! — parou, então, mas ficou agitada. Seus olhos agora mostravam ódio e violência. Fez um gesto, como se estivesse esfaqueando alguém. — Eu disse que precisava conversar a sós com ela, então, ela me convidou para ir à sua casa. Estava linda e foi tão carinhosa comigo que não suportei mais. Inventei que estava tendo alguns problemas em casa, com meus pais, e ela me ouviu com atenção e me deu apoio. — colocou o dedo na garganta, em um gesto de desprezo. — Ah! Que menininha boazinha ela era! — e foi ficando mais agitada. — Acabou me oferecendo uma xícara de chá e, enquanto se virou para buscar, eu peguei uma faca que tinha trazido no bolso e a matei. Esfaqueei-a dezoito vezes. Fui contando, pois queria ter certeza de que estava morta. Eu tinha que fazer aquilo. Ela estava com o meu homem; o homem que eu amava. Tinha que matá-la. Tinha que matá-la...

— Verônica era sua melhor amiga, Daniela. Ela a amava e a queria muito bem. Você ficou obcecada pelo namorado dela, mas nunca lhe contou. Não amava James; aquilo era apenas obsessão. E essa obsessão a deixou cega. Verônica confiava em você, mas você nunca foi honesta com ela. Traiu sua amiga e também os pais dela, que sempre a trataram como uma filha. — disse Teresa. Olhando bem nos olhos dela, continuou:

— É importante que você saiba que seu gesto trouxe consequências terríveis para muita gente. A mãe de Verônica entrou em depressão e jamais se recuperou da morte da filha. Desencarnou há anos e até agora estamos tentando convencê-la a perdoar você e a ir para onde Verônica está para receber ajuda. E o pai dela, naquela época, pediu o divórcio por não suportar a depressão em que ela se encontrava. Passou o resto de seus dias na Terra em profunda tristeza e só conseguiu se recuperar depois de sua passagem para o mundo espiritual, com muito apoio de seus amigos daqui.

— Não me diga o quanto eles sofreram! Passei muitos anos na prisão. Paguei pelo que fiz. — disse Daniela, em tom agressivo, apontando o dedo para Teresa.

— Pagou, sim, de acordo com as leis da Terra, mas até agora não entendeu a gravidade de seus erros. Não pediu o perdão das pessoas a quem atingiu. Ainda acredita ter feito a coisa certa. Aqui no mundo espiritual não há como esconder nossos verdadeiros sentimentos e pensamentos. Todos veem tudo, e você não tem como fingir que se arrependeu de ter interrompido a experiência de sua amiga na Terra de maneira tão violenta.

— É porque não me arrependi. Simplesmente não me arrependo! Ela mereceu. Sempre foi a mais bonita, recebendo toda a atenção dos professores e dos rapazes. Todos amavam Verônica. Por que ela e não eu? Pois saiba que a odeio! — gritou Daniela, puxando os próprios cabelos, em um gesto de raiva. Levantou-se e saiu correndo pelo salão, esbarrando nos leitos, e saiu pela porta, em direção às regiões escuras.

— O caso dela é bem parecido com o de Marie, com quem conversamos antes. — Teresa explicou a Rita. — Ambas foram consumidas pelo ódio e pela inveja. E infelizmente não estão prontas para aceitar seus erros e seguir em frente. Enquanto todos aqueles a quem elas prejudicaram já as perdoaram e continuaram suas vidas, as duas continuam a impedir o próprio progresso e a própria felicidade, nutrindo sentimentos tão negativos.

— Então é esse o seu trabalho aqui nas câmaras dos espíritos em sofrimento? Aconselhar àqueles que precisam? — perguntou Rita.

— Não diria que se trata de aconselhar, pois não digo às pessoas o que fazer. Tento apenas lembrar a elas a verdade, mostrar os fatos que, por diversas razões, elas deixaram de ver. Aquelas que estão prontas para aceitar sua nova condição, perdoar a si mesmas e aos que as feriram, podem ir para uma colônia. Já outras, como Marie e Daniela, que ainda estão perdidas e cegas pelo ódio, não podem. Não que as impeçamos. Elas simplesmente se recusam a seguir em frente.

7

Dois espíritos se reencontram

ALGUMAS semanas depois, Rita já estava acompanhando e auxiliando os pacientes sozinha. Por conta de sua habilidade para lidar com as pessoas e o carinho que emanava do seu coração puro, conseguia bons resultados com os espíritos sofredores.

Um dia, enquanto fazia seu trabalho, Rita avistou uma moça que chorava muito. Ela então foi até a moça e, ao se aproximar, sentiu as vibrações pesadas e os pensamentos depressivos que ela emitia. Cumprimentou-a, porém não obteve resposta. Rebecca tinha cabelos ruivos e cacheados, e olhos verdes. Estava deitada e coberta com um lençol branco.

Rita afagou seus cabelos e, naquele instante, teve uma visão do momento em que Rebecca desencarnou, como se fosse um filme projetado em sua mente...

Rebecca estava sentada em uma sala de estar, rodeada de garrafas de bebida e embalagens de comprimidos. Chorava, em tristeza profunda, e seu corpo exibia cortes que ela mesma havia feito. Cortava-se para sentir dor com o intuito de se autopunir. Os cortes estavam por todo seu corpo; eram feitos ora por canivete, ora com faca de cozinha. Os cortes nunca eram profundos e suficientes para causar-lhe o desencarne. Do seu lado estavam dois espíritos de aspectos medonhos e malévolos, atormentando-a e a incentivando a cometer suicídio. Deprimida ao extremo, ela cedeu aos comandos dos espíritos, pegou um frasco de barbitúricos e engoliu todos os comprimidos. Já não queria mais viver. Em poucos segundos, caiu inconsciente no chão e os dois espíritos começaram a atacá-la, sugando sua energia. O local foi se enchendo de espíritos semelhantes, que se alimentam da negatividade e da angústia das pessoas.

Aos poucos, Rebecca foi se desprendendo do corpo, que continuava inconsciente no chão. Demorou muitos dias, ela teve muito sofrimento e dor até que os laços fluídicos se rompessem e ela, por fim, desencarnasse. Rebecca ficou presa, por muito tempo, a seu corpo físico, assistindo-o se deteriorar e ser comido pelos vermes. Depois foi parar no vale dos suicidas, onde ficou por muitos anos.

Ali encontrou milhares de espíritos deformados, de aparência monstruosa, que circulavam ao redor dela, alguns gemendo, outros gritando de dor. Era a sua visão do inferno.

Aos poucos, a visão foi esmaecendo na mente de Rita e ela voltou a enxergar Rebecca na cama a chorar.

— Rebecca... Rebecca, querida. Fale comigo. — disse ela, afagando os cabelos da jovem.

Rebecca estava extremamente deprimida. Seus olhos mostravam uma profunda tristeza, perdidos no vazio.

— Você está em segurança agora. Este é um lugar de tranquilidade e amor. Tente se esquecer de tudo que passou, pois nada daquilo vai acontecer mais, agora que você está aqui... E eu vou cuidar de você, tenha fé.

Ela olhou para Rita para certificar-se, talvez, de quem estava falando e começou a chorar quando seus olhos reconheceram sua amiga. Rita se inclinou em sua direção e ela a abraçou forte, gemendo. Ficou abraçada assim, chorando por um bom tempo e só então falou, quase murmurando:

— Estou com fome, me sinto só e estou com muito medo.

Rita afagou seu rosto e disse:

— Deus não a esqueceu. Foi você quem decidiu se distanciar Dele.

— Eu queria sair dali... daquele lugar medonho. Não suportava mais estar perto daquela escuridão.

— Venha comigo. Vou levá-la a um lugar onde vão cuidar bem de você. Lá receberá alimento, poderá tomar um banho e descansar.

Percebendo que Rebecca hesitou, pegou a mão dela e pediu:

— Pode confiar em mim. Lá irão cuidar de você.

Rebecca finalmente concordou e as duas deixaram as câmaras dos espíritos sofredores, levitando. Logo chegaram na colônia chamada Domus Deus. Pararam, então, perto de um prédio bem alto, todo envidraçado. No centro do prédio havia uma grande árvore, era tão alta que alcançava o topo do edifício. Elas entraram e Rebecca, olhando ao redor, surpreendeu-se com a beleza da construção. Rita apontou um sofá e, quando as duas estavam confortavelmente sentadas, Rebecca começou a chorar novamente.

— Por que não morri? — perguntou. — Por que ainda estou viva? Queria simplesmente acabar com tudo, mas, em vez disso, fui parar naquele lugar escuro, cheio de criaturas estranhas.

— Você não morreu pelo simples fato de que ninguém morre. Você apenas interrompeu sua experiência de vida na Terra, nada mais. O lugar onde estava era o vale dos suicidas, e as criaturas estranhas são meramente espíritos como você e eu; a diferença é que escolheram ter aquela aparência e viver cercados ainda de maldades e sofrimentos. A aparência é apenas o reflexo de seus próprios pensamentos e atitudes.

Rebecca ainda estava muito assustada, não olhava para os espíritos que circulavam por ali com medo de demonstrar sua insegurança, mantendo a cabeça baixa. Passava, o tempo todo, a mão nos cabelos.

— Achei que com o suicídio eu simplesmente desapareceria... "do pó vieste, ao pó voltarás", como se costuma dizer. Mas vejo que não é bem assim. Apesar de ter me suicidado ainda estou aqui, viva.

— Não, não é tão simples. — respondeu Rita. — Você achou que se livraria da depressão ao se suicidar, mas como nossa vida é infinita, só o que conseguiu foi ainda mais sofrimento.

Rebecca sentiu ainda mais tristeza e começou a chorar novamente. Lembrando-se de todos os momentos tristes que viveu na Terra, disse:

— Eu me odiava tanto. Nunca me achei bonita ou interessante como as outras meninas. Só tinha vontade de beber e de me cortar, me machucar, me punir. Eu queria me autodestruir — suspirou e continuou. — Até que chegou um momento em que não queria mais viver. Pensava apenas em acabar com tudo aquilo. Meus pais tentaram de tudo, mas eu não queria mais ver ou ouvir quem quer que fosse. Cada dia era uma eterna tristeza para mim.

Linda a abraçou e disse:

— Quanto mais deprimida você ficava, mais atraía espíritos maldosos e depressivos, que só faziam atormentá-la e levá-la cada vez mais para o fundo do poço.

— Por que Deus permitiu que eles fizessem isso comigo?

— Todos temos livre-arbítrio. Imagine que seus pensamentos são como um rádio e que você pode escolher sintonizar vibrações positivas ou vibrações negativas. Dependendo dos pensamentos que escolher, irá atrair espíritos que se harmonizam com o que você pensa. Ao se concentrar em coisas positivas e ter pensamentos de felicidade, automaticamente atrairá espíritos positivos para o seu lado. O que aconteceu, no seu caso, é que você atraiu espíritos de afinidades similares às de seus pensamentos e comportamento. Ao escolher ver apenas o lado negativo da vida, tornou-se depressiva e atraiu espíritos com o mesmo tipo de vibração. É um círculo vicioso em que todos os envolvidos alimentam uns aos outros com mais vibrações negativas, gerando ainda mais maldade e negatividade.

Rita afagou os cabelos de Rebecca, enxugou suas lágrimas e continuou:

— Sua baixa autoestima e a imagem negativa que tinha de si mesma a tornaram vulnerável aos espíritos malévolos, que alimentaram sua mente com pensamentos ainda mais negativos e a levaram a se suicidar. Agora terá toda a ajuda de que precisa e a chance de recomeçar. Aproveite e se ajude. Você é muito bonita, Rebecca, e foi criada para ser feliz. Seja forte e aproveite a oportunidade de se tratar.

— Vou ficar neste lugar? — perguntou ela, ansiosa e com medo.

— Sim. Aqui nossos amigos irão lhe dar toda a assistência. Você será tratada por médicos e terapeutas especialistas em depressão para que possa se redescobrir e se recuperar. Mas quero que saiba que não estará sozinha. Confie em mim. Agora vamos. Você precisa se alimentar e descansar.

Naquele momento, um espírito muito simpático, e de muita luz, se aproximou de Rebecca. Tinha cabelos claros e expressão muito suave no rosto.

— Olá, Rebecca, meu nome é Nathaniel, é um prazer conhecê-la. Venha comigo, não tenha medo. Não será mantida aqui contra sua vontade. Venha conhecer o lugar, ver o que temos a lhe oferecer e, se não gostar, pode ir embora no momento que desejar. Sua vontade será respeitada.

Rita beijou o rosto de Rebecca e a olhou para assegurá-la de que estava tudo bem.

Nathaniel lhe mostrou o caminho e ela o acompanhou.

8

Um homem destruído

Em Lunas, Geraldine foi ao encontro de Linda. Precisava informar-lhe de que estava prestes a conhecer um ser importante.

— Olá querida, queria muito lhe falar. — disse Geraldine — Fui informada pelos nossos superiores de que você irá muito em breve rever um ser que foi muito importante em seu passado e que irá se beneficiar muito de sua companhia.

— Está falando de Maria, filha de Marta, correto?

— Sim, minha querida. Maria continuou cometendo os mesmos erros que cometera naquela experiência passada no Reino de Navarra e agora precisa de sua ajuda.

— Orei tanto para que ela conseguisse superar todos os seus problemas. Ela sempre esteve em minhas orações, Geraldine.

— Sim, eu sei. Mas infelizmente ela ainda comete os mesmos erros de antes. Nossos superiores nos orientaram para que a ajudemos. Ela hoje vive em uma linda colônia chamada Domus Deus, está se recuperando de uma passagem bem difícil pelo vale dos suicidas. Precisa muito de nossos conselhos e amor.

— O farei com todo o meu amor. Vou visitá-la todos os dias e ajudá-la a reencontrar todas as coisas belas que o dom da vida tem a oferecer. — disse Linda.

— Com certeza. Vocês duas têm uma ligação muito forte. — Geraldine disse.

— E a vida nos coloca juntas novamente!

— Nada acontece por acaso, lembra-se? Há sempre um motivo, um propósito divino para encontrarmos as pessoas em nossas existências. Vocês duas vão se aproximar ainda mais.

— Mas estou aqui para lhe falar de outra coisa. — disse Geraldine olhando bem nos olhos de Linda. — É sobre Roy. Ele está se embebedando todas as noites depois do trabalho. Quando chega em casa, Elizabeth e Joey já puseram Katie para dormir. Está atraindo espíritos muito malévolos e infelizes para o seu redor, o que não é bom, pois poderá levá-lo a sofrimentos atrozes.

— Preciso ir até lá visitá-los. — ela respondeu.

Geraldine concordou, porém disse a ela que um grupo de espíritos protetores iria acompanhá-la. Depois de algum tempo, quando ela se reuniu com o grupo, partiram para a crosta terrestre. Logo, Linda encontrou o local onde Roy estava. Ele estava em um bar em Asheville, na Carolina do Norte. O lugar era propício para encontros infelizes, era escuro, muito mal iluminado e estava cheio de homens bebendo e de mulheres seminuas, dançando ao redor deles. Havia muitos espíritos malévolos atormentando-os pelos vícios, como os cigarros e drogas, sugando suas energias de forma animalesca. Para cada encarnado havia dezenas de espíritos negativos. Quanto mais os homens bebiam, mais permitiam que os espíritos se alimentassem deles. Linda e seus companheiros se tornaram invisíveis para que ninguém os visse e foram procurar Roy.

Ele estava sentado em um canto, completamente bêbado, com muitos espíritos ao seu redor, felizes por vê-lo deprimido, alimentando-se de seus maus pensamentos e vibrações negativas. Riam e se divertiam com sua desgraça. Linda se aproximou e se tornou visível para eles. Pediu que saíssem, mas eles começaram a xingá-la.

Ela conseguia ler os pensamentos de Roy.

"Que destino maldito o meu, preso neste fim de mundo, vivendo desse jeito", pensou.

"Você tem uma filha linda esperando em casa! — disse Linda. Ela precisa de seu carinho, Roy. Se lhe der carinho e atenção, também irá se sentir melhor".

Mas o nível vibratório dele era tão baixo e negativo que ele não captava os pensamentos de Linda. Pediu outra bebida e virou o copo em apenas um gole.

"O que fui fazer com Linda? O que fui fazer? Matei minha esposa!", ele pensou, com pena de si mesmo. "E se não tivesse insistido em continuar a viagem com aquele tempo tão ruim? E se aquela rena não tivesse entrado no caminho?"

"Não foi culpa sua, Roy. Era minha hora. Pare de se culpar, meu amor."

Linda continuou ali, olhando para ele, mas os pensamentos dele eram tão negativos que mais espíritos malévolos foram chegando para atormentá-lo. Ela se aproximou e disse:

"Seu corpo não foi criado para absorver álcool e substâncias químicas. Você está se destruindo."

De repente um bêbado puxou a namorada dele para o lado com violência e chutou a perna de Roy, dizendo:

— Ei! Pare de olhar para minha namorada!

Dois dos espíritos malévolos se aproximaram mais de Roy e, ignorando a presença de Linda, começaram a instigá-lo com pensamentos de violência e agressividade. Tinham aparência de mulher e estavam se divertindo com a briga que estavam tentando provocar.

— Saia daqui! — disse Roy, empurrando o homem.

Ele caiu sobre a mesa de bilhar e todos no bar riram. Os dois espíritos se dividiram. Um ficou ao lado de Roy, instigando-o a atacar, enquanto o outro fazia o mesmo com o bêbado.

"Vamos, ataque! Ele está fazendo você parecer um idiota! Bata nele com toda força, seu covarde!"

Linda e seus acompanhantes começaram a orar, assistindo à cena, mas sabia que não podia ajudar, pois todos ali estavam com vibração muito baixa, totalmente vulneráveis. Insistiu para que os dois espíritos malévolos que haviam iniciado a briga parassem, mas eles nem lhe deram atenção. Continuaram a rir e a se divertir com a confusão. Então o bar foi se enchendo de mais espíritos malévolos, atraídos pela violência que se espalhava no ar.

O bêbado agarrou Roy pelo pescoço e começou a socá-lo no estômago. Na tentativa de se proteger, ele conseguiu alcançar uma garrafa e atingiu o homem na cabeça, derrubando-o no chão. Roy, cambaleante, olhou para sua camisa e viu que estava toda molhada de sangue. Jamais tinha agido daquela maneira ou entrado em uma briga, então, ao ver o homem no chão, seu instinto foi de estender a mão para ajudá-lo a se levantar. Mas antes que pudesse se aproximar, foi agarrado por um amigo do bêbado que o arremessou sobre o balcão, contra o painel de vidro do bar, estilhaçando-o. Todas as garrafas das prateleiras caíram sobre ele. E a briga continuou, agora com três amigos do homem bêbado se aproximando para espancar Roy.

De repente, no mundo invisível, o lugar foi imerso em luz brilhante, anunciando a chegada de diversos espíritos de luz que vieram em resposta às preces de Linda. As centenas de espíritos malévolos desapareceram imediatamente, com medo dos espíritos iluminados. Ao mesmo tempo ouviram-se as sirenes dos carros de polícia, que tinham acabado de chegar.

9

Hora de seguir em frente

NA MANHÃ do dia seguinte, Katie ainda estava sonolenta, sentada à mesa da cozinha enquanto sua avó servia seu prato predileto: panquecas doces com calda e morangos.

— Não vejo papai há tanto tempo, vovó. Onde ele anda? — perguntou ela, com ar triste.

Elizabeth desviou o olhar, não querendo demonstrar sua preocupação com Roy.

— Está trabalhando muito e quando chega em casa você já está dormindo, meu amor.

Não tinha como dizer à neta que seu pai havia passado a noite na cadeia.

Terminou de servir o café da manhã e disse a Katie que se preparasse para ir à escola. Já passava das onze horas, quando Roy entrou na cozinha para tomar café. Elizabeth o esperava com expressão séria no rosto. Roy estava com olheiras e alguns ferimentos no rosto.

— Bom dia, Elizabeth. — ele murmurou, constrangido e ainda cheirando a álcool.

— Pelo amor de Deus, Roy. Dá para sentir o cheiro a quilômetros. O que está acontecendo com você? Não basta se embebedar todas as noites, e agora vai parar na cadeia?

— Saí depois do trabalho porque precisava de um pouco de ar fresco. — respondeu ele, evitando os olhos de Elizabeth.

— Que vida é essa, Roy? Agora você bebe todas as noites. Os vizinhos já estão comentando. Outro dia nos ligaram de um bar pedindo que fôssemos buscá-lo, porque você não tinha condições de vir para casa. E agora da delegacia, pedindo que fôssemos pagar sua fiança! O que você quer da vida?!

Roy não respondeu e ela continuou:

— Katie não para de perguntar por que você nunca está em casa. — ela se sentou ao lado dele. — Sua filha precisa de você. Está desesperada, sentindo falta da mãe. Quanto a isso, não há muito que possamos fazer. Mas o pai dela está aqui, vivo, e ela precisando de carinho. Ela é apenas uma criança, Roy... precisa muito de você.

— Ela tem a vocês dois. Isso já basta. — Nunca estive muito presente. Mesmo antes da morte de Linda, estava sempre fora, viajando a trabalho, e quase não as via. A única diferença é que agora não viajo tanto. — nervoso, lançou os braços no ar. — Não me enche!

— Você está louco? Sim, Joey e eu estamos aqui, mas agora ela precisa do pai mais do que nunca. Você é a família dela e precisa estar presente para fazê-la se sentir amada e em segurança.

— Você não vai me dizer agora o que fazer ou não, vai? Agradeço muito por vocês dois cuidarem de minha filha, mas não quero que isso se torne um incômodo.

— Não é incômodo. Katie é a única razão que me dá forças para continuar a viver. Mas não quero vê-lo se embebedando desse jeito, jogando sua vida fora. E o pior disso tudo é que você está magoando sua filha por não lhe dar atenção.

Roy continuou quieto.

— Assim você vai acabar perdendo o emprego. Está sempre de ressaca, cheirando a álcool e chega cada dia mais atrasado no escritório. Não acho que eles vão aguentar muito tempo.

Irritado, Roy se levantou, falando sem pensar:

— Por que vocês não deixam Katie e eu em paz? Nunca gostaram de mim. Foram contra meu casamento com Linda e sempre falavam mal de mim para ela. Diziam que eu era imaturo e que era cedo para nos casarmos, lembra-se? — caminhou até a porta — Talvez seja melhor vocês voltarem para a casa de vocês!

E saiu, batendo a porta. Elizabeth foi para o jardim tomar um pouco de ar. "Como ele pode ser tão mal-agradecido? Tenho me dedicado exclusivamente a ele e a Katie e agora ele me diz para ir embora?", pensou Elizabeth, começando a chorar.

Linda, que estava ao seu lado, acompanhada por espíritos de luz, aproximou-se mais de seu ouvido e disse:

"Estou aqui, mãe. Não a abandonei. Acalme-se, por favor. Não deixe que seus pensamentos se tornem negativos. Roy não quis realmente dizer aquilo. Está apenas triste e vulnerável como todos vocês nesta casa, mas talvez seja o menos preparado para enfrentar a perda."

Elizabeth se lembrou do rosto da filha e de alguns momentos especiais que tiveram. Aos poucos foi se acalmando e olhou para o céu. Pensando em Linda, fechou os olhos e disse:

— Ah, minha filhinha, você era nosso porto-seguro. Me sinto tão perdida diante desta situação. O que faço agora?

Linda sussurrou em seu ouvido:

"Katie precisa de você, mamãe, e Roy também. Por favor, tenha paciência com ele. Essa situação não irá durar para sempre, posso lhe assegurar. É só uma questão de tempo. Vocês têm que seguir em frente."

Elizabeth abriu os olhos e olhou novamente para o alto, como se pudesse ver Linda no céu.

— Prometo, minha filha, que vou cuidar de Katie, aconteça o que acontecer. Prometo dar a ela todo o amor e carinho.

Algumas horas depois, Katie já tinha voltado da escola e estava brincando, alegre, no balanço do jardim. Elizabeth estava na sala lendo um livro e, de vez em quando, olhava para fora para verificar se estava tudo bem com a neta. Mais tarde, Geraldine também chegou ao jardim e se juntou a Linda e aos outros espíritos de luz que a auxiliavam em sua visita à Terra.

— Como está Katie? — Geraldine perguntou a Linda.

— Está tentando ser forte... não é fácil para alguém com a idade dela "perder" a mãe. Ela anda mais introvertida, mas nada que seja motivo de preocupação. Fica triste às vezes, mas logo se recupera.

— Você ainda a leva a Lunas durante a noite, quando o corpo físico dela está dormindo? — perguntou Geraldine.

— Deus, com toda a Sua bondade, tem proporcionado esses momentos de paz a ela. Quando nos é permitido, sou acompanhada pelos espíritos de luz e junto com eles venho buscá-la para passarmos um momento juntas. Mas ela não se lembra dos nossos momentos juntas. Quando seu corpo acorda pela manhã, acha que foram apenas sonhos bons comigo, nada mais.

— Mas é assim que deve ser. O período em que o corpo dela descansa é o momento em que vocês duas podem passar juntas, sentindo-se reconfortadas e seguras de que tudo vai ficar bem. — disse Geraldine com um sorriso.

Linda percebeu então que Katie parou de balançar e ficou muito quieta. Foi até ela e viu que a filha estava chorando. Provavelmente tinha captado sua presença e sentiu saudades.

— Não chore, meu amor. Mamãe está aqui, lembra-se? Estou sempre com você. — afagou o rosto da menina e, no mesmo momento, Katie teve uma sensação agradável, como se fosse uma leve brisa tocando-lhe o rosto. Linda se concentrou em pensamentos positivos e lhe enviou vibrações de amor. Ela avistou duas borboletas amarelas, que sobrevoavam o jardim. Linda orou e pediu a Deus para que inspirasse Katie a olhar na direção em que as borboletas estavam. Naquele mesmo momento, as duas borboletas chegaram próximas e começaram a voar em círculos ao redor de Katie. A pequena garota abriu um imenso sorriso e foi atrás das borboletas, pulando, rindo e gritando de felicidade.

— Vovó! Vovó! Veja, borboletas! Foi minha mãe quem as enviou, tenho certeza.

Elizabeth colocou o livro na cadeira, foi até Katie e lhe deu um abraço carinhoso.

— Venha, minha querida. Vamos para dentro assar alguns biscoitos.

— Não, vovó. Agora não. Quero correr atrás das borboletas que minha mãe me mandou.

— Está bem, querida. Eu corro junto com você atrás delas. — Elizabeth foi atrás das borboletas com a neta, rindo e fazendo algazarra. Quando se cansou, disse:

— Katie, vou para dentro fazer uma limonada para nós duas. Depois vou trazer alguns sanduíches aqui no jardim para tomarmos um lanche.

Linda derramou uma lágrima enquanto observava a filha correr pelo jardim.

— Não se deixe levar pelos sentimentos de tristeza, Linda. — disse um dos espíritos de luz a Linda.

Linda sorriu e concordou.

Geraldine sorriu para ela, dizendo:

— Estamos aqui com eles. Vamos ajudá-los a superar as dificuldades. Tenha fé em Deus, minha querida. — Ao final, segurou a mão de Linda dizendo: — Vamos, então?

Linda concordou e, junto a Geraldine e aos espíritos de luz, deixou o jardim e voltaram para a colônia Lunas.

10

Promessas

NAQUELA noite, Elizabeth leu para Katie um capítulo de "Peter Pan" até que ela adormecesse. Desceu, então, para a sala e fez companhia ao marido, que estava lendo um livro. Sentou-se no sofá e Joey, sentindo que ela estava muito quieta, perguntou o que a perturbava. Elizabeth comentou então sobre a discussão que teve com Roy de manhã e confessou que estava preocupada com ele.

— Ele vai perder a saúde e também o emprego, se não se cuidar. E também estou preocupada com Katie. Roy não tem estado presente neste momento tão difícil para ela.

— Pelo que Linda nos contava, já imaginávamos que Roy fosse uma pessoa bastante imatura. Pelo jeito ele não está sabendo lidar com a situação e, beber foi a solução que encontrou para escapar e esquecer os problemas. Temos que continuar a lhe dar conselhos e apoio.

— Mas ele pediu que fôssemos embora. — disse Elizabeth.

— E é isso que você quer? — perguntou Joey, ao que ela respondeu que não.

— Nesse caso, vamos esperar até amanhã. Provavelmente ele irá nos pedir desculpas. Com certeza, não teve intenção de nos mandar embora. Mas, se não pedir, isso significa que esta é mesmo sua intenção... — ele fez uma pausa e continuou. — E então teremos que deixar esta casa.

— Não podemos ir agora. Katie precisa de nós e está claro que Roy não tem preparo para ser pai. — exclamou ela, angustiada.

— Vamos esperar até amanhã e aí decidiremos o que fazer. Não adianta sofrer por um problema que ainda nem temos certeza de que existe.

Elizabeth terminou seu chá e se preparou para subir.

— Vou me deitar. Não quero ter que ver Roy chegando embriagado. Se isso acontecer, com certeza, teremos uma discussão.

Beijou Joey no rosto e foi para o quarto.

No dia seguinte, o telefone tocou logo cedo, acordando o casal. Joey atendeu e, ao desligar, parecia muito preocupado. Elizabeth ficou olhando para ele, esperando. Joey respirou fundo para se recuperar e disse:

— Temos más notícias. Roy está no hospital. Não sei exatamente o que aconteceu, mas parece que ele estava dirigindo embriagado e sofreu um acidente.

Ao ouvir o marido dizer as palavras "dirigindo" e "acidente", seu coração disparou. No mesmo instante lhe veio à lembrança a cena do xerife Russel chegando para dar a notícia da morte de sua filha. Suas pernas tremeram e ela ficou pálida. Olhou imediatamente para a escada, pensando em Katie. Mas a menina já vinha descendo, chorando, desesperada, pois tinha ouvido a conversa dos avós.

— O que aconteceu com meu pai? — ela perguntou, aos gritos. Ele morreu?

— Não, meu amor. Ele não morreu. Não foi nada, meu amor... nada! — disse Elizabeth, inclinando-se para abraçá-la.

— Meu avô disse que ele sofreu um acidente de carro! — ela disse, com voz trêmula.

Elizabeth a abraçou ainda mais forte, enxugou suas lágrimas e disse:

— Não, não, minha querida. Vamos rezar para Deus cuidar dele e trazê-lo logo para casa. — Agora vamos nos trocar para ir vê-lo no hospital. Vovô vai nos levar.

*****

Ao chegar ao hospital, Elizabeth e Joey foram direto para o quarto em que Roy estava. Eles entraram e viram uma enfermeira cuidando de Roy. Katie correu até ele e disse:

— Por favor, não morra, papai. Preciso tanto de você!

Antes que ele pudesse responder, a enfermeira disse:

— Seu pai vai ficar bem. Vai para casa logo. Não foi um acidente sério.

Então, ela pediu licença e saiu.

Roy estava constrangido diante de Joey e Elizabeth. Tinha ferimentos no rosto e nos braços. Katie segurava sua mão, ainda assustada e chorando.

— O que aconteceu, Roy? — perguntou Joey. — Viemos assim que recebemos a notícia.

— Foi um pequeno acidente na volta do trabalho. — disse ele, fazendo um sinal com a mão para indicar que não queria falar na presença de Katie. — Podemos falar disso mais tarde?

Elizabeth bufou e resmungou impaciente:

— Venha, Katie. Agora você já viu que papai está bem. Não vai morrer. Logo estará em casa. Vamos então, querida. Você precisa ir à escola.

A menina abaixou a cabeça. Roy segurou seus ombros e disse:

— Meu amor, não vou abandonar você, prometo. — uma lágrima escorreu em seu rosto. — Os médicos dizem que vou para casa hoje mesmo. Agora vá para a escola e nos encontramos em casa.

Surpresa com o comportamento carinhoso do pai, Katie lhe deu um beijo no rosto e respondeu:

— Papai, eu o amo muito; mais que tudo no mundo. Por favor, não vá morrer também. Por favor, papai!

— Eu também a amo, minha princesinha. E prometo que não vou morrer. — ele disse, afagando o rosto da filha e segurando sua mãozinha. — E também prometo que as coisas vão mudar de agora em diante. Vamos nos ver bem mais.

Katie sorriu:

— Não precisa prometer, pai. Vovó e vovô me explicam todos os dias que você está trabalhando muito para ganhar bastante dinheiro e deixar nossa vida ainda melhor. Eu o amo muito.

Mais lágrimas rolaram pelo rosto de Roy. Antes que eles saíssem, ele pediu para ter uma palavra com Elizabeth. Joey levou Katie à escola e voltaria para buscar Elizabeth.

— Peço perdão, Elizabeth. Não tive intenção de dizer aquelas coisas ontem.

Ela respirou fundo, olhou para ele com ternura e disse:

— Eu sei. Está tudo bem, Roy... É que me dói muito ver você jogar sua vida fora assim e...

Ele a interrompeu:

— Por favor, não precisa dizer. Já estou me sentindo um grande idiota. Bastou ver Katie entrar aqui para perceber.

Ele olhou para o teto e ficou em silêncio por alguns instantes, os olhos fechados, mas derramando lágrimas.

Elizabeth se aproximou e disse:

— Deixe que toda essa amargura saia do seu coração, Roy. Chore. Permita-se liberar essas emoções ruins de dentro de você. Ninguém o ensinou como superar uma perda tão grande, nem como criar e dar apoio a uma menina tão pequena que acabou de perder a mãe. O que você está sentindo é mais que normal.

Ele pensou em Linda e, mentalmente, pediu aconselhamento. Linda estava ali, acompanhando tudo ao lado de Elizabeth. Nenhum dos dois a viu, mas ambos começaram a se sentir mais leves, como se sua dor estivesse sendo aos poucos diluída.

Linda estava irradiante, envolvida por uma luz azulada, própria de espíritos a caminho da luz. Ela transmitiu uma mensagem mentalmente a Roy:

"Seja forte, Roy, não se esqueça de que todos escolhemos enfrentar esses desafios, porque eles nos ajudam em nosso progresso. Sabíamos que não seria fácil, mas é a única forma que você tem de reparar os erros do passado e seguir em frente." — disse Linda, envolvida por uma luz azul brilhante.

Roy ainda chorando, olhou para Elizabeth e disse:

— Vou tentar mudar. Não posso mais fugir da situação. Katie precisa de mim e vou cuidar bem dela, prometo.

— Joey e eu vamos estar sempre ao seu lado. Nós somos uma família, Roy. Estamos juntos. — respondeu Elizabeth — Mas, por favor, chega de acidentes de carro. Nossos corações não vão aguentar se tivermos mais uma notícia dessas!

— Prometo. Sem acidentes de carro daqui em diante. — ele disse, sorrindo.

— Portanto, cuide-se bem. — ela disse.

11

Revelações

Acompanhada de espíritos superiores, Linda foi ao encontro de Rebecca, na colônia Domus Deus. Quando Linda chegou, encontrou Rebecca sentada em um banco. Parecia mais jovem e tinha um certo brilho ao seu redor.

— Olá, Rebecca. Me chamo Linda. Eu vim até aqui para me apresentar a você. Gostaria de lhe oferecer minha companhia.

— Linda? — Rebecca estranhou a inesperada visita. — Você também mora aqui nesta colônia?

— Eu moro numa outra colônia chamada Lunas. Fiquei sabendo que você regressou à pátria espiritual e que agora está morando nesta linda colônia.

— Você me conhece? — ainda parecendo confusa com a presença de Linda. — Digo, por acaso nos conhecemos? Minha memória ainda não está muito lúcida. Aos poucos venho lembrando de fatos que aconteceram no passado, entretanto, ainda não me lembro de tudo.

— Sim, nós nos conhecemos. Já vivemos uma experiência na Terra, e Deus nos colocou juntas novamente. Mais uma vez, estamos unidas para auxiliar nossa evolução espiritual e também a evolução de outros espíritos a quem amamos muito. Linda sentou-se ao lado de Rebecca e disse:

— Puxa! Você parece tão bem e feliz. Está até sorrindo.

— Eu não tinha esta aparência quando cheguei aqui. Tenho aprendido muito nesta colônia. Está sendo muito bom para mim, ficar aqui. Todos são muito atenciosos comigo e me ensinam muitas coisas. Tenho passado bastante tempo com os conselheiros e com os terapeutas também.

— Conte-me tudo. Estou curiosa para conhecer sua história.

Embora não lembrasse de Linda, Rebecca sentia uma incrível afinidade por ela. Sentia que podia confiar nela e contar-lhe como se sentia.

— Aos poucos, estou me lembrando de minhas experiências anteriores na Terra, e, toda vez que tenho uma dessas lembranças, discutimos todos os acontecimentos e as lições que se pode tirar de cada um deles — Narrou a Linda enquanto olhava o céu — E então analisamos juntos cada erro que atrapalhou minha evolução naquele momento, para que eu possa aprender. Percebi que, desde meus primeiros instantes nessa encarnação, meus pensamentos sempre foram negativos e de autodestruição, o que atraía consequências ainda mais negativas para minha existência.

Linda prestou atenção a cada palavra de Rebecca, que ainda parecia bastante frágil e vulnerável. Mas sentiu uma energia boa ao seu redor, o que indicava seu progresso.

Rebecca continuou:

— Uma das experiências de que me lembrei foi de séculos atrás, na Inglaterra. Nasci em uma família pobre e tive, ainda pequena, uma doença que me deixou com deficiências físicas. Eu tinha muita vergonha de minha condição e me odiava. Sentia-me feia ao me comparar às outras meninas do vilarejo e jamais vi algo de bom na vida. Meus pais eram muito carinhosos comigo e queriam que eu tivesse uma boa educação, mas éramos tão pobres que, às vezes, mal tínhamos o que comer. Quando cheguei à adolescência, os dois contraíram uma doença fatal e não resistiram. O dono da casa que alugávamos me jogou na rua e eu não tinha para onde ir. Passei a vagar pelas ruas de Londres, dormindo cada noite em um lugar. Não demorou muito e acabei me prostituindo para sobreviver. No começo, parecia uma forma fácil de ganhar a vida. Os homens usavam meu corpo em troca de uma dose de bebida ou de um pedaço de pão. E quanto mais eu deixava estranhos se aproveitarem de meu corpo, mais odiava a mim mesma. Quando fiquei mais velha, não conseguia mais encontrar homens dispostos a me pagarem por sexo. Continuei a morar nas ruas, agora sem rumo, rodeada de ratos e insetos.

Rebecca baixou os olhos e fez uma pausa. Era um grande esforço para ela continuar a contar aquilo tudo sem chorar.

— Você está bem? — perguntou Linda com carinho.

Rebecca disse que sim e prosseguiu:

— No final, acabei contraindo cólera e morri sozinha na rua. Ao me desvencilhar do corpo, em espírito fui direto para as regiões trevosas. Era um lugar bem diferente do céu que a igreja prometia. Frio, escuro e aterrorizante. E havia criaturas horrendas por toda parte, algumas constantemente agonizando e gritando de dor, e outras que se divertiam com o sofrimento de espíritos como eu. Ao desencarnar, continuei com a aparência que tinha na Terra: feia, inválida e carregando comigo todos os sentimentos negativos e a depressão. Foi um pesadelo. Se antes eu acreditava no que a igreja ensinava, que quando eu morresse iria para o Paraíso e me libertaria daquela aparência horrível, a realidade me mostrou que tudo que os padres diziam era mentira. Meu Paraíso era um grande, escuro e frio Inferno.

— E você vem carregando aquele inferno pessoal consigo até hoje. — disse Linda, afagando seu rosto. Pegou seu queixo, ergueu sua cabeça e continuou:

— Como você deve estar descobrindo agora, os pensamentos negativos e a falta de autoestima só a impediram de enxergar o lado bom da vida. Não estou dizendo que sua vida em Londres nos anos 1800 tenha sido fácil, muito pelo contrário. Você teve que enfrentar muitos desafios, como a perda de seus pais ainda jovem e a deficiência em sua perna, que por si só era um motivo para as pessoas da época a afastarem da sociedade. Mas você deixou de aprender as lições e superar os obstáculos simplesmente porque perdeu a fé. Ao odiar a si mesma, você odiava a Deus e se afastava cada vez mais dele.

Rebecca colocou as mãos no rosto. Sentindo que ela estava constrangida, Linda a abraçou.

— Não estou aqui para julgá-la, lembra-se? Você achou que estivesse sozinha e esquecida naquela época, quando, na verdade, sua casa sempre esteve aqui, à sua espera.

— Aquele lugar era horrível. Sofri ali mais do que na Terra. O cheiro era terrível, as noites geladas nunca tinham fim... Onde estava o Paraíso quando eu mais precisava dele?

— Aquele foi o lugar que você atraiu naquele momento de sua existência. Não estava preparada para se recuperar ou mesmo para aceitar que precisava mudar. Estava a tal ponto submersa no sofrimento e na dor, que acreditava não merecer qualquer coisa senão punição. Foi por escolha própria que continuou a se autoflagelar. Deixou que a maldade tomasse, cada vez mais, conta de sua mente.

Naquele instante, um belo pássaro azul pousou ao lado de Rebecca no banco e começou a cantar.

— Veja como a vida tem coisas belas. — disse Linda, apontando para o pássaro. — Veja esta pequena criatura que veio cantar para nós. Este é o erro de muitas pessoas. Estão rodeadas de belezas e bênçãos, de seres dispostos a ajudá-las a evoluir, mas insistem em manter os olhos fechados para o universo maravilhoso em que vivemos, enxergando apenas a escuridão.

— Pois foi isso que eu fiz até agora... — disse Rebecca, prestes a chorar.

— Sim. Sua falta de fé e de autoestima só fizeram você mergulhar cada vez mais na escuridão que você mesma criou.

O pássaro pulou e pousou no joelho de Linda.

— Mas uma das maiores belezas da vida é o fato de que sempre temos chance de começar novamente... novamente..., corrigindo os erros do passado. Deus não tem intenção de punir Suas criaturas quando as expõe a dificuldades, e sim de dar a elas uma nova chance de aprender e evoluir.

Linda tocou de leve o pássaro e ele abriu as asas e voou. Ela prosseguiu:

— Um espírito muito iluminado encarnou na Terra para ensinar os humanos. Ele disse o seguinte: "Não se pode voltar ao passado e fazer um novo começo, mas é sempre possível começar de novo e fazer um novo final". Esta frase faz parte dos ensinamentos de Chico Xavier e revela uma das maiores e mais maravilhosas leis do universo: a lei da reencarnação, que sempre nos permite uma nova chance de recomeçar e reparar nossos erros.

Linda sorriu antes de continuar:

— Toda vez que perceber que pensamentos depressivos rondam sua mente, lembre: "Há uma luz dentro de mim que brilha de dentro para fora. Esta luz me protege em momentos de escuridão e traz somente alegria e felicidade para minha vida!"

Enquanto Linda dizia aquelas palavras, uma luz brilhante se irradiou do centro de seu ser e iluminou tudo ao seu redor. Ela olhou em volta, mostrando a Rebecca o que acontecia, e concluiu:

— Sua força de vontade e sua fé são a chave para a mudança. Acenda a luz que existe em seu interior e ilumine não somente a você, mas todos ao seu redor. Você é a chave de tudo.

As duas se levantaram e Rebecca agradeceu a Linda pela visita. Antes de ir, Linda lhe fez um convite:

— Teremos uma apresentação em Lunas. Gostaria muito que você viesse.

Rebecca perguntou:

— Tem certeza de que posso? Pessoas como eu podem entrar em sua colônia?

— Como assim, pessoas como você, Rebecca? Você é uma criatura bela, tanto quanto eu ou qualquer outra criatura de Deus no universo; e, sim, quero apresentá-la a meus amigos e lhe mostrar o lugar que agora considero meu lar.

Rebecca sorriu, animada, sem acreditar que estava sendo convidada para um evento importante.

— Vou consultar os dirigentes da colônia, mas não vejo motivo para não quererem que você vá.

E antes de sair, repetiu:

— Não se esqueça de que você tem a chave para acender a luz em seu interior e iluminar seu caminho em meio a qualquer dificuldade ou escuridão!

12

Amor incondicional

LINDA chegou a Lunas e comentou com Geraldine sobre o encontro com Rebecca e sobre como estava feliz com o desenvolvimento dela. Contou também sobre a experiência de uma vida anterior em Londres, de que ela havia se lembrado, e sobre algumas ideias que estava tendo para ajudá-la a aprender a amar a si mesma e à vida.

— Você a convidou para a nossa apresentação? — perguntou Geraldine.

— Sim. Será muito bom para ela vir nos visitar, especialmente em um dia tão festivo. — disse Linda. — Eu estava um pouco triste com a visita que tinha acabado de fazer à Terra. Sabe... é muito difícil ver Roy, Katie e meus pais passarem por tantas dificuldades. Mas depois de ver Rebecca me senti muito melhor e mais energizada.

— O que você está sentindo tem nome: chama-se amor incondicional. Está feliz ao ver o progresso de alguém a quem ama. Aproveite os momentos bons que está tendo com ela e continue a lhe mostrar o lado bom da vida. É gratificante ver que ela está finalmente se libertando da tristeza e se abrindo a novas oportunidades.

— Você está certa. Mal posso esperar para vê-la ainda mais livre e progredindo plenamente! — disse Linda, com alegria nos olhos.

— Quanto mais ela progredir, mais feliz você se sentirá. Isto acontece porque todos que dão amor e energia positiva às pessoas recebem o mesmo em dobro do universo.

— É verdade, Geraldine. Estou me sentindo muito bem com o progresso dela. Isto enche meu coração de alegria.

— E outras pessoas irão precisar de você em breve. Mas você já deve saber, não? — disse Geraldine, adotando um tom mais sério. — As vidas de Roy e Katie logo irão se modificar novamente. Eles estão para iniciar novos testes de vida e você sabe o que virá. Será uma fase bem difícil para eles.

Linda respondeu, pensativa:

— Quer dizer que... Já está se aproximando o momento em que eles irão encontrar... — hesitou por um momento e completou: — Ela?

— Sim, minha querida. Chegou a hora das vidas de Marta e Enrique se cruzarem novamente. Momentos bastante difíceis os aguardam.

*****

O corpo físico de Katie descansava, dormindo na cama, mas seu espírito estava ao lado do corpo, quando Linda chegou.

— Mamãe, mamãe! Você voltou! — disse Katie, olhando surpresa para Linda. Correu em direção a ela e a abraçou. As duas ficaram abraçadas durante um bom tempo. — Tenho tanta saudade de você, mamãe... Por que não vem ficar conosco de vez?

— Ah, minha filhinha... Estou aqui com você e vou estar sempre. — Linda enxugou uma lágrima do rosto da menina e continuou a afagar seus cabelos.

— Tenho medo, mamãe. Às vezes me sinto tão sozinha. Olho em toda parte, procurando você. Então fecho os olhos, fingindo que tudo isso é só um pesadelo, conto até dez e abro os olhos, imaginando que você vai entrar pela porta a qualquer momento e voltar para nós.

Linda se levantou e, dando a mão a Katie, a convidou para viajar. Katie sorriu, animada. As duas, então, levitaram graciosas em direção à colônia Lunas, perto do lago.

— Veja, Katie, quem está aqui. É Asas!

O cavalo se inclinou para que Katie pudesse montá-lo. Linda montou o outro animal e elas saíram galopando pelos campos de Lunas. Linda não se cansava de admirar a expressão feliz da filha.

— Vamos, Asas, rápido... mais rápido! — disse Katie, gargalhando de alegria, agarrada ao cavalo, beijando-o com carinho.

Linda ficou feliz ao ver a filha sorrindo depois de passar por tanto sofrimento. A vista de Lunas era muito bela: jardins cobertos de flores.

Katie estava tão feliz que seu corpo físico na Terra também sorria, adormecido na cama.

Geraldine também viera ver Katie.

— Olá, princesa. Como vai? — ela perguntou, sorrindo.

— Estou bem, obrigada, Tia Geraldine! Estou sempre feliz quando estou com minha mãe. — disse Katie.

— Estou vendo. — disse Geraldine.

— Vocês estavam brincando? — perguntou Geraldine.

Katie riu e disse:

— Não, estávamos cavalgando em nossos cavalos. — disse ela, rindo e gesticulando para mostrar o movimento dos cavalos. Logo depois saiu correndo pelo campo, chamando Linda para acompanhá-la.

Geraldine ficou observando as duas saírem rindo e correndo como crianças. Enquanto assistia àquele breve momento de felicidade para Katie, pensou: "Enrique e Marta logo se encontrarão.

Mas não sei se Marta está pronta para isso. Pelo que vejo, por suas experiências nessa vida, ela continua a cometer os mesmos erros de antes. Espero que aquela tragédia nunca mais se repita. Mas sabemos como é difícil para algumas pessoas abandonar os pensamentos negativos, a maldade e a vingança, e deixar o amor entrar em seus corações. Algo me diz que ela não está preparada. Ainda tem muito ódio no coração. Mesmo antes de reencarnar, tinha pensamentos de pura maldade".

Linda voltou segurando Katie, agora adormecida, em seus braços.

— Preciso levá-la de volta. Envolvi-a em vibrações positivas e de amor, e creio que ela agora está totalmente energizada.

Geraldine beijou a testa de Katie com muito carinho e disse:

— Vá em paz, meu amor.

Linda fechou os olhos e viajou, acompanhada de espíritos de luz, para a Terra, para o quarto de Katie, onde seu corpinho dormia. Linda colocou o espírito de Katie próximo ao corpo físico no momento em que o dia estava amanhecendo e um novo dia se iniciava em Asheville. Alguns instantes depois, Elizabeth entrou no quarto para acordar a neta. Beijou-a na testa e disse, em tom delicado:

— Acorde, minha princesinha! O dia já amanheceu e está na hora de ir à escola.

Katie foi despertando e abrindo os olhos aos poucos. Ao acordar completamente, saltou da cama, feliz e animada, dizendo à avó que havia tido um sonho com a mãe em que as duas cavalgavam juntas. Pulava de alegria enquanto a avó tentava vesti-la para a escola.

— Não me lembro de muita coisa, mas ela estava linda, vovó... e havia uma luz nela que brilhava muito.

— Que sonho bonito, meu amor. Mas agora vamos, venha se vestir. Você pode me contar o resto do sonho enquanto tomamos café da manhã. Vou preparar panquecas com morangos, do jeito que você gosta.

Katie estava tão entusiasmada que não conseguia parar de falar do sonho. Embora não se recordasse dos detalhes, sua mente ainda guardava os beijos que a mãe havia lhe dado e as cenas da cavalgada e do voo. Queria contar tudo à avó, que tentava vesti-la. Linda ainda estava no quarto, assistindo à cena, sorrindo e, antes de sair, fez uma prece pedindo que aquela casa fosse envolvida em amor, harmonia e felicidade.

Quando as duas entraram na cozinha Roy estava tomando café, pronto para ir ao trabalho.

— Bom dia, papai! — exclamou Katie, sorrindo e correndo para abraçar o pai.

— Bom dia, meu amor! Bom dia, Elizabeth!

Surpresa ao ver Roy acordado e pronto para sair tão cedo, Elizabeth disse:

— Toma o café conosco?

— Gostaria muito, mas estou com pressa. Vai ser um dia bastante cheio no escritório e quero estar lá cedo. Beijou a filha e disse:

— Até mais tarde, querida. Prometo vir para casa mais cedo para ficar com você.

Pegou então algumas pastas que estavam sobre a mesa da sala e saiu, concentrado no que tinha que fazer no escritório.

Roy mudou depois do acidente. Deixou de ir aos bares depois do trabalho para se embebedar. Passou a dar mais atenção a Katie e até seu relacionamento com Elizabeth e Joey melhorou. Todas as noites, depois de colocar Katie para dormir, passava horas com eles, conversando sobre seu dia no trabalho ou assistindo à televisão. O relacionamento deles agora era carinhoso e fraterno. Para Elizabeth e Joey era um alívio ver aquelas mudanças em Roy e, quanto mais tempo os três passavam juntos, mais eles se afeiçoavam a ele.

13

O destino bate à porta

NA COLÔNIA espiritual de Lunas, o dia da apresentação chegou, e Linda foi buscar Rebecca em Domus Deus. Rebecca já a esperava, animada com o fato de ir até Lunas e participar do evento. Estava diferente agora, em vez do semblante triste e cabisbaixo de antes, olhava radiante para os olhos de Linda. Até sua expressão facial estava mais suave.

Ao chegar à colônia, Rebecca ficou fascinada com a beleza do lugar. Vendo o brilho em seus olhos, Linda disse:

— Ainda temos algum tempo antes da apresentação. Vamos dar uma volta para eu lhe mostrar a colônia.

As duas entraram e Rebecca pôde observar a magnitude de Lunas, com seus quilômetros e quilômetros de campos e vales cobertos de um belo e delicado tapete de flores coloridas. Parou para admirar o lago cristalino, mas o que mais a impressionou foi o imenso prédio no centro, era circular e com uma imensa redoma no topo. O edifício flutuava sobre a água e havia uma ponte, que parecia ser de cristal, ligando-o aos dois lados da margem.

— É o prédio ministerial. — explicou Linda, apontando para a construção. — É onde nossos dirigentes se reúnem para organizar a sociedade aqui em Lunas.

Rebecca estava sem palavras diante da beleza do lugar. Elas continuaram a caminhar pelo bairro residencial. Linda aproveitou para mostrar a ela a casa onde morava. Depois do bairro residencial, havia mais três prédios do mesmo estilo que o ministerial, porém com três cúpulas, rodeados por grandes e altas árvores e unidos por pequenas pontes. As duas continuaram o passeio, conversando sobre a reencarnação e seus processos.

Em um determinado momento da conversa, quando Rebecca perguntava a Linda sobre a evolução espiritual, Linda disse:

— Quanto mais progredimos, mais puros nos tornamos, mais faculdades desenvolvemos e mais portas se abrem para nós. Esta é uma das muitas maravilhas da existência. Quanto mais nos purificamos como espíritos, mais aptos nos tornamos para conhecer tudo o que existe no infinito universo.

Linda continuou a mostrar a colônia a Rebecca, até que as duas chegaram a uma grande arena, onde um grande número de espíritos estava se reunindo para assistir à apresentação, alguns em grupos e outros sozinhos. A atmosfera de paz e alegria era contagiante.

— Aqui estamos. Chegamos.

— Nossa, o lugar é lindo! — disse Rebecca, observando a arena.

— Sim. Aqui assistimos a apresentações de música, teatro, balé e todo tipo de arte. Geraldine, uma amiga com quem tenho muita afinidade, irá participar da apresentação na orquestra hoje.

— Puxa, estou muito animada com isso tudo, Linda!

— Eu também. Há muito tempo não a vejo tocar. A música aqui é muito diferente da que há na Terra, é muito mais pura e emocionante, você verá.

As duas entraram e se sentaram.

*****

Enquanto isso, na Terra, Roy, Katie, Elizabeth e Joey estavam à mesa, jantando. Katie estava contando sobre seu dia na escola quando, de repente, alguém começou a bater insistentemente na porta da rua.

— Ah, meu Deus! Quem pode ser, batendo desse jeito? — disse Elizabeth, se levantando. Mas Roy se levantou primeiro e disse que iria atender.

As batidas estavam ficando cada vez mais fortes e insistentes. Roy abriu e, ao ver quem era, saiu rápido e fechou a porta para que ninguém visse. Falou em voz baixa, quase sussurrando, com medo de ser ouvido:

— Você?

Olhou para a janela para ver se alguém estava olhando lá de dentro.

— O que está fazendo aqui? — perguntou.

A mulher tinha cabelos longos, ruivos e parecia agitada. Tinha um forte sotaque nova-iorquino.

— Vim falar com você, Roy. Estou há tempos tentando, mas você não atende minhas ligações.

— Vá embora, por favor. Se meus sogros a virem, vão começar a me fazer perguntas.

Ela ergueu a voz:

— Não saio daqui enquanto não conversarmos. Tenho uma proposta para você!

Roy colocou o dedo sobre os lábios, pedindo que ela falasse mais baixo.

— Está bem, está bem... Vá ao meu escritório amanhã. Graham Palmer, Avenue 2566.

— Sei onde fica, Roy! — ela disse, irritada.

— Está certo, então... Agora se acalme. Encontre-me lá amanhã.

— Roy, estou avisando: se você não aparecer amanhã, eu volto aqui e conto a eles tudo sobre nós dois. Você tem que me ouvir, queira ou não!

— Sim, prometo, prometo. Agora vá embora antes que alguém a veja.

A mulher se aproximou e beijou os lábios de Roy antes de ir.

— Isto é para lembrá-lo de tudo que eu significo para você.

Roy entrou e voltou para a mesa. Estava pálido e agitado. Estavam todos ansiosos, querendo saber quem era a visita.

— E aí, Roy? Ouvimos a voz de uma mulher, mas não parecia conhecida. — disse Elizabeth.

— Ah... era... — ele fez uma pausa, tentando pensar em uma desculpa. — Uma colega do escritório. Veio dizer que não pode ir trabalhar amanhã por causa da filha.

Todos olharam para ele, sem entender o motivo daquele nervosismo. Suando nas têmporas, Roy completou sua mentira:

— A filha dela está passando mal, então, ela veio me pedir um dia de folga para ficar em casa cuidando dela. É isso.

Depois de alguns instantes, Katie interrompeu o silêncio:

— Papai, vovó comprou um livro novo com uma história para eu dormir. Chama-se "Alice no País das Maravilhas"! Você pode ler para mim?

— É claro, meu amor. Vamos ficar ansiosos esperando a hora de dormir.

"Mas o que ela quer? Já faz tanto tempo. Por que voltar a me procurar?" — Roy não conseguia parar de pensar naquela mulher. "Será que soube de Linda? E por isso veio até aqui só para falar comigo? Elizabeth e Joey não podem sequer desconfiar. Jamais me perdoariam."

*****

Em Lunas, a apresentação havia terminado. O público aplaudia de pé. Geraldine estava no palco com os demais membros da orquestra, agradecendo a todos pela presença e pelo apoio. Rebecca ficou encantada com o espetáculo. Emocionou-se e derramou lágrimas durante o concerto. Não se cansava de agradecer a Linda pela oportunidade de visitar sua colônia e assistir a algo tão belo.

— Por favor, não precisa me agradecer, Rebecca. É um prazer ter você aqui.

Rebecca sorriu e Linda continuou:

— Fico muito feliz ao vê-la assim, de bem consigo mesma e com a vida.

— Estou mesmo e só tenho a agradecer-lhe por isso.

Linda sorriu.

— Não, você não tem que me agradecer. Posso até lhe mostrar o caminho, mas cabe a você segui-lo ou não.

Os olhos de Rebecca se entristeceram de repente.

— Bem, acho que é hora de eu voltar a Domus Deus.

— Não fale assim. Lá há pessoas muito carinhosas cuidando de você e que também desejam vê-la bem e seguindo seu caminho.

— Eu sei. Não quis dizer isso.

— Aproveite bem o momento e tudo que você tem agora. O momento presente é o único que importa. É preciso aproveitar ao máximo todas as oportunidades que nos são dadas para melhorar nosso futuro. E fazer todo o bem que desejamos receber. Faça amigos em Domus Deus e aprenda o máximo que puder. Está se recuperando rápido, minha querida. Sinto que em breve estará livre para ir à sua nova casa: uma colônia espiritual onde será bem-vinda e terá todo o apoio necessário para passar por seu novo teste.

Ela sorriu e concordou:

— Você está certa. Preciso mesmo agradecer por todas as bênçãos que recebo. Tenho sido muito bem tratada e tido muita paz em Domus Deus. Nunca me senti assim. Estou aprendendo coisas sobre mim mesma que jamais imaginei e até começando a me amar do jeito que sou.

Rebecca pegou a mão de Linda e, auxiliadas por espíritos de luz, deixaram Lunas e seguiram para Domus Deus.

14

A tentação

NA MANHÃ seguinte, Roy andava de um lado para o outro no escritório, ansioso. Só conseguia pensar na visita daquela mulher na noite anterior.

"O que ela pode querer comigo? Por que voltou a me procurar?"

Os dois tinham se conhecido em uma de suas viagens a Nova Iorque, durante um jantar de negócios que ele teve com alguns dos diretores da empresa em um famoso restaurante japonês em Manhattan. Seu nome era Penélope e ela estava sozinha na mesa ao lado. Era alta, tinha longos cabelos ruivos e belos e grandes olhos azuis. Era muito bonita e tinha consciência disso. Com apenas vinte e dois anos, já tinha partido corações de muitos homens, deixando-os interessados para simplesmente dispensá-los depois. Adorava brincar com os sentimentos e emoções dos outros como se tudo fosse apenas um jogo. Seu pai, um multimilionário que venceu na vida por esforço próprio, era dono daquele restaurante e de muitos outros em Manhattan, além de várias empresas e propriedades na cidade de Nova Iorque.

"Quando Linda morreu, jurei jamais ver Penélope novamente e agora ela me aparece aqui", pensou Roy, minutos antes de ela chegar.

Alguém bateu à porta. Era sua secretária anunciando que Penélope o aguardava na antessala. Seu coração disparou. Disse a ela que a deixasse entrar.

Penélope entrou com sua confiança característica, passando as mãos pelos cabelos. Olhou diretamente nos olhos de Roy e viu que suas pupilas estavam dilatadas, demonstrando atração por ela.

"Bingo. Ele ainda é louco por mim", pensou e foi direto ao ponto.

— Você não atende minhas ligações e não responde minhas cartas. Achei que fosse me procurar depois da morte de sua esposa. Ela era o único motivo para não estarmos juntos, certo?

— Como você soube do acidente? — ele perguntou.

— Ah, Roy, não foi difícil. Liguei para seu escritório diversas vezes e, percebendo que você estava me evitando, comecei a procurar informações. Não se esqueça de que tenho dinheiro. E dinheiro compra qualquer informação.

— Você colocou um detetive atrás de mim?

— Não seja bobo! — ela riu. — Até colocaria, mas nem foi necessário. Sua secretária não é a pessoa mais esperta do mundo. Tem o cérebro do tamanho de um ovo. Bastou eu me fazer de amiga e ela me contou tudo pelo telefone. — ela foi se aproximando até seus lábios estarem bem próximos dos dele. — Sei que você ainda me ama. Dá para ver em seus olhos.

Roy se afastou e pediu que ela se sentasse. Tremia por dentro, mas tentou não demonstrar ansiedade e seus verdadeiros sentimentos.

— O que aconteceu? — perguntou Penélope, se sentando. — Quero saber o que mudou, já que a única coisa que nos impedia de ficarmos juntos era seu casamento. E, pelo que sei, este obstáculo não existe mais.

— Você acha que é fácil? Tenho uma filha que precisa de mim. Está muito difícil manter meu ritmo de trabalho e ainda ser pai. E ainda estou tendo que lidar com a perda dela...

— Ah, Roy, não me venha com essa. O sexo entre nós era maravilhoso durante o tempo em que você era casado, e agora você vem dizer que está sentindo a perda de sua esposa? Por favor!

Roy a encarou, pela primeira vez, furioso.

— Não consigo me perdoar por isso. Linda não merecia. Foi errado. Nós não devíamos... ou melhor, eu não devia...

Penélope se levantou rápido e, debruçando-se sobre a mesa, puxou-o pelos ombros e o beijou.

— Agora preste atenção. — ela ordenou, falando bem perto dos lábios dele. — Você me ama, eu sei que ama. Lamento mesmo por tudo que aconteceu, mas agora é a nossa hora, Roy. Vamos aproveitar para ficar juntos. Sei que você adoraria morar comigo e ter a vida de alto padrão que posso lhe oferecer.

Ele se afastou novamente.

— Não posso. Acho que jamais conseguirei estar com você novamente depois do que aconteceu. Sinto-me muito culpado... Cada vez que olho para minha filha, o rosto de Linda me vem à mente e, com ele, a culpa pela traição e pelo acidente...

— Pare com isso, Roy! Deixe de ser covarde. Não foi culpa sua. Foi um acidente! Além do mais, você ia mesmo contar a ela sobre nós, lembra-se? Ia conversar com ela naquele final de semana e dizer que estava tudo acabado entre vocês.

— Você me dá nojo, Penélope! Será que não tem consideração pelos sentimentos dos outros? Minha filha acaba de perder a mãe e está muito abalada. Ela é apenas uma criança.

— Exatamente. Ela é uma criança e logo vai esquecer tudo isso e se acostumar com a realidade.

Ela segurou a mão dele e mudou a tática, usando agora um tom suave de voz.

— Sua filha precisa de uma mãe e eu posso ter uma grande influência em sua vida.

Percebendo que havia tocado o coração de Roy, Penélope fingiu estar emocionada, com lágrimas nos olhos, e disse:

— O que estou lhe oferecendo é uma segunda chance, uma chance para nós dois. Herdei todo o patrimônio de meu pai. Não sei se você sabe, mas ele faleceu há alguns meses. Estou me sentindo muito triste e sozinha.

— Sim, vi as notícias sobre seu pai nos jornais. Lamento muito.

— É muito difícil, você sabe. Papai era tudo para mim, especialmente depois da morte de minha mãe. Não está sendo fácil estar à frente dos negócios e continuar a vida sem ele. — ela derramou mais lágrimas falsas. — Tenho apenas vinte e cinco anos, Roy... Sinto demais a falta dele.

Roy fraquejou. Aproximou-se, abraçou-a e beijou-a no rosto. Tirando proveito da situação, Penélope fingiu chorar ainda mais, repetindo que estava sendo muito difícil viver sem o pai. O jogo funcionou. Em poucos minutos, ele estava completamente envolvido.

"Está funcionando. Só preciso fazer o tipo frágil e vulnerável", ela pensou. Mantendo o tom suave, ela continuou:

— Roy... conheço a dor de perder alguém tão importante na vida, pois passei exatamente pelo que sua filha está passando agora. Sei que nos entenderemos bem. — deixou mais lágrimas caírem. — Dê a nós uma chance e prometo ser uma mãe muito carinhosa para ela.

— Como você espera que eu conte a meus sogros que vinha traindo a filha deles durante todo esse tempo? Isso destruiria tanto eles quanto minha filha.

— Você não tem que contar sobre o passado. Eles não precisam saber. Basta dizer que nos conhecemos há pouco tempo e eles vão entender... Têm que entender. Roy, você é jovem. Precisa seguir em frente. Eles vão entender, você vai ver. Diga que conheceu alguém e que gostaria de estar com essa pessoa. É muito simples.

Roy ficou pensativo, e ela aproveitou para apresentar um plano completo. Ele sentia uma mistura de vergonha e culpa pelo que tinha feito a Linda.

Feliz com a reação que havia causado em Roy, Penélope tirou da bolsa um cartão de visita e colocou sobre a mesa. Beijou-o mais uma vez e disse:

— Este é o endereço do hotel onde estou. Espero você hoje à noite.

E saiu antes que ele pudesse responder.

Roy ficou ali, parado, sem ação, perdido em pensamentos. — "Como ela consegue fazer isso? O que há nessa mulher que mexe tanto comigo?"

Naquela noite Elizabeth notou que havia algo estranho acontecendo com Roy. Ficou muito quieto durante o jantar. E, quando Katie quis brincar, logo depois, disse que não estava se sentindo bem e foi para o quarto. Para que ela não ficasse chateada, Elizabeth a levou para dormir e leu para ela mais um trecho de "Alice no País das Maravilhas". Assim que ela dormiu, deu-lhe um beijo e desceu para assistir à televisão com o marido.

— Você não achou que ele estava estranho hoje? — perguntou a ele.

— Sim. Estava muito quieto e distante. — disse Joey, preocupado. Continuou assistindo às notícias e, depois de alguns instantes, continuou. — Só espero que não esteja fazendo algo de que possa vir a se arrepender.

— Como assim? Você acha que ele pode ter voltado a beber? — perguntou Elizabeth, se levantando, agitada. — Ah, Joey. Não sei se aguento passar por aquilo tudo de novo.

Joey pensou bem antes de responder.

— Pode não ser isso. Ele simplesmente pode estar indisposto. Não vamos nos preocupar com um problema que ainda não existe. Mas já que tocamos no assunto, eu queria mesmo falar com você.

Elizabeth sabia o que o marido ia dizer. Os dois estavam morando na casa de Roy desde o desencarne de Linda e sabiam que, cedo ou tarde, teriam que retomar sua vida e deixar que Roy e Katie seguissem a deles.

— Estamos aqui já faz tempo. Não podíamos deixar Roy cuidando de Katie enquanto ele se comportava como um adolescente. — respirou fundo. — Mas acho que está chegando o momento...

Vendo que Elizabeth estava chateada, ele a abraçou antes de continuar. — Sei que é difícil. Também vou sentir saudades dela, mas...

Com lágrimas nos olhos, Elizabeth disse:

— Nossa menininha precisa de nós mais do que nunca. Linda não está aqui para cuidar dela e sinto que é responsabilidade nossa agora. Não consigo pensar na possibilidade de deixá-la e me sinto um pouco responsável por Roy também.

— Eu sei, meu bem. Também me sinto assim. Mas esta é a casa de Roy e...

Emocionada, Elizabeth o interrompeu:

— Sim, mas também é a casa de nossa filha. Temos o direito de ficar o tempo que quisermos cuidando de nossa netinha.

— Não chore. Estou apenas dizendo que não me sinto tão à vontade aqui e que gostaria de ter meu espaço e nossa vida de volta. Mas, se esse for o preço a pagar para ficar perto de Katie, não me importo. Na verdade, o que eu ia sugerir é que podemos vender nossa casa e comprar uma casa mais perto daqui. Assim, podemos participar da vida de Katie e, ao mesmo tempo, ter o nosso espaço.

Elizabeth sorriu com a ideia e abraçou o marido.

— Ah, Joey, você é mesmo muito especial. Isso era exatamente o que eu vinha pensando.

— Eu não conseguiria me afastar de Katie, e também me sinto bem cuidando de Roy. — ele disse, sorrindo. — Amanhã vou falar com algumas imobiliárias para ver se há imóveis disponíveis aqui perto. Se acharmos uma casa próxima, nós venderemos a nossa e mudaremos para mais perto deles. E assim poderemos cuidar de Katie durante o dia, e à noite ir para a nossa casa, ter o nosso espaço.

15

Traição

No dia seguinte, Penélope telefonou para Roy logo cedo, com voz sensual.

— Fiquei esperando você ontem à noite, Roy.

— Peço desculpas, mas não estava me sentindo muito bem. — disse ele, com o coração disparado.

— Que tal um almoço, então?

— Quando?

— Bem, você pode me encontrar aqui no hotel às 13 horas. Caso contrário...

As mãos de Roy tremiam. Ele fez uma pausa, não querendo demonstrar que estava excitado e nervoso ao mesmo tempo. Recuperou-se um pouco e, então, perguntou:

— Caso contrário o quê?

Ela riu:

— Caso contrário, entrarei no seu escritório completamente nua e o beijarei na frente de todos os seus colegas. O que acha?

A resposta era engraçada e provocante. E a voz dela era tão sensual, que ele não resistiu e começou a rir.

— Você não teria coragem.

— Não me tente! Aguardo você às 13 horas, caso contrário você já sabe... Irei até aí completamente nua.

Ela fez um som de beijo e desligou.

"Como ela faz isso? Não consigo tirá-la da cabeça", pensou Roy, ainda suando e com o coração disparado. Tentou se concentrar na pilha de papéis à sua frente, mas Penélope não saía de seus pensamentos. Aqueles encontros e noites de paixão em Nova Iorque passavam e repassavam em sua mente, e também a imagem de Linda e todas as mentiras que ele tinha usado para esconder o relacionamento. Estava dividido entre o desejo de ver Penélope e a culpa pela traição.

Passou a manhã pensando no assunto e não conseguiu se concentrar em seu trabalho. Às 13 horas em ponto, estava batendo à porta do quarto do hotel. Penélope estava vestindo uma provocante lingerie preta. Antes que ele pudesse dizer qualquer coisa, ela colocou os braços ao redor de seu pescoço e o levou para a cama.

Duas horas depois, Roy se vestiu rápido, pois tinha uma reunião de negócios. Antes de sair, observou mais uma vez Penélope, dormindo nua na cama, abraçada a um travesseiro. Parecia uma figura angelical, bem diferente da pessoa que era quando estava acordada: confiante e direta, uma mulher a quem não conseguia dizer não. Ali, deitada, com uma aparência tão pura e bela, ela provocava nele uma mistura de sentimentos. Roy afagou de leve seus cabelos e sussurrou em seu ouvido, antes de sair:

— Vejo você hoje à noite.

Os dois se encontraram todos os dias naquela semana, e Roy quase sempre passava a noite com ela no hotel. Nas poucas vezes em que foi para casa, evitou Elizabeth e Joey, com medo que eles lhe fizessem perguntas. Saía logo cedo, antes que eles acordassem, mas um dia encontrou um bilhete na mesa da cozinha:

Roy,
precisamos falar com você.
Elizabeth.

Com medo de ser questionado e ter que contar sobre Penélope, saiu ainda mais cedo para não encontrá-los.

— Onde está meu pai, vovó? Não está no quarto nem no banheiro. Procurei pela casa toda. Já faz dias que não o vejo. — perguntou Katie, durante o café da manhã.

— Seu pai saiu cedo para trabalhar novamente, querida. Agora coma porque vovô irá levá-la à escola. — disse Elizabeth, pensativa, preocupada com a ausência de Roy.

Enquanto Katie estava no banheiro, ela sussurrou para Joey:

— Parece que Roy voltou a se comportar como adolescente. Aposto que está se embebedando novamente.

— Calma. Não vamos tirar conclusões precipitadas. Vou ligar para o escritório dele e dizer que precisamos conversar. Temos que falar sobre a casa que encontramos na Avenida Damien e podemos aproveitar para perguntar se está tudo bem.

— Está certo. Diga a ele que vou preparar aquele frango que ele gosta.

— Está pronto, vovô? — perguntou Katie, correndo para a porta da rua com sua mochila.

— Sim, Katie.

Joey beijou a esposa e saiu. Depois de deixar a neta na escola, foi ao escritório de Roy sem avisar.

— Que surpresa, Joey! — disse ele. — Sente-se.

A secretária trouxe café e deixou os dois a sós.

— O que o traz aqui? — perguntou Roy.

— Bem... vou direto ao ponto. Elizabeth e eu estamos preocupados com você, Roy. Na última vez que o vimos, você parecia preocupado e distante. Tem chegado tarde, depois da meia-noite... isso quando volta.

Tentando não dar a impressão de querer controlar a vida de Roy, ele mudou o tom.

— Desculpe. Longe de mim ficar prestando atenção aos seus horários. Só estamos preocupados com você, depois do acidente e....

— Por favor, Joey. Não precisa se desculpar. Eu entendi. Sei que vocês dois se preocupam comigo de verdade e concordo: dei motivo para pensarem que há algo errado.

— E há? Devemos mesmo ficar preocupados?

Roy tomou um gole de café e continuou, com um sorriso tímido:

— Não, não há, juro. Eu ia mesmo conversar com vocês esta noite. Tenho boas notícias. Mas terão que esperar até mais tarde. Quero contar a Katie também.

Joey ficou surpreso. Tentou descobrir do que se tratava, mas Roy não deu qualquer dica e mudou de assunto.

— Vi o bilhete que Elizabeth deixou para mim na cozinha. Vocês também tem algo para me contar?

Joey terminou o café, se levantou e disse:

— Bem... não é algo assim tão importante, mas vamos deixar para conversar à noite. Elizabeth pediu para avisar que vai preparar aquele frango assado que você gosta.

— Está bem, então. Estou ansioso agora. Avise a ela que vou chegar no horário de sempre. — percebendo o que tinha acabado de dizer, começou a rir. — Quero dizer, no horário em que saio do trabalho, não mais tarde...

— Está certo. Esperamos você por volta das sete horas, então. — disse Joey, antes de sair.

— Até mais tarde.

O telefone tocou em seguida. Era Penélope. Queria saber se Roy havia tomado coragem de conversar com os sogros. Ficou eufórica quando ele disse que tinha recebido a visita de Joey e que daria a notícia durante o jantar.

— Tem certeza de que não quer que eu vá? Estou ansiosa para conhecer Katie. — disse ela.

— Não. É um assunto delicado. Deixe que eu fale com eles primeiro. É uma questão de respeito.

— Então não vou vê-lo hoje? — ela perguntou, fazendo voz de choro.

— Não. Quase não vi Katie esta semana, ela provavelmente está precisando de um tempinho com o papai. Mas em breve estaremos juntos definitivamente.

— Está bem, amor. Sei que está em horário de trabalho e não quero atrapalhar. Um beijo. — disse Penélope, desligando.

— Um tempinho com o papai? — ela repetiu. — É só o que faltava! — colocou o dedo na garganta, fingindo vomitar. Irritada, olhou-se no espelho, escovando os cabelos.

— É uma questão de respeito. Respeito!? Ele só pode estar brincando. Passou três anos comigo, traindo a mulher, mentindo para todo mundo e agora vem falar de respeito? Só pode ser piada!

Pegou um vestido preto justo e, quando acabou de se vestir, o telefone tocou. Era Nigel, seu assistente pessoal.

— O que foi agora, Nigel? — ela perguntou em tom arrogante, bem diferente do que usava com Roy.

— Os acionistas querem marcar uma reunião para quinta--feira que vem e preciso saber se você planeja voltar em tempo.

— Sim, estarei aí. Não aguento mais este fim de mundo, cheio de caipiras. Vou acabar me suicidando se ficar mais tempo.

Nigel riu.

— Logo imaginei. — disse.

— Preciso que você avise ao piloto que venha me buscar no aeroporto La Guardia. E deixe a limusine pronta e com muito champanhe.

— Sim, pode deixar. Vou providenciar muito champanhe para comemorar seu retorno à civilização. — disse Nigel.

— De volta ao maravilhoso centro do universo! E por falar nisso, Roy e sua pirralha vão comigo. Quero que você providencie um quarto para ela com roupa de cama, toalhas e tudo que for necessário.

— Então você está mesmo decidida a trazer os caipiras para cá?

— Sim. Eu não disse que iria levar o homem comigo? Sempre consigo o que quero, Nigel. Jamais se esqueça disso. Sempre consigo o que quero!

Nigel quis fazer mais algumas perguntas sobre a menina para poder organizar a decoração de acordo com a sua idade, mas Penélope não estava muito interessada.

— Não sei. Ela deve ter uns cinco ou seis anos... por aí. Para ser bem honesta, não me importa. Não precisa se preocupar tanto com isso. Pode ser algo simples... cama, lençóis... o básico.

Antes de desligar, ela se lembrou de algo.

— Ah... só jogue alguns bichos de pelúcia e bonecas em algum canto para parecer que eu pensei nela ao preparar o quarto. E não se esqueça: quero que seja aquele pequeno, perto da cozinha e da área dos empregados, bem longe da sala principal. E bem longe do meu quarto.

Ela desligou e bebeu, de um gole, a taça de champanhe que havia acabado de encher. Colocou um longo casaco de pele preto sobre o vestido e disse, em voz alta, sem notar a presença da camareira que tinha acabado de entrar:

— Agora vamos dar uma volta nessa cidadezinha brega e rir da caipirada.

Esbarrou na moça e quase caiu.

— Pelo amor de Deus! O que você está fazendo aqui? Invadindo meu quarto? — gritou.

A camareira ficou tão assustada que mal conseguiu falar:

— Des.. desculpe, senhora!

— Saia da minha frente! — ela gritou mais uma vez, empurrando a pobre moça para o lado.

*****

Elizabeth estava na cozinha preparando a mesa para o jantar e conversando com Katie, que estava usando um aventalzinho e contando à avó sobre seu sonho na noite anterior.

— Eu sonhei com mamãe novamente. Ela estava "tããão" linda! — disse a pequena, sorrindo e gesticulando.

A imagem de Linda veio à mente de Elizabeth: seu sorriso, seu perfume e os bons momentos que passaram juntas.

"Ah, Deus. Sinto tanta falta de minha filha!", ela pensou, com lágrimas nos olhos.

— Você está me ouvindo, vovó?

— Sim... sim, estou. — disse ela, enxugando rápido as lágrimas antes que Katie visse. — Que bom, minha querida. E como foi o sonho?

— Foi como na outra noite. — ela continuou, ainda gesticulando. — Estávamos em um lugar muito verde, com um lago e muitas árvores em volta. Não me lembro direito de tudo, apenas que nos abraçamos muito como antes. E ela disse que está sempre perto de mim.

Os olhos de Elizabeth se encheram ainda mais de lágrimas, que ela secou rapidamente para não entristecer a neta. A conversa foi interrompida por Roy e Joey, que entraram juntos na cozinha reclamando, de brincadeira, que o jantar estava demorando muito para sair.

— Está pronto. Vão para a mesa, eu já vou servir.

— Deixe-me ajudar, vovó. Por favor, deixe!

— Claro, minha querida. Rapazes, Katie e eu vamos servir o jantar. — e, olhando para Katie, apontou uma pequena tigela. — Querida, por favor, pegue o purê de batatas e leve para a mesa.

Quando todos estavam à mesa, Joey começou a contar a novidade.

— Bem, o motivo para querermos falar com você, Roy, é que Elizabeth e eu não estamos... Claro, nos sentimos em casa aqui com vocês, mas, ao mesmo tempo, que não queremos ficar longe, achamos que já é hora de deixar vocês terem seu espaço novamente e...

— Não sejam bobos. — interrompeu Roy. — É um prazer tê-los aqui conosco, ajudando a cuidar de Katie. A presença de vocês nesta casa nos dá uma sensação de família. Não sei o que seria de nossa vida não fosse isso.

— Obrigado, Roy! É muito bom saber que você gosta da nossa presença. Porém, a notícia é que Elizabeth e eu decidimos vender nossa casa e comprar outra mais perto daqui para poder cuidar de Katie durante o dia, enquanto você trabalha, e ir para a nossa casa à noite, deixando-o, assim, mais à vontade. Assim estaremos a poucas quadras e você pode nos chamar sempre que precisar.

Animada, Elizabeth completou:

— E a melhor parte da notícia é que achamos uma bela casa à venda na Avenida Damien. O dono ficou interessado em nossa proposta.

— Sim, mas decidimos não fazer negócio antes de falar com você, Roy. Queremos saber se você concorda com a ideia e... se concorda que estejamos tão perto.

Roy ficou em silêncio por um instante. Não que a ideia o desagradasse. Tinha aprendido a gostar de Elizabeth e de Joey e era muito grato a eles por cuidar dele e de Katie desde a morte de Linda. Mas sabia que a notícia que tinha para dar iria deixá-los tristes. Respirou fundo e começou a falar antes de perder a coragem:

— Bem... Joey, lembra-se que eu lhe disse hoje, no escritório, que tinha uma notícia para vocês? Pois é. Estou mudando de trabalho. Recebi uma proposta muito boa e decidi aceitar.

Elizabeth ficou pálida. Algo lhe dizia que a notícia não era boa.

— Uma proposta? Mas onde é a empresa? — perguntou.

— Em Nova... — ele tomou fôlego e respondeu, lentamente. — É em Nova Iorque.

— O quê? — exclamou Elizabeth, esbarrando, sem querer, na taça de vinho, que virou sobre a toalha branca e escorreu para o chão. Joey tentou ajudar, mas ela não deixou. Estava em pânico. — Você vai se mudar para Nova Iorque? É isso?

— Para onde, papai? — perguntou Katie, confusa.

— Desculpe, querida. Vou explicar melhor: você e eu vamos nos mudar para a cidade de Nova Iorque.

Roy estava se sentindo péssimo com a reação de Elizabeth. Tentou explicar, mas ela interrompeu.

— Desculpe, mas isso me pegou de surpresa. — disse, balançando a cabeça. — Você vai mudar de cidade e nem pensou em nos consultar? Nova Iorque fica muito longe daqui!

— Vovó e vovô vêm com a gente, papai? — perguntou Katie, prestes a chorar.

Depois de alguns instantes de silêncio, Roy respondeu, segurando a mão da menina:

— Não, não vêm.

Ela começou a chorar e ele afagou seus cabelos e a beijou, dizendo:

— Mas vão nos visitar e nós viremos visitá-los. Vamos nos ver o tempo todo.

Katie se levantou e correu para abraçar Elizabeth, que também estava chorando. Roy olhou para Joey e se desculpou pela maneira com que tinha dado a notícia.

— Você devia ter falado conosco antes de contar a ela. — ele disse, desapontado.

— Tenho certeza de que tudo isso tem a ver com a mulher que veio aqui naquela noite! — disse Elizabeth, se levantando e pegando a mão de Katie. — Vamos para o quarto, meu amor. Vovó vai ler um pouco para você.

— Não quero ficar longe de você e de vovô... não quero! — disse Katie, chorando.

— Vai ficar tudo bem, Katie. Vai ficar tudo bem. Agora vamos subir e deixar papai e vovô conversarem. Tenho certeza de que seu pai está pensando no melhor para você.

Assim que Elizabeth e Katie saíram da sala, Roy desabou em lágrimas.

— Desculpe, Joey. Lamento mesmo. Não está sendo fácil para mim também. Sei o quanto vocês dois a amam e que ela se apegou ainda mais a vocês depois da morte de Linda, mas a oportunidade surgiu e eu decidi começar uma nova vida. Preciso de novos ares, de um novo recomeço.

Roy não comentou sobre Penélope e o verdadeiro plano, que era se mudar para o apartamento dela e trabalhar em sua empresa. Achou que seria um choque grande demais para eles e que assustaria Katie ainda mais.

Mais tarde, quando Katie já estava dormindo, conversou com Elizabeth e Joey novamente, garantindo que Katie seria bem cuidada. E que iria levá-la para um passeio no dia seguinte para explicar tudo com calma. Antes de se deitar, telefonou para Penélope para contar como tinha sido dar a notícia à família.

— Pedi ao piloto para vir me buscar na segunda-feira de manhã. Tenho pessoas me aguardando e não posso ficar mais tempo. Diga-me apenas quando você quer que o avião venha buscá-los e eu organizo tudo. — disse ela, com voz doce.

— Acredito que em vinte ou trinta dias, no máximo, eu já possa ir. Tenho que cumprir mais uma semana no trabalho e depois preciso organizar a casa. Katie entra em férias escolares daqui a duas semanas.

— Sim, faça tudo no seu tempo, amor... só não demore muito. — e continuou, com voz sensual. — Vamos nos encontrar amanhã e domingo?

— Vou levar Katie para um passeio amanhã e encontro você mais tarde, no hotel. Desculpe, mas ela ficou bastante abalada com a notícia e acho melhor passar algum tempo com ela para acalmá-la.

— Se for melhor, faça isso, amor. Mas vou ficar esperando à noite. Não demore muito.

Quando desligou, Penélope teve um ataque de nervos. Pegou um vaso de flores que estava ao lado e o atirou na parede.

— Se ele acha que essa menininha será mais importante do que eu quando estivermos em Nova Iorque, está redondamente enganado! Se ela ousar me atrapalhar, vou transformar a vida dela em um inferno!

16

Se abrindo às maravilhas da vida

ALGUMAS semanas depois, Linda acabara de chegar em Domus Deus. Estava muito feliz por notar que Rebecca estava radiante de alegria.

— Sua aparência mudou. Você está radiante. Até as marcas dos cortes que você tinha desapareceram. Estou muito feliz por você, Rebecca. — disse Linda, segurando a mão dela e sorrindo. — Agora me diga: qual a coisa mais importante que você aprendeu?

— Aprendi finalmente a me amar e a amar a vida. Passei tanto tempo me odiando que me tornei uma pessoa ressentida e amarga. Hoje vejo como estava fechada às maravilhas da vida, como você disse quando me conheceu. Ao rever minha última encarnação com os mentores na colônia, percebi que poderia ter feito tudo diferente. Poderia ter evoluído muito mais, simplesmente amando a mim mesma. — disse ela, sorrindo.

— Você está certa. Se tivesse amado a si mesma, poderia amar as pessoas ao seu redor. Quando nos deixamos levar por pensamentos depressivos e negativos, acabamos atraindo ainda mais tristeza e escuridão e tornando nossa existência ainda mais insuportável.

Rebecca olhou para o céu e continuou.

— Mas só analisei minha encarnação em Londres, na Inglaterra. Eles me disseram que ainda tenho que me recordar de uma experiência importante que tive no Reino de Navarra por volta do ano de 1400, não me lembro exatamente. E que você irá se lembrar junto comigo.

— Eu irei... quer dizer, nós iremos fazer isso juntas. Há coisas importantes acontecendo neste momento que envolvem você e pessoas que você conhece. Logo você irá entender. — disse Linda.

Ela se levantou, sorriu novamente e deu a mão a Rebecca, que se levantou também.

— Tenho um convite para lhe fazer, um convite muito especial. Quero que conheça minha filha, Katie. Lembra-se que eu disse que às vezes me encontro com ela durante seu sono e a trago para passar algum tempo comigo?

Rebecca fez que sim, animada.

— Ela está passando por um momento difícil e hoje quero levá-la para Lunas para envolvê-la em energia de amor. Quer vir comigo?

— Puxa, fico honrada com o convite. Você fala muito dela. E eu gostaria de ver como você faz para trazê-la até o mundo espiritual.

Linda a informou que aquela visita só lhe era possível devido à vontade de Deus, que, em Sua bondade infinita, queria proporcionar à Katie um momento de alento, e que aquelas visitas eram sempre supervisionadas por espíritos de luz. As duas combinaram de se encontrar mais tarde para ir à Terra quando Katie estivesse dormindo.

17

Um aprendizado: encarar os problemas da vida como lições

LINDA olhou para Rebecca e disse:

— Há algo que preciso lhe informar. Agora que se acostumou a viver nas colônias, você poderá achar a energia da Terra bastante pesada e deprimente. Há muita negatividade em toda parte ali, portanto será preciso manter o foco em pensamentos positivos para evitar ser envolvida pelas más vibrações dos espíritos malévolos.

Rebecca fez que sim, concordando, e ela perguntou:

— Está pronta, então?

Rebecca estava um pouco insegura em voltar à Terra depois de todas as experiências negativas que havia tido, mas se concentrou, e as duas saíram de Domus Deus e chegaram a Asheville, na Carolina do Norte, Estados Unidos, mais precisamente ao quarto de Katie.

Encontraram o quarto cheio de caixas com os pertences de Katie, estavam embalados e prontos para a mudança, que seria no dia seguinte. Havia sobrado apenas a cama, onde ela dormia agarrada ao seu ursinho de pelúcia. Katie, em espírito, pairava acima do corpinho, ligado a ele pelo fio prateado.

Katie parecia triste. Estava olhando para baixo e chorando. Ao ver Linda, correu até ela e a abraçou forte, sem querer largar. Linda a cobriu de beijos até ela parar de chorar. Apresentou, então, Rebecca. Mas Katie não estava bem. Não sorriu nem quis conversar. As três deram as mãos e partiram, chegando imediatamente à Lunas.

Katie estava chorando e dizendo que sentia falta de Linda.

— Tenho tanta saudade de você, mamãe. Por que não fica comigo? Todos os dias eu olho em volta achando que você vai voltar e nos fazer uma surpresa, que sua morte foi mentira... mas você nunca volta...

— Ah, minha querida, eu não morri. Estou aqui, não estou? Não se esqueça: estou sempre ao seu lado. Mesmo que você não possa me ver, estou com você.

Rebecca assistia a tudo com lágrimas nos olhos. Ainda chorando, Katie abraçou Linda. Então, com muito cuidado e paciência, explicou novamente à filha que não a tinha abandonado.

— Você não tem visto as belas borboletas? — perguntou ela, beijando a testa da menina.

Katie respondeu que sim, mas continuou a chorar.

— Você é minha estrelinha, querida. Mamãe jamais vai abandoná-la. Nosso amor é para sempre, lembra-se? Sei que é um momento difícil, mas você tem seu pai ao seu lado, e também vovô e vovó...

Katie se livrou abruptamente dos braços da mãe e gritou:

— Não tenho mais vovô e vovó! Papai vai me levar embora! Nunca mais vou vê-los, do mesmo jeito que nunca a vejo!

Linda baixou o tom de voz e convidou a filha a se sentar com ela na grama, dizendo:

— Meu amor, você sempre poderá ver seus avós. Pode até passar algum tempo longe deles, mas nosso amor é puro e isso nos faz estar sempre unidos. Estaremos sempre juntos. Ainda que não possamos ver um ao outro, estaremos sempre presentes. Espíritos unidos pelo amor verdadeiro jamais se separam.

Percebendo que a menina estava mais calma, continuou:

— Você precisa ser forte, meu anjinho. Acredite que as coisas vão melhorar.

Katie se sentou na grama e deitou a cabeça no colo de Linda. Estava frágil e vulnerável de uma maneira que Linda jamais tinha visto. Contou, então, tudo que estava acontecendo: que iriam deixar a Carolina do Norte para sempre, descreveu a discussão terrível que os avós tiveram com ele e que foram embora da casa. Foi falando, sem parar, e começou a chorar novamente. — Volte para casa, mamãe, por favor. Precisamos tanto de você. Eu me sinto tão sozinha, mamãe. Por favor, volte.

Rebecca se aproximou e começou a orar novamente. Nesse momento, Geraldine chegou e se uniu a ela, orando por Linda e Katie. As duas foram, então, envolvidas por uma brilhante luz azul. Linda começou a cantar baixinho uma canção de ninar enquanto afagava os cabelos da filha para que ela se acalmasse.

— Vai ficar tudo bem, meu anjo. Não perca a esperança. — disse ela.

— Promete que vai ficar comigo, mamãe? — perguntou Katie, agora sem chorar. — Estou com muito medo. Vou conhecer a namorada de papai amanhã. Ele quer que nos mudemos para a casa dela.

— Prometo. Você pode não me ver com os olhos, mas pode me sentir com o coração. Sempre que precisar, feche os olhos, pense em mim e vai ver como se sente mais forte e capaz de resolver qualquer problema. — disse Linda, sorrindo e ainda afagando os cabelos da filha.

Sentindo-se mais calma e alegre, Katie pulou do colo da mãe e gritou:

— E temos as borboletas!

Linda se levantou, agora se sentindo melhor, também.

— Sim, temos. Toda vez que você precisar de mim, lhe enviarei uma borboleta. É o sinal de que estou ao seu lado.

Katie saiu correndo pelo campo, rindo e chamando a mãe para acompanhá-la. Linda correu também, rindo e se sentindo aliviada ao ver que Katie estava feliz novamente.

— Como dói ver isso. Pobre menina. — Rebecca comentou com Geraldine.

— Precisamos nos lembrar de que os momentos difíceis são apenas lições que temos que aprender para evoluir. Se Deus nos permite enfrentar desafios e dificuldades em nosso caminho, é porque sabe que somos fortes o suficiente para sobreviver aos testes e provações. O que às vezes parece uma situação comovente, como esta de uma filha que perde a mãe, é na verdade parte de um plano maior do universo para ajudar diversos espíritos a evoluírem e se purificarem. — disse Geraldine.

— Mas ela é apenas uma menina. — disse Rebecca.

Geraldine respondeu:

— Não exatamente. Ela é um espírito como eu e você, que vem passando por diferentes encarnações há séculos, em busca de purificação. Neste momento, na Terra, encontra-se envolta no corpo de uma criança, mas à medida que este corpo for crescendo, seu espírito irá recuperar o conhecimento astral.

— Então a vida de Katie vai melhorar agora que seu pai encontrou alguém que pode ajudá-lo a cuidar dela? — perguntou Rebecca, antes que elas se aproximassem.

Geraldine baixou os olhos, resignada.

— Não. — disse pensativa. — Acredito que isso seja só o começo das dificuldades que ela e o pai irão enfrentar. Será uma fase bem turbulenta.

— Então, se divertiram? — Geraldine perguntou a Katie, que estava com uma flor na mão.

— Sim! Corremos para bem longe e mamãe me levou para ver nossos cavalos.

— Que bom. Vocês andaram a cavalo? — perguntou Geraldine.

— Hoje não, mas mamãe me prometeu que iremos para uma cavalgada na próxima vez que eu vier.

— Sim, meu amor. — disse Linda, dando a mão para Katie e preparando-a para retornar. — Agora é hora de voltar. Mamãe vai levá-la para casa.

Katie abraçou Geraldine e, a pedido de Linda, abraçou Rebecca também. Seus olhinhos foram se fechando aos poucos. Linda pegou Katie no colo e ela adormeceu. Então, acompanhada de Rebecca e dos espíritos de luz, a levou para a Terra alguns minutos antes do amanhecer.

18

A cidade grande

O JATO que Penélope enviou para pegar Roy e Katie pousou em Nova Iorque no horário planejado. Roy desceu de mãos dadas com Katie, ansioso para começar a vida nova no luxuoso apartamento de Penélope em Manhattan. Uma limusine os aguardava no aeroporto. Penélope pediu a Roy que levasse apenas o estritamente necessário, pois queria comprar tudo novo para eles. A desculpa era que desejava ver os dois iniciando uma nova etapa de vida, mas a verdade é que não queria comprometer o alto padrão de decoração que mantinha no apartamento. Não aceitaria os pertences da casa que eles tinham na Carolina do Norte. Extremamente materialista, fazia questão de manter as aparências. O apartamento ficava a oeste do Central Park, um dos locais mais caros de Manhattan, e com melhor vista. A cobertura de três andares, uma das muitas propriedades deixadas por seu pai, seria agora o novo lar de Roy e Katie.

Mas enquanto Roy estava feliz e ansioso para iniciar o novo estilo de vida, aproveitando cada minuto do caminho do aeroporto para a nova casa, Katie observava os prédios altos e as ruas agitadas sentindo um aperto no coração. Agarrada ao urso de pelúcia e vendo a alegria nos olhos do pai, sentia-se cada vez mais sozinha.

— Chegamos, senhor. — disse o motorista, parando a limusine em frente ao prédio.

Os dois desceram e olharam para o prédio alto, cada um sentindo uma emoção diferente: Roy estava absolutamente encantado e Katie, que nunca tinha ido a Nova Iorque, triste e com medo. Foram recebidos pelo porteiro, que os levou direto ao elevador particular. Ao chegarem ao vigésimo quinto andar, as portas se abriram, revelando sua nova moradia. Penélope estava esperando com os braços abertos, acompanhada de uma empregada.

— Meu amor, estou tão feliz! Bem-vindo à sua casa. — ela disse, abraçando Roy, com um grande sorriso no rosto.

— Nossa, este lugar é fantástico. — disse Roy, olhando em volta.

Penélope o puxou pela mão, ansiosa para mostrar o apartamento. Simplesmente ignorou Katie, deixando-a para trás.

— Olá, pequena senhorita. Prazer em conhecê-la. Meu nome é Dolores. Qual é o seu? — perguntou a jovem empregada.

Katie estava com medo, sentindo-se insegura e vulnerável. Suas perninhas tremiam e ela segurava com toda força o ursinho.

— Vamos lá, diga: como você se chama? Ou será que vou ter que adivinhar? — disse Dolores, sorrindo e afagando de leve o seu rosto.

Ela respondeu baixinho, quase sussurrando:

— Katie. Meu nome é Katie Grace Taylor.

— Que nome lindo. Venha comigo, Katie. Vou levá-la ao seu quarto.

Penélope havia escolhido para ela um quarto no primeiro andar da cobertura, perto da ala dos empregados e longe das dependências principais. E o mais importante: longe do quarto dela e de Roy. O quarto dava vista para o Central Park e estava cheio de brinquedos e bonecas.

Por detrás da porta, um menino que devia ter a mesma idade de Katie, a espiava. Katie olhou para ele, assustada. Vendo que a menina ainda estava muito nervosa, Dolores os apresentou. — Ah, este é meu filho Ricky. Ele tem seis anos. Não precisa ficar com medo.

E, olhando para o filho, disse a ele em espanhol:

— Venha cumprimentar a pequena Katie.

O menino saiu de trás da porta e a cumprimentou. Ela baixou os olhos e respondeu com um tímido "olá". Dolores foi mostrando o quarto, tentando fazer com que Katie se sentisse mais à vontade. Dolores era jovem e muito bonita. Cabelos negros e encaracolados, tinha a pele de tom moreno claro. Seu tom de voz era bem suave e, embora Katie tenha gostado imediatamente dela, naquele momento, ela não queria saber de conversar com ninguém.

Dolores mostrou o controle remoto da televisão, ensinando-lhe como usá-lo. Katie continuava agarrada ao ursinho, torcendo para que aquilo tudo fosse apenas um pesadelo. Torcia, com todas as forças, para que logo pudesse voltar para casa com o pai e ficar perto dos avós.

Nem ouvia o que Dolores estava dizendo. Só queria voltar para seu quarto, onde havia fotos da mãe e dos avós em molduras, sobre o criado-mudo. Depois de alguns instantes, colocou, hesitante, o ursinho sobre a cadeira ao lado da cama e pegou sua mochila. Abriu-a, pegou uma manta que a mãe havia tricotado para ela, estendeu-a sobre a cama e pegou novamente o ursinho, segurando-o contra o peito. Dolores e Ricky tentaram estabelecer uma conversa com ela, ajeitando tudo para que ficasse mais confortável, mas a menina se recusava a interagir. Ficou quieta, parada perto da janela, olhando para fora e se sentindo cada vez pior. De repente, ouviu-se uma gargalhada no corredor, anunciando de longe a chegada de Penélope. Ricky correu para a área dos empregados.

— Olá, Katie, minha querida. Desculpe-me se não a recebi como se deve, mas fiquei tão feliz com a chegada de seu pai! — ela disse em voz bem alta e com tom de falsidade, ao entrar no quarto seguida por Roy.

Apertou a bochecha de Katie e perguntou:

— Gostou de seu quarto? — mas nem esperou a resposta. — É muito elegante, não? Maravilhoso. Eu sabia que você ia adorar!

— Puxa, tem vista para o Central Park! Não é incrível, Katie? — disse Roy. Mas, vendo que ela estava triste, continuou. — Você vai gostar muito de Nova Iorque, meu amor. Isto aqui é o centro do universo! Tudo que há de melhor no mundo está aqui: os melhores teatros, os melhores restaurantes e as melhores lojas de brinquedos. Você vai adorar esta nova casa, pode ter certeza.

Mas a única coisa que Katie queria era ficar sozinha. Torcia para que eles saíssem logo para poder ficar em paz, pensando na mãe e nos avós.

Penélope foi andando pelo quarto, mostrando a Roy todos os detalhes. Descrevia, orgulhosa, cada móvel de luxo que comprou, mentindo ao dizer que tinha escolhido um por um pessoalmente, inclusive os brinquedos. Abriu o closet e mostrou todas as roupas novas que tinha comprado para Katie. Mas, quando se aproximou da cama para mostrar a colcha, deu um grito, horrorizada.

— Meu Deus! O que é esta coisa medonha em cima da cama? Tire isso e jogue no lixo agora mesmo!

— Não! Ninguém vai jogar esta manta. Ela é minha. — disse Katie, olhando furiosa para Penélope. — Foi minha mãe quem fez para mim. Levou muito tempo e deu muito trabalho.

Surpresa com a reação de Katie, Penélope sorriu e disfarçou a raiva, dizendo:

— É mesmo. Tem razão, me desculpe. Olhando melhor, dá para ver que é bonita. Adorei...

Penélope não admitia que questionassem sua autoridade. Aquilo exigiu dela um esforço imenso. Fingindo não perceber que

Katie a havia enfrentado, continuou sorrindo e disse a Dolores que precisava ir à cozinha com ela para dar algumas instruções. Pediu licença e saiu, levando a empregada.

Sozinho com a filha, Roy se aproximou e se sentou na cama, chamando-a para se sentar ao lado dele.

— Por que você está triste, meu amor? Precisamos enfrentar as mudanças. Mamãe não está mais conosco, então temos que seguir em frente. Veja como este lugar é bonito. De agora em diante você terá uma vida de riqueza. Irá frequentar as melhores escolas e conhecer pessoas muito interessantes. Só isso já é motivo para ficar muito contente.

— Eu não quero uma casa nova e uma vida nova. Só quero voltar para nossa casa e ficar com vovô e vovó. — ela implorou, com lágrimas nos olhos. — Vamos voltar para casa, papai. Por favor... vamos. Por favor. Não gostei daqui.

— Ah, meu amor, não podemos voltar. Por favor, olhe em volta. Veja este lugar. Fique comigo aqui. Seremos muito felizes, prometo. Você tem ideia de quantas pessoas no mundo todo ficariam malucas com a simples ideia de morar aqui em Nova Iorque, em frente ao Central Park? Além disso, aquela casa estava cheia de lembranças, o que não é bom. Aqui poderemos começar uma nova vida.

Katie ficou em silêncio, percebendo que era melhor não continuar. O pai não a entenderia. E ficou chateada, achando que ele queria esquecer sua mãe e apagar todas as lembranças dela. Katie estava certa: Roy só estava interessado nos próprios sentimentos naquele momento, fascinado com uma vida de luxo.

Vendo que não conseguia animar a filha, Roy a deixou no quarto e saiu para continuar a explorar a casa. Katie se sentou perto da janela e ficou olhando para o Central Park. Viu uma família passeando. Pareciam estar se divertindo. Começou a chorar. Não entendia por que tinha perdido a mãe e agora os avós. “Estou aqui sozinha, sem ninguém para cuidar de mim”, pensou, enquanto as lágrimas corriam em seu rosto. "Ah, mamãe, queria que você estivesse comigo... me abraçando."

Mas o que ela não viu é que bem ao seu lado estava Linda, enviando-lhe pensamentos de inspiração e coragem para superar as dificuldades. A mãe fechou os olhos e orou, pedindo a Deus que uma borboleta se materializasse. Naquele instante, a atenção de Katie se voltou para longe no horizonte, onde uma pequena borboleta amarela sobrevoava. A borboleta sobrevoou de onde estava até próximo da janela onde Katie estava. Vendo a borboleta, Katie torceu para que fosse sua mãe dizendo que estava ali para ajudá-la. Colocou as mãos no vidro e continuou a observar a borboleta, que continuava a voar em círculos, bem à sua frente. Começou, então, a se lembrar de todos os momentos felizes que tinha vivido com a mãe.

— Ah, borboletinha, como eu queria ser exatamente como você para poder abrir as asas e voar... voar para bem longe daqui. Eu voaria de volta para a minha casa lá na Carolina do Norte.

19

Lições do passado

REINO de Navarra, século XV.

Homens, mulheres e crianças festejavam ao redor da fogueira. O céu azul da noite realçava a beleza da lua cheia, que iluminava as árvores e a paisagem. Três homens tocavam guitarras espanholas e uma jovem dançava, tocando castanholas. As crianças corriam ao redor do grupo e os adultos cantavam, contagiados pela alegria no ar.

A jovem, que lembrava muito a mãe, tinha cabelos negros, longos e ondulados, enfeitados com uma flor vermelha. Usava um vestido vermelho, longo, e dançava ao ritmo da música e do bater de palmas de todos ao redor. Um jovem, que usava roupas diferentes das do grupo, a observava, atento. Os olhos castanhos e apaixonados brilhavam, acompanhando cada movimento de sua amada. Sua aparência era de alguém da alta sociedade. A música foi ficando mais rápida, atingindo um ritmo frenético, e todos acompanhavam com o bater de palmas. Quanto mais rápido era o compasso, mais rápido ela dançava. Seus movimentos e seus olhos mostravam sensualidade e paixão.

"Não tenho a menor dúvida: ela é a mulher da minha vida. Não me importa se ela tem ou não tem bens ou dinheiro. Só o que importa é que quero passar o resto de meus dias ao lado dela", pensava o rapaz, admirando sua amada.

Quando a dança terminou, todos a aplaudiram e ergueram as taças de vinho, desejando a ela boa saúde e bênçãos.

— Feliz aniversário, meu amor. — disse o jovem, olhando direto em seus olhos.

— Você veio! Nem acredito que você está aqui. — ela disse, feliz.

— Eu jamais perderia esta festa. — ele respondeu, os olhos brilhando.

A mãe da moça interrompeu o momento dos dois e disse:

— Carmen. Carmen, minha filha. Justa trouxe um presente para você.

Uma mulher e o marido se aproximaram. Ela trazia um cavalo branco.

— Carmen, querida. Sua dança foi muito bonita. Ager e eu ficamos hipnotizados.

— Obrigada, Sra. Avila. Estou muito grata por seu gesto de permitir à minha mãe convidar nossos amigos e celebrar meu aniversário aqui em sua propriedade.

— Que bobagem, Carmen. Você e sua mãe fazem muito mais que trabalhar aqui. São membros da família. Eu a vi nascer e tenho orgulho de ver que mulher bela você se tornou.

Ela se aproximou e entregou a rédea do cavalo a Carmen.

— Este é seu presente de aniversário de dezoito anos.

Carmen pegou a rédea e pulou de alegria. Abraçou Justa e disse:

— Não era preciso me dar um presente. A senhora já faz tanto por minha mãe e por mim...

Ager, o marido de Justa, interrompeu.

— Por favor, aceite. Você é a filha que nós nunca tivemos e estávamos ansiosos para lhe dar este presente.

Carmen se aproximou do cavalo e encostou a cabeça em seu pescoço, dizendo:

— Asas. Seu nome será Asas.

— Carmen, mostre aos convidados o presente maravilhoso de Justa e Ager. — disse a mãe, que também estava muito feliz.

Carmen pegou a mão de Alejandro e, conduzindo o cavalo, o levou para perto da fogueira para mostrá-lo aos convidados.

A festa continuou com música, risos e dança. Carmen estava muito feliz, pois além da festa, aquela noite estava apresentando seu namorado, Alejandro, à mãe e aos amigos.

A alguns minutos da propriedade de Justa, onde Carmen comemorava seu aniversário, Marta Cortez e o marido estavam em seu castelo, sentados à longa mesa de jantar. Marta estava usando um vestido azul-marinho de ombros almofadados e extremamente pontudos. E no pescoço uma corrente de ouro com um crucifixo. Como todas as mulheres da alta sociedade na época, também usava peruca e chapéu. E, devido à falta de higiene comum naquele século, seu corpo exalava um cheiro forte.

— Enrique, fomos convidados pelos Avilas para a celebração do aniversário de casamento deles no último sábado do mês. — disse Marta, mastigando. Como o marido não respondeu, ela continuou. — Temos que ir. Não posso perder um evento desses.

— Pois a mim não interessa. — respondeu Enrique, lacônico, olhando para o prato para não ter que olhar para a esposa.

Uma criada entrou, trazendo uma garrafa de vinho, e encheu a taça de Marta, que a empurrou grosseiramente para o lado.

— Temos que ir, Enrique. Parece que eles vão gastar muito ouro com a celebração. Já convidaram mais de cem pessoas e planejam um banquete luxuoso que incluirá até espetáculos.

— Você não gosta deles, Marta. Não gosta de Justa nem do marido dela. Não chama os dois de camponeses? Para que ir, então? Vive dizendo que eles são chatos e criticando tudo que fazem. Para que ir à celebração se não pretende celebrar? Apenas para tentar fazê-los se sentirem inferiores a você, como sempre faz?

— Você está certo. Não quero celebrar coisa alguma. Só quero ir porque sei que Justa não tem capacidade de receber tantas pessoas em um evento. Vai se atrapalhar toda e quero estar lá para ver. Vou rir muito. Quem aquela descendente de ciganos pensa que é? Só eu tenho etiqueta suficiente para dar uma festa como esta. Quero acompanhar de perto suas trapalhadas e me matar de rir quando tudo der errado. — Marta falava sem parar. — Quero ver aquela pretensiosa da Justa se dar mal. Como ousa achar que é grande coisa? Por mais ouro que tenha, jamais deixará de ser uma plebeia.

Irritada com a falta de atenção do marido, começou a gritar:

— Enrique! — disse, batendo a colher de prata na mesa. — Iremos a essa festa e pronto! Sem discussão!

Enrique continuou em silêncio, pois sabia que era inútil discutir com a esposa. Ela jamais aceitava "não" como resposta. Marta continuou falando, sem se importar se ele estava ouvindo ou não. Gesticulando dramaticamente, foi fazendo planos sobre o vestido que usaria e até as palavras que diria durante a festa para ridicularizar Justa na frente dos convidados e fazê-la se sentir mal. Fechou até os olhos para imaginar melhor a cena. Queria fazer os comentários certos no momento certo. Sua intenção era rebaixar Justa para mostrar a todos quão melhor e mais rica ela era.

Assim que terminou de jantar, Enrique se levantou e foi para o estúdio, enquanto Marta continuava entretida com seus pensamentos e fantasias.

Marta e Enrique eram casados há dezoito anos e muito conhecidos no Reino de Navarra por sua riqueza. Marta era filha de um dos homens mais ricos e bem relacionados da região. O casal tinha uma filha chamada Maria, de beleza estonteante e que teria todos os homens a seus pés não fosse pela postura esnobe. Assim como a mãe, era extremamente arrogante. As duas desprezavam qualquer pessoa mais pobre e tratavam os ricos com falso respeito, desejando mal a todos e vivendo em um estado de eterna competição. A única diferença entre mãe e filha é que Maria, no fundo, não tinha muita autoestima e não se achava atraente.

Enrique era um bom homem, mas tinha se deixado levar pela ambição na juventude. Quando o pai de Marta lhe ofereceu ouro e riquezas para que se casasse com sua filha, ele não pensou duas vezes e abandonou a moça a quem amava desde a infância. Mas o que ele não sabia é que, ao se casar com Marta, acabaria se tornando um objeto nas mãos da família Cortez. No início seus olhos enxergavam apenas o imenso castelo onde Marta morava, e o estilo de vida luxuoso que teria: empregados para tudo, iguarias e bebidas finas ao seu dispor e, principalmente, o respeito de todos no reino. Mas o sonho durou pouco. Logo após o casamento, Enrique começou a ser tratado por Marta e pelo pai quase como empregado. Recebia ordens e era frequentemente rebaixado pela esposa. Com isso foi perdendo, aos poucos, o interesse pela vida. Evitava passar muito tempo na companhia de Marta, pois sabia que a qualquer momento ela podia perder a calma e humilhá-lo na frente das pessoas. Preferia passar a maior parte do tempo no trabalho. E nas poucas horas que ficava em casa, evitava a presença dela, se isolando na biblioteca para ler. Tentou se separar logo no início do casamento, mas foi ameaçado pelo pai de Marta, que enviou seus homens ao vilarejo onde os pais de Enrique viviam para atear fogo na casa deles. E para mostrar a extensão de seu poder, pai e filha passaram a chantageá-lo para que ele jamais tentasse novamente. A partir daquele momento, Enrique passou a viver deprimido, cedendo aos desejos de Marta. A filha, Maria, lhe dera momentos felizes enquanto era pequena, mas já na adolescência se tornou uma réplica da mãe: arrogante e insensível aos sentimentos alheios, incluindo aos do pai.

As semanas passaram rápido, e a urgência de ter roupas impecáveis para o aniversário de casamento dos Avilas manteve Marta e Maria ocupadas. As duas mantiveram os empregados e costureiros totalmente concentrados na tarefa de preparar os vestidos. Não queriam perder a oportunidade de exibir sua riqueza e seus recursos. Tudo foi planejado nos mínimos detalhes: os vestidos, as joias e até os cavalos que puxariam a carruagem seriam adornados com todo cuidado. Marta queria, a todo custo, atrair para si a atenção de todos na festa e mostrar que era melhor que Justa. Até as roupas de Enrique foram escolhidas por ela.

Os dias foram passando e, na manhã do dia da celebração, Marta estava aflita. Bateu na porta da biblioteca, onde Enrique estava trancado, até ele abrir.

— Enrique... Estou preocupada com nossa filha. Ela tem andado muito estranha desde que terminou o namoro com Alejandro.

— Achei que ele tivesse terminado, não ela. — ele respondeu, sem tirar os olhos do livro.

— Não importa. Se alguém perguntar, sempre diga que foi ela quem terminou. — disse Marta, arrancando o livro das mãos dele e jogando contra a parede. — Preste atenção, Enrique! Atenção! Estou falando com você! — continuou ela, andando nervosamente de um lado para outro e gesticulando com as mãos. — Nossa filha está sempre triste, deprimida. Está perdendo a beleza, Enrique. Nem parece mais minha filha. Estou preocupada com nossa menina. Aquele rapaz fez algo de muito mal a ela, Enrique.

— Marta, ele foi muito respeitoso, mesmo ao terminar o relacionamento. Seguiu todo o protocolo e nos explicou, na frente dela, que não a amava. Acho que foi melhor assim. Ao menos agora nossa filha pode encontrar alguém que a ame e que realmente se importe com ela.

Marta pegou Enrique pelo colarinho com as duas mãos e sacudiu.

— Ninguém dispensa assim um Cortez! Ninguém! Se minha Maria quer esse rapaz, ele será dela. — gritou, soltando o marido e batendo a porta ao sair.

No início da noite, Enrique, Marta e Maria estavam prontos para sair do castelo para ir à celebração dos Avilas. Maria sabia que seu ex-namorado, Alejandro, e a família haviam sido convidados, o que no início a desanimou. Mas depois de algum tempo, pensou melhor e decidiu ir à festa assim mesmo. Antes de entrar na carruagem, mãe e filha estavam alegres, rindo e elogiando uma à outra.

Marta colocou a mão no ombro de Maria e disse, animada:

— Fico tão feliz que você tenha decidido ir, minha menina. A festa para mim não seria a mesma sem você. — ajeitou a enorme peruca e o chapéu. — É um verdadeiro tédio ir apenas com seu pai.

Olhou, então, para Enrique.

— Ah, não importa o tipo de roupa que você use. Mesmo com trajes tão caros, continua parecendo um caipira. Não consegue mesmo ter uma postura mais nobre, não? — suspirou. — Mas não importa. Basta ficar quieto em um canto e não conversar muito. Caso contrário irá matar as pessoas de tédio.

Enrique abaixou a cabeça, entristecido. Embora fosse um homem muito bonito, Marta sempre conseguia arruinar sua autoestima com seus comentários sarcásticos.

Ao chegar à propriedade dos Avilas, eles viram de dentro da carruagem que havia animadores na recepção, fazendo malabarismos e cuspindo fogo. E os empregados serviam vinho a todos os que chegavam, antes mesmo que entrassem. Lá dentro a decoração estava impecável, com flores e frutas exóticas espalhadas em arranjos por toda a casa.

— Vejam. O que são estas coisas engraçadas em toda parte? — perguntou Marta, apontando para os abacaxis.

Enrique respondeu:

— São frutas tropicais muito raras chamadas abacaxis, Marta. Não existem em nosso reino ou mesmo em nosso continente. Somente reis e membros da nobreza têm acesso a esse tipo de iguaria. Abacaxis são extremamente caros por aqui.

Marta fez um gesto de empáfia diante da resposta de Enrique.

— Bem, se os Avilas podem ter essa fruta, nós também podemos. Vou comprar o lote inteiro... inteiro! — ela gargalhou, mas foi pega de surpresa por Justa, que se aproximou.

— Como vai, Marta? Olá, Enrique. — ela sorriu. — Olá, Maria! Como está bonita!

Marta respondeu no tom de falsidade que usava sempre ao tratar com pessoas da alta sociedade. Abriu exageradamente os braços e falou em voz alta, quase como se estivesse interpretando uma personagem de teatro.

— Estamos MARAVILHOSAMENTE bem, minha querida. Maravilhosamente bem. Aliás, que bela decoração, Justa. Estávamos justamente falando dos "abacaxíos".

Tentando não corrigir diretamente a amiga, nem parecer arrogante, Justa respondeu:

— Gostou dos abacaxis? Obrigada! Para dizer a verdade, eu mesma nunca tinha visto.

Foi Ager que os descobriu em uma de suas viagens às ilhas. É uma fruta muito especial. Segundo ele, é uma tradição daquele local receber visitantes estrangeiros oferecendo-lhes uma fatia de abacaxi. E se um abacaxi é colocado na entrada das vilas, isso significa que são todos bem-vindos. Eu ainda não experimentei. Deixei para fazer isso hoje, durante a recepção.

— Ah, sim. É uma fruta muito especial. — disse Marta, sorrindo para Maria como a pedir a ela que confirmasse a mentira. — Nós provamos um desses abacaxis há algumas semanas e o gosto é realmente... ah... interessante. Mas não sei se comeria novamente.

Marta sempre mentia e fingia quando se sentia insegura ou inferior a alguém.

As duas conversaram mais um pouco e Justa pediu licença, dizendo que ia procurar o marido e iniciar o jantar. Marta e Maria foram circulando pela festa, socializando com os convidados, e deixaram Enrique para trás.

Alguns minutos depois, os anfitriões chamaram todos para se sentarem à mesa para o início do banquete. A mesa estava muito bem servida e os convidados estavam alegres. Marta, como sempre, falava alto, fazendo comentários sarcásticos sobre as pessoas, enquanto Enrique, sentado ao seu lado, permanecia em silêncio. Maria sentou-se ao lado de Alejandro, apesar de ele ter-lhe dito que estava namorando outra moça. De repente, um barulho estridente chamou a atenção de todos para uma das criadas, que deixou cair uma bandeja de prata com uma jarra de vinho. O conteúdo se espalhou para todos os lados. Marta se levantou, de um salto, e começou a gritar com a mulher que, por algum motivo, parecia estar tentando esconder o rosto. Justa se aproximou rápido, se desculpando com Marta para que ela se acalmasse. Enrique se levantou e pegou a bandeja, que havia caído atrás de sua cadeira. Mas, quando olhou para a criada para lhe entregar, ficou pálido como neve. Seu coração disparou e suas pernas ficaram bambas. E ela, percebendo que ele a reconhecera, pegou rápido a bandeja e correu para fora da sala.

— Filha, filha. Por favor, vá até a sala de jantar e limpe a sujeira que eu fiz. — pediu Sophia, ofegante.

— O que aconteceu, mãe? Você está pálida. — disse Carmen, segurando os braços de Sophia.

— Eu estou bem, não se preocupe. Só vá até lá e limpe tudo. Vá!

Enrique nem conseguiu comer. Sua mente viajava no tempo, em direção ao passado.

"Era ela... era... Sophia", pensou.

Ao seu lado, Marta ainda estava reclamando e comentando sobre o vinho derramado, atrapalhando seus pensamentos. De repente, em um impulso instintivo, ele revelou sem querer a frase que lhe passava pela cabeça:

— Cale a boca, Marta!

Imediatamente, todos na sala começaram a rir dela, mostrando que gostariam de ter dito a mesma coisa. Riam cada vez mais alto. O rosto de Marta foi ficando vermelho e ela não parecia ter intenção de esconder a raiva. Mas antes que ela pudesse dizer alguma coisa, Justa e o marido pediram a atenção de todos para que ele fizesse o discurso.

O resto do jantar correu tranquilamente. Mas, para o desespero de Enrique, a criada que havia derrubado a bandeja não voltou mais à sala. Depois da refeição, todos foram convidados a ir, com a família, ao salão de dança para continuar a celebração de vinte anos de casamento de Justa e Ager. Enrique evitou Marta e Maria pelo resto da noite e, discretamente, saiu à procura de Sophia.

— Mãe, por que você está tão estranha? — perguntou Carmen, pegando uma grande garrafa de vinho.

Sophia estava pálida e suando. Levantou-se da cadeira e respondeu, irritada:

— Já disse que está tudo bem. Estou só cansada, nada mais. Agora vá servir os convidados ou Justa irá lhe dar uma repreensão. Vou lá fora para tomar um pouco de ar e já volto para ajudar. E, por falar nisso, não fique conversando com Alejandro. Hoje você está aqui para servir e trabalhar, não para namorar.

Carmen riu e beijou a mãe, dizendo:

— Sim, senhora!

E voltou para a sala para servir os convidados.

"Não consigo acreditar que ele esteja aqui... aqui! Tenho que ficar longe. Não podemos nos encontrar... Não podemos!", pensou Sophia, andando rápido pelo corredor que ligava a ala dos empregados ao jardim dos fundos, desesperada para fugir daquela situação. Não conseguia suportar a ideia de vê-lo novamente. Quando chegou ao jardim e inspirou o ar perfumado das flores, começou a se sentir melhor. Ouviu os convidados conversando e rindo a certa distância. Mas a figura de Enrique lhe veio à mente outra vez e seu coração disparou. "Será que aquela mulher grosseira ao lado dele era sua esposa? Ele estava tão bem vestido. Parece que conseguiu... Se tornou rico como tanto desejava. Será que se lembrou de mim? Ficou surpreso ao me ver. Provavelmente me reconheceu". Não conseguia deixar de pensar naquele breve encontro.

De repente pareceu escutar a voz de sua filha entre os convidados. Foi andando até o lugar onde eles estavam reunidos para ouvir melhor. Ficou chocada. Carmen e Enrique estavam conversando.

— Não, Deus, por favor. Os dois não podem se encontrar... Por favor, meu Deus, não permita que isso aconteça! — ela disse em voz alta a si mesma, entrando em pânico.

— Mãe! Mãe! — gritou Carmen.

Sophia quis sair correndo o mais rápido possível, mas ficou paralisada, sem conseguir se mover.

Os dois se aproximaram, então, e Carmen disse, sorrindo:

— Este cavalheiro está à sua procura, mãe. Chama-se Enrique Cortez.

E olhando para os dois, ela perguntou:

— Vocês já se conhecem?

— Carmen, volte ao trabalho. Você precisa ajudar a servir os convidados. Vou conversar com este senhor. — disse Sophia, com expressão séria. — Vá, eu já disse!

Carmen estranhou o comportamento da mãe, mas obedeceu. Enrique nem conseguia falar. Olhava Sophia dos pés à cabeça. Os dois se olharam nos olhos durante algum tempo, até que Enrique quebrou o silêncio.

— Você é bem mais bonita do que eu me lembrava.

— O que você quer? Já não basta tudo de mal que me fez no passado? Não temos o que conversar, Enrique. Deixe-me em paz. — disse Sophia, se afastando para ir embora.

Enrique a segurou pelo braço e a puxou de volta, com delicadeza.

— Espere, por favor. Eu penso em você todos os dias da minha vida, sempre desejando que esteja bem e...

— Que eu esteja bem? Claro, assim não precisa se sentir culpado por ter me deixado às vésperas do casamento, esperando um filho e tendo que enfrentar todos na vila, que me julgavam por ser uma mãe sem marido. Mas você nem deve ter pensado nisso. Estava preocupado apenas consigo mesmo, como sempre.

— Penso em você porque tenho saudades. Sinto muito a sua falta e sei que fui um idiota ao fazer o que fiz.

Ele parou, de repente, percebendo o que ela tinha dito. Olhou bem nos olhos dela.

— Você disse que estava esperando um filho quando eu fui embora? Eu não sabia que...

Sophia corou, percebendo que havia falado demais. Enrique continuou.

— Ah, meu Deus. Você diz que teve que enfrentar todos na vila, e isso significa que... — ele estava pálido, tentando entender tudo aquilo. — significa que você teve o bebê? Nosso bebê...

Sophia se arrependeu imediatamente de ter revelado aquela história. Não sabia o que dizer. Embora tivesse criado bem a filha, lutando contra todas as dificuldades, no fundo, sempre desejara encontrar Enrique novamente. E agora isso estava acontecendo.

— Sophia, me responda: você teve o bebê?

Antes que ela pudesse responder, Carmen gritou, a certa distância:

— Mãe, está tudo bem? Vocês dois precisam de alguma coisa?

Enrique olhou para Carmen, desta vez com mais atenção, e percebeu que a jovem lembrava muito Sophia na época em que os dois se conheceram: cabelos negros e ondulados, e grandes e belos olhos castanhos. Olhou então para Sophia, e perguntou, assustado:

— É ela? Aquela moça é nossa filha, Sophia? É minha filha, não? Diga-me, Sophia, por favor!

Sophia teve vontade de cair em pranto e lhe contar tudo. "Sim, ela é nossa filha. Foi por ela que tive que fugir do vilarejo, deixando para trás nosso povo, para criá-la com todas as dificuldades que uma mãe solteira enfrenta. Sim, é sua filha. Tem o mesmo sorriso, o mesmo interesse por livros e por cavalos, e às vezes é tão parecida com você que nunca consegui tirá-lo dos meus pensamentos." Queria se jogar nos braços dele e se sentir segura como se sentia cada vez que ele a abraçava, no passado. Mas antes que pudesse dizer qualquer coisa, Marta chegou, de repente, puxando-o pelo braço.

— Enrique, você deu para falar com empregados, agora? — ela perguntou, olhando Sophia de cima a baixo. — Você não é a idiota que deixou cair a bandeja? Teve sorte, pois se aquele vinho espirrasse em mim, eu a faria ser demitida. — puxou Enrique pelo braço. — Venha. Vamos sair daqui. Chega de falar com esse povinho.

Os dois se afastaram e Sophia ficou ali, parada, assistindo Enrique ser puxado pela esposa arrogante. Carmen chegou e perguntou:

— Quem é ele, mãe? Sabia seu nome e foi perguntando a todos os empregados onde você estava. Parecia ansioso para falar com você.

Ainda se recuperando do choque, Sophia olhou para Carmen e disse, rápido:

— É só um amigo, um velho amigo que se lembrou de mim quando me viu derrubar aquela bandeja. Agora vamos voltar ao trabalho, Carmen. Venha.

Ao se deitar para dormir naquela noite, Sophia ficou pensando em Enrique e repassando mentalmente cada palavra da conversa. "Tanto tempo se passou, tantas lágrimas foram derramadas, e ele ainda continua tão bonito", ela pensou.

Não muito distante dali, Enrique estava deitado na cama, fazendo a mesma coisa, lembrando-se de cada palavra que os dois trocaram. "Preciso encontrar uma maneira de encontrá-la novamente sem que Marta desconfie. E tenho que descobrir mais sobre o bebê. Sophia está tão linda. Parece que o tempo não passou para ela." Levou a mão ao rosto e se surpreendeu ao sentir nela o perfume de Sophia. Lembrou-se, então, que ela tinha um cheiro diferente do das mulheres no reino. Ao contrário delas, não usava perucas. Seus cabelos estavam quase sempre soltos, enfeitados apenas com uma flor. E se banhava sempre, colocando na água ervas e pétalas de rosas, o que a deixava com um perfume especial e característico. "O cheiro dela... tão diferente do de Marta e das outras. Que perfume...". Ele adormeceu, sentindo o agradável cheiro em suas mãos.

O que os dois não sabiam é que suas vidas se cruzariam novamente, e dessa vez com final trágico.

A imagem foi desaparecendo e Rebecca foi voltando à realidade. Mas sentia ainda todas as emoções, exatamente como no momento em que viveu tudo aquilo, séculos antes. Logo encontrou Linda, que a esperava. Emocionada, abriu os braços e foi envolvida em um fraterno abraço.

— Por que está assim? A vida que você reviveu aconteceu há muito tempo. — disse Linda, enxugando as lágrimas de Rebecca. — O motivo pelo qual somos abençoados com a oportunidade de rever nossas vidas passadas é justamente para entender nossos erros, para melhorar o momento presente e construir um futuro melhor.

Rebecca fez que sim com a cabeça, mas ainda estava triste. Depois de alguns instantes em silêncio, ela disse:

— Como aquilo terminou? Quero me lembrar de tudo.

— Você irá se lembrar. Uma tragédia ocorreu logo em seguida, e por isso vou acompanhá-la no momento em que você for rever o restante da história. Quando visualizar todos os acontecimentos, irá entender melhor o que acontece com você hoje.

20

A pequenina

JÁ FAZIA seis meses que Roy e Katie haviam se mudado. Roy e Penélope se casaram e ela convidou todos os seus amigos e parceiros comerciais para a cerimônia. E desfilou usando um modelo exclusivo de um renomado designer de moda. Queria um casamento luxuoso e caro e foi exatamente o que organizou: uma cerimônia opulenta e extravagante, bem de acordo com o seu estilo. Tudo foi preparado com extremo requinte, desde as flores que decoravam cada cômodo até os candelabros de cristal importados que pendiam do teto. Penélope não se casou com Roy por amor. Foi apenas uma questão de vencer a batalha: o homem casado que se recusou a ficar com ela agora era seu. E Roy estava tão encantado com todo o luxo do casamento e com o fato de estar entre os membros da mais alta sociedade de Nova Iorque, que nem percebeu a tristeza de sua filha.

Alguns dias após o casamento, aceitou o cargo de diretor financeiro da matriz da corporação de Penélope e mergulhou totalmente no trabalho. Fascinado com o novo estilo de vida, não percebeu o quanto Katie estava sofrendo com o comportamento maldoso e controlador de Penélope. Na frente de Roy, ela fingia ser carinhosa e amável com a menina, mas bastava ele virar as costas para tratá-la com rigidez e agressividade. Katie tinha que se vestir e se comportar da maneira como ela queria, além de seguir uma lista diária de tarefas.

Certo dia, Penélope a surpreendeu chorando no quarto, com saudades da mãe. Agarrou-a pelo braço e exigiu que parasse imediatamente, dizendo que não queria que Roy a visse daquele jeito, pois isso o faria se lembrar de Linda. Como Katie não conseguia controlar as lágrimas, Penélope perdeu a paciência e a esbofeteou no rosto, dizendo que sua mãe estava morta e que ela tinha que esquecê-la e seguir em frente. E ameaçou a menina, dizendo que a mandaria de volta para a Carolina do Norte e faria coisas terríveis com seus avós caso ela não parasse de chorar daquele jeito. Assustada, Katie engoliu as lágrimas e prometeu não mencionar mais o nome da mãe. Dali em diante, se tornou diferente, sempre quieta e assustada. Vivia com a impressão de que Penélope iria atacá-la a qualquer momento. Por trás daquele comportamento tímido, totalmente diferente do que tinha na Carolina do Norte, havia uma menina constantemente aterrorizada, com medo do que poderia vir a acontecer.

Penélope não era mais fiel a Roy e voltou a ter encontros sexuais com Nigel, seu assistente pessoal. Era um caso antigo e bastante óbvio para a maioria das pessoas, mas Roy parecia não perceber. Para poder passar mais tempo com Nigel, criava reuniões internacionais de negócios em que Roy tinha que representar a empresa. Assim ficava livre para agir à vontade. Levava não apenas Nigel, mas outros homens para o apartamento.

Um dia, ouvindo gritos no andar de cima do apartamento, Katie subiu para ver o que estava acontecendo. Os sons vinham do quarto de Penélope e parecia que ela estava sentindo dores ou pedindo ajuda. Foi se aproximando para entender o que estava acontecendo. Movida pela curiosidade infantil, abriu a porta. Gritou, horrorizada, ao ver Penélope e Nigel nus na cama. Os dois se levantaram rápido, com o susto. Penélope puxou o lençol, se cobriu e gritou com Katie para que ela saísse. A menina ficou parada. Estava chocada e confusa. Não sabia o que era sexo, mas sentia que o que aqueles dois estavam fazendo não era certo e que seu pai iria ficar magoado, se soubesse. Ainda enrolada no lençol, Penélope foi em direção a ela, gritando para que saísse do quarto. Pegou-a pelo braço e jogou-a para fora, trancando a porta em seguida.

— Maldita criança! É um problema em minha vida! — gritou ela. — O que vou fazer se ela resolver contar para o idiota do pai?

— Bem, acho que ele não vai acreditar que estávamos repassando relatórios pelados no quarto. — brincou Nigel.

— Isso não é hora para brincadeira. Se Roy descobrir, terei problemas. — disse ela, se vestindo.

Nigel tentou abraçar Penélope para acalmá-la, mas ela o empurrou. Terminou de se vestir e disse a ele que se vestisse também.

— Perdi a vontade. Agora vá, vá! Tenho que descobrir uma maneira de calar a boca daquela pestinha.

"Ela precisa ficar de boca fechada", pensou. "Está na hora de mostrar a essa fedelha o que a mamãe aqui faz com crianças mal-educadas como ela".

Depois que Nigel saiu, ela desceu até a cozinha.

— Dolores! Dolores! — gritou. — Onde você está?

— Desculpe, senhora. Estava na lavanderia e não a ouvi chamar. O que deseja? — respondeu a jovem empregada, assustada com o tom de voz de Penélope.

— Está ficando surda? Preste mais atenção da próxima vez que eu chamar. Quero que prepare uma refeição para mim e para Katie. Faça aquela salada que eu gosto e a chame. Quero que coma comigo. E coloque muitos champignons no prato dela.

— Desculpe, senhora, mas Katie não gosta de champignon. Mas posso colocar em seu prato...

— Não! — Penélope a interrompeu. — Já disse: muito champignon no prato dela. Agora vá e diga a ela que vá até a sala de jantar. Quero ter uma conversa de mãe e filha com ela. Vá, ande logo!

Embora com medo, Katie foi até a sala de jantar. Penélope a estava esperando para começar a comer. Sorriu quando a viu entrar.

— Venha, querida. Sente-se aqui. — disse, em tom de falsidade, mantendo o sorriso.

Dolores entrou em seguida e serviu a comida, achando suspeita a atitude de Penélope. Sabia que ela não gostava da menina e que a maltratava. Assim que ela serviu os pratos, Penélope pediu que as deixasse a sós.

— Feche a porta ao sair, Dolores, e nada de ficar escutando. Sei como você é intrometida!

Assim que Dolores saiu, a expressão de Penélope se modificou.

— Como foi na escola? — perguntou a Katie.

— Bem. — respondeu Katie, lacônica.

— Por que está sendo agressiva comigo? — perguntou Penélope, elevando a voz. — Pensa que não me interesso por seus estudos? Acha que não me importo?

Acostumada com o comportamento de Penélope, achou melhor não responder. Manteve os olhos na comida, com medo de encarar a madrasta e deixá-la ainda mais irritada.

Penélope observou a menina dos pés à cabeça e começou a criticá-la.

— Você está muito mal-arrumada. Por que anda sempre assim? Ainda pensa em sua mãe morta e em toda aquela história?

Katie continuou em silêncio, o que fez Penélope querer provocá-la ainda mais.

— Você sabe que sua mãe era meio louca, não? Ah, sim, seu pai me contou... louca de pedra! — ela riu e continuou a insultar a mãe da garota. — Por isso é que está morta agora!

Ela sabia que falar da mãe chateava a menina. Percebeu que os olhos de Katie se encheram d'água, o que lhe deu ainda mais vontade de provocar.

— Veja se cresce, garota. Aquela vaca louca já morreu. Agora é seguir em frente e esquecer.

— Pare de falar de minha mãe! Pare! — gritou Katie, chorando.

Penélope se levantou e foi até Katie, aproximando bem o rosto do dela.

— Você gritou comigo? Foi isso? Gritou comigo, pirralha?

Desesperada, Katie disse:

— Não fale assim de minha mãe, por favor... Ela agora é um anjo.

— Anjo? — Penélope riu. — Quem foi que lhe disse tamanha bobagem? Deve ter sido aquela sua avó caipira. Não, sua mãe não virou anjo. Está é bem enterrada sete palmos abaixo da terra, aquela vadia.

— Pare com isso, por favor! — disse Katie. — Não fale assim de minha mãe!

— O que foi que eu lhe disse? Não se lembra? Não seja malcriada comigo ou eu a coloco na rua, bem longe de seu pai. — ela disse, com ódio no olhar. — Agora vamos falar sério. Quem lhe deu ordem para subir e entrar em meu quarto sem ser chamada? — levantou a mão no ar como se fosse bater no rosto dela. — Você é uma grande intrometida. Sabe o quanto seu pai me ama, não sabe? Só o que tenho a fazer é pedir a meu motorista que a leve para bem longe daqui e a jogue no meio da rua, sabia? Ninguém jamais vai encontrá-la. E nem vão procurar, sabe por quê? — ela riu. — Porque você é uma menina feia e intrometida. Ninguém se importa com você de verdade! Seu pai me ama e faz tudo por mim, até esqueceria de você se eu pedisse a ele para esquecê-la.

Kate chorava e suas pernas tremiam. Penélope a mandou parar de chorar para não irritá-la. Olhou em seu prato, viu os champignons separados em um canto e se lembrou de que ela não gostava deles.

— Coma tudo. Lembre-se de que há pessoas passando fome no mundo. Você deveria agradecer pelo que tem. Nem pense em desperdiçar minha comida desse jeito. Coma!

— Não consigo... detesto champignons. Eu passo mal — disse Katie, assustada.

Penélope pegou o garfo e foi enfiando os cogumelos na boca da menina, obrigando-a a comer um por um. Ela tentou engolir, mas acabou se engasgando e vomitou toda a comida em Penélope, sujando suas pernas e seus sapatos vermelhos novos.

— Sua nojenta! Saia já daqui! Suma! — gritou Penélope, puxando a menina pelos cabelos. — Você me paga por isso! Saia, estou mandando!

Katie correu pelo apartamento. Assustada, foi direto para o quarto e abraçou seu ursinho. Chorava convulsivamente e seu corpo inteiro tremia. Fechou os olhos, sentindo muito medo. Queria muito que o pai estivesse ali para protegê-la. Alguns minutos depois, Penélope entrou no quarto com tudo. Aproximou-se de Katie e, com violência, arrancou o ursinho de suas mãos erguendo-o no ar.

— Por favor, por favor, não o estrague! O Teddy — como chamava seu ursinho de pelúcia — foi presente de minha mãe... Devolva-me, por favor! — implorou Katie.

Penélope estava furiosa. Foi andando até a janela e, olhando para Katie, a abriu e segurou o ursinho do lado de fora, ameaçando jogá-lo.

— Peça desculpas. Prometa que jamais vai se comportar mal novamente. Diga: não vou mais ser aquela pirralha malcriada e me intrometer na vida da minha madrasta. Diga!

Katie não conseguia parar de chorar. Aquele ursinho era sua única companhia. Repetiu as palavras de Penélope e acrescentou:

— Foi um presente de minha mãe... ele é meu único amigo. Por favor, não faça isso! Por favor!

Penélope olhou bem nos olhos da menina e deu uma gargalhada ao mesmo tempo em que soltou o ursinho. Fechou, então, a janela e olhou novamente para Katie, que agora estava sentada no chão, chorando mais ainda.

— Agora você já sabe. Não me desafie. Se comentar com seu pai ou qualquer outra pessoa sobre o que viu em meu quarto, sabe o que vou fazer? Vou separá-la de seu pai e você vai ficar sozinha para sempre! Já foi ruim perder sua mãe, não? Agora imagine perder seu pai e toda a sua família.

Abaixou-se e, agarrando Katie pelos cabelos, perguntou:

— Entendeu bem? — perguntou com raiva em sua voz e só soltou os cabelos da garota, quando ela prometeu não contar ao pai o que havia acontecido.

Linda e Rebecca estavam no quarto. Assistiram a toda a cena e também ao que tinha acontecido na sala de jantar. Katie estava tendo um ataque de pânico. Não conseguia respirar direito e seu coração estava disparado. Linda se sentou no chão, ao seu lado e a abraçou, transmitindo vibrações de amor e conforto. Enquanto isso, Rebecca inspirou Dolores a ir até o quarto. Ao ver Katie no chão, a empregada correu até ela, sentou-se ao seu lado, pegou-a no colo e começou a afagar seus cabelos. Sentia as lágrimas da menina caindo em suas pernas. O corpinho dela tremia inteiro. Dolores sentia toda a sua dor e tristeza. Abraçou-a e beijou sua fronte. Com os olhos fechados, concentrou-se em pensamentos de amor e de paz e acabou se conectando às mesmas vibrações de Linda e sentiu sua energia. Linda começou a falar em seu ouvido e, embora não pudesse ouvir literalmente as palavras, sua intuição a levou a repeti-las para Katie:

— Ah, minha menina... você não está sozinha, eu lhe garanto. Sua mãe está viva, exatamente como eu, você e seu pai. A única diferença é que ela está em um lugar diferente, mas um dia vocês vão se reencontrar. Acredite em mim quando lhe digo que ela está cuidando de você.

— Ela ouve quando eu choro a noite inteira, chamando por ela? — perguntou Katie, soluçando.

— Sim, ouve, minha pequena. E também ouve quando você ri. Seu riso a deixa feliz, mas seu choro a deixa triste, pois ela gostaria de estar aqui com você e não pode. E não é uma questão de escolha. É, simplesmente, que nos planos de Deus, era hora de ela ir para junto Dele.

Naquele momento Ricky entrou no quarto. Dolores olhou para ele e apontou para Katie, que ainda estava em seu colo. Ricky foi se aproximando, em silêncio, e se sentou no chão ao lado delas. Encostou a cabeça no ombro da mãe e começou a afagar os cabelos de Katie. Os dois ficaram um bom tempo ali com ela, dando-lhe carinho e amor. Linda e Rebecca também permaneceram no quarto, invisíveis, até Katie se acalmar e parar de chorar.

Linda se aproximou novamente de Dolores e agradeceu em seu ouvido. E apesar de não ouvir as palavras, a alma dela sentiu a energia positiva e carinhosa. Dolores e Ricky continuaram a abraçar Katie e a orar, pedindo proteção.

21

As abelhas e as moscas

REGRESSANDO da Terra, Linda e Rebecca chegaram em Lunas e se sentaram em um banco perto do lago, conversando sobre o que tinha acontecido. Rebecca estava visivelmente abalada com o que tinha acabado de ver e não conseguia entender como algo assim podia acontecer com uma criança sem que Deus intervisse. Geraldine surgiu e se aproximou. Rebecca começou a contar a ela a história, mas foi interrompida por Geraldine, que disse, em tom suave:

— Eu vi tudo, querida.

— Não vimos você lá. Onde estava? — perguntou Rebecca, um tanto confusa.

— Não estava exatamente lá, mas vi tudo. — disse Geraldine. E explicou:

— Espíritos são como raios de sol. Nossos pensamentos alcançam diversos lugares ao mesmo tempo. Quanto mais evoluímos, mais nos aproximamos de Deus. Isso nos dá cada vez mais dons e atributos. Esqueça o conceito humano de um corpo feito de matéria e pense em um corpo etéreo, que se torna cada vez menos denso à medida que atinge níveis mais altos de purificação. Cada encarnação é como um filtro que remove nossas impurezas para que nos conectemos cada vez mais à energia divina do universo.

— Rebecca estava me dizendo que não entende como Deus permite o sofrimento, especialmente no caso de uma menina tão pequena como Katie. Talvez você possa me ajudar a explicar isso melhor a ela. — Linda pediu a Geraldine.

— Todo sofrimento é uma lição que recebemos para ajudar em nosso progresso. Nosso egoísmo nos faz encarar algumas situações como mero sofrimento, mas devemos tentar ver sempre as coisas sob um ângulo maior e nos lembrar de que Deus tem sempre um plano de ação. Os desafios que Katie enfrenta agora serão não apenas benéficos para ela em algum momento, como também uma ferramenta para agir em benefício de outros que precisem passar por um processo semelhante. Vou lhe mostrar uma coisa.

Geraldine abriu os braços e, de repente, o espaço ao redor delas foi tomado por uma gama de cores que foram criando forma até mostrar a figura de uma criança com deficiência física. À medida que a imagem ficou mais nítida, pôde-se ver que era um menino em uma cadeira de rodas que não conseguia falar ou se mover. Não devia ter mais de dez anos. A imagem envolveu completamente Linda e Rebecca, como se as duas estivessem na casa onde o menino vivia. De repente, elas viram a mãe do menino, que parecia extremamente dedicada. Estava tentando colocá-lo em uma cama e enfrentava bastante dificuldade. Sua estatura pequena exigia que fizesse um esforço extremo para transferi-lo da cadeira de rodas para a cama. Quando finalmente conseguiu, tirou as roupas dele e lhe deu um banho com uma esponja úmida. Depois o secou com uma toalha e o vestiu com roupas limpas. Aquela tarefa aparentemente simples de transferi-lo da cadeira para a cama, dar-lhe banho e vesti-lo exigia grande esforço e tempo da mãe. A imagem foi esmaecendo aos poucos até desaparecer.

Geraldine disse:

— O que vocês acabaram de ver é apenas um momento do dia de uma família que está encarnada na Terra, que eu visito sempre, levando-lhes vibrações de amor e incentivo. — ela sorriu. — Aqueles que vocês viram são Yasmin e seu filho Peter. Ela e o marido, Michael, são pais amorosos e dedicados. Dedicam a vida ao filho há sete anos. Peter nasceu com má-formação no cérebro e na coluna. Não pode andar, falar ou se mover. Embora os médicos tenham dito que Peter pode ter uma vida curta, Yasmin e Michael o tratam com amor e carinho.

Rebecca ficou tocada com a história. Geraldine fez uma pausa e, então, prosseguiu.

— Não precisa ter pena deles. Em primeiro lugar, tenha fé em Deus acima de tudo e creia que Ele tem um motivo para cada fato que ocorre em nossas vidas. Cada folha que cai de uma árvore está seguindo um plano maior, e o objetivo divino é nos ajudar a obter a purificação.

Linda e Rebecca admiraram a maneira tranquila e natural com que Geraldine explicava tudo aquilo.

— Yasmin e Michael estão aprendendo uma importante lição nessa encarnação na Terra: o verdadeiro significado do amor; o amor incondicional e generoso que nos faz dedicar nossas forças e nossa existência a tornar melhor a vida de alguém. Estão aprendendo que o amor é capaz de unir e de curar, que é a força que move o universo. Antes dessa encarnação, os dois eram extremamente egoístas. Não se importavam com os desejos ou necessidades alheios, magoavam as pessoas e desejavam mal a elas somente para satisfazerem suas vontades. E se antes viviam fechados em seu mundo material, onde riqueza é tudo que importa, agora pensam e agem de maneira totalmente diferente. Agora sua riqueza não pode curar seu filho, mas eles o amam. E este amor é a única coisa que pode ajudá-lo a ter uma vida "menos pior". Esse período de sofrimento e de trabalho árduo se transformará, no futuro, em uma lição divina que mudará seus espíritos para sempre. Já Peter, em outra encarnação, teve um filho com a mulher com quem se casou. A criança nasceu com a mesma doença que ele tem hoje. Ele rejeitou o bebê e o abandonou em uma caçamba de lixo na rua. O menino morreu em poucas horas. Depois de muitos anos, ao regressar ao mundo espiritual, ele percebeu o mal que causou e, arrependido, quis voltar à Terra e escolheu encarnar no corpo que tem hoje, com a mesma doença do bebê que rejeitou.

Seguindo o raciocínio de Geraldine, Linda concluiu:

— O sofrimento nada mais é que lições pelas quais passamos para evoluir. É através dessas lições que descobrimos tudo de importante que ainda temos que aprender. Escolhemos nossas lições de acordo com o que acreditamos ser mais útil para o nosso progresso, mas às vezes as lições são impostas por Deus.

— Como punição? — perguntou Rebecca.

— Não. — respondeu Geraldine. — Deus jamais pune, apenas ensina, assim como um pai deve fazer. Por exemplo: se alguém mata uma pessoa, em determinado momento, irá passar pela mesma experiência para sentir o que esta pessoa sentiu e, se possível, aprender a nunca tirar uma vida. Outro exemplo: alguém que cegue uma pessoa deliberadamente, com a intenção de causar sofrimento, terá a experiência de nascer cega ou ficar cega em determinado momento da vida para passar pela mesma dor e saber como é passar a vida na escuridão.

Linda disse:

— É exatamente isso que está acontecendo com Katie neste momento. Deus não a está punindo ou aos envolvidos na história, e sim dando a eles uma oportunidade de passar pela experiência e aprender juntos. Talvez Katie tenha decidido, em algum momento de sua existência, retornar à Terra e ter esse encontro com Penélope para ajudá-la a mudar. Penélope tem espíritos de luz ao seu redor, que estão encarnados e conectados a ela para ajudar e lhe dar bons exemplos, mostrando-lhe novas maneiras de viver. Cabe somente a ela decidir mudar ou continuar a cometer os mesmos velhos erros.

— É difícil não odiar Penélope depois de ver o que ela é capaz de fazer, toda essa crueldade para com Katie e tantas outras pessoas. Como detê-la? — perguntou Rebecca.

Geraldine respondeu:

— Todos fomos criados ignorantes e nosso objetivo é buscar conhecimento para evoluir. Cada um de nós foi criado da mesma maneira e é livre para decidir qual caminho tomar. Alguns escolhem o caminho que leva à bênção, e outros seguem em direção oposta. Mas, em determinado momento, mesmo aqueles que optam pelo caminho do mal irão retornar a Deus. Podem levar muito tempo ou aprender mais rápido. Isso depende de cada um.

Geraldine completou:

— Gosto de usar como exemplo a história das abelhas e das moscas. Enquanto as abelhas preferem viver rodeadas de flores e de beleza, e se alimentar do néctar das flores, as moscas preferem viver na sujeira, rodeadas de tudo que há de triste e feio no mundo, e se alimentar de sangue. Nós, da mesma maneira, podemos escolher viver rodeados de bondade e beleza, alimentando nossa inteligência com boa literatura e artes, ou como as moscas, rodeados de tudo que há de negativo e ruim na vida.

Linda continuou:

— Penélope está sempre cometendo os mesmos erros e, com isso, atrasa o próprio progresso. Um dia irá retornar ao processo de purificação, mas infelizmente parece que isso ainda não está acontecendo.

As três continuaram a conversar e Rebecca ficou muito interessada em saber mais sobre o mundo espiritual. Começou a se dar conta da vastidão do universo e de como nele tudo funciona de maneira impecável para que seus habitantes recebam todo o conhecimento necessário para sua evolução.

22

As duas irmãs

NAS REGIÕES umbralinas, dois espíritos com forma feminina conversavam perto de uma fogueira, na esquina de uma rua. Eram os mesmos espíritos que estavam no bar instigando a discussão que levou à briga entre Roy e o bêbado. Estavam deformadas, com cabelos ralos e desgrenhados, e maquiagem excessiva. E também excessivamente magras, com os ossos aparecendo sob as roupas.

A loira, chamada Filomena, disse à outra:

— Estive no apartamento hoje e me diverti muito vendo aquela mulher que destesto maltratar a pirralha.

A outra, Fortunada, pediu a ela que contasse os detalhes. Filomena descreveu tudo e terminou, dizendo:

— Então, de repente, quando tentei me aproximar da menina, fui afastada pelos espíritos iluminados.

— Quem eram? A mãe dela estava com eles?

— Não, desta vez não foi a mãe que me afastou, foram outros espíritos de luz. Bem, não me importo com eles. Até me divirto provocando-os. Mas com aqueles que estavam ali não me arrisco. Só vi espíritos daquele tipo umas três vezes em toda a minha vida e, para ser bem honesta, tenho medo deles. — disse Filomena.

Filomena e Fortunada dedicavam sua existência a futilidades e passavam a maior parte do tempo fazendo fofocas sobre as pessoas e lhes desejando mal. Divertiam-se atormentando espíritos encarnados na Terra, fazendo-os sofrer para absorver sua energia. Aproveitando-se dos vícios dos encarnados, como alcoolismo ou dependência de drogas, as duas se uniam a outros espíritos malévolos para atormentá-los. Motivadas pela inveja, perseguiam Penélope há séculos, seguindo todos os seus passos. Cada problema ou dificuldade que ela enfrentava, assim como todos os seus desvios de conduta, eram fonte de prazer para as duas. Agora que estava encarnada, esses espíritos passavam mais tempo com ela, influenciando-a com pensamentos negativos e energia malévola.

— Ainda não acredito que Rebecca tenha se unido aos espíritos iluminados. Passamos tanto tempo influenciando-a a cometer suicídio e, quando ela finalmente morre, não podemos ter o prazer de usá-la como escrava durante mais tempo. — disse Fortunada, tentando consertar o salto de seu sapato, que havia quebrado.

Filomena concordou.

— Mas não importa. Agora temos que nos concentrar em enlouquecer Penélope e acabar com a vida dela. E também estou gostando muito de ver aquela pirralhinha sofrer.

— Mas como vamos nos aproximar da menina com a mãe sempre por perto, além daqueles espíritos iluminados? — perguntou Fortunada, irritada com o salto. Tentou várias vezes encaixá-lo na sola, mas, como não conseguiu, jogou-o contra a parede. — Odeio aquela mulher! — ela gritou, referindo-se a Penélope. — Não é justo. Ela reencarna na Terra e tem tudo do bom e do melhor! Carros incríveis, um avião particular... belos sapatos! Não podemos descansar enquanto não destruirmos a vida dela novamente, minha irmã.

O que as duas não perceberam é que Linda e Rebecca estavam ali, acompanhadas por espíritos de luz, invisíveis, escutando tudo. Rebecca ficou chocada ao ouvir tudo aquilo. A vibração daquelas duas entidades era muito negativa e estava a abalar Rebecca.

— É tão triste ver espíritos assim, vivendo exclusivamente para causar mal aos outros. — disse Rebecca.

Linda colocou o braço ao redor dela e disse:

— Se ao menos soubessem que estão causando mal a si mesmas. Todo o mal que desejam às pessoas volta triplicado para elas. Ainda não se deram conta de que o mal não atinge quem trabalha para Deus.

Rebecca estava pálida e trêmula. Segurava firme a mão de Linda. Parecia prestes a desmaiar.

— Não deixe que as vibrações negativas delas a afetem, minha querida. — disse Linda. — Eleve seus pensamentos. Pense em coisas positivas e com amor. — olhou bem nos olhos da jovem e disse. — Concentre-se em sentimentos de paz e amor. Sinta fé. Imagine um lugar bonito e pense em todas as coisas belas que já viu no universo. Concentre seu amor em si mesma e nas pessoas e verá que ele a circundará e iluminará seu caminho.

— Filomena, veja ali, na esquina, perto da fogueira. — disse Fortunada, apontando com o dedo, que parecia apodrecido, com os ossos à mostra.

— O que é?

— Por um instante achei ter visto aquela idiota da Rebecca parada ali, nos observando.

Filomena foi até a fogueira, onde Fortunada tinha mostrado.

— Deixe de ser maluca! O lugar está vazio, sua demente!

Aos poucos, Rebecca foi se recuperando. Conseguiu ficar em pé sozinha e agradeceu à Linda pela ajuda.

— Não tente buscar alegria ou bondade nos lugares onde você vai ou nas pessoas ao seu redor. Tudo isso está apenas dentro de você. Não importam as circunstâncias, por piores que sejam, ou a negatividade dos lugares. Se mantiver pensamentos positivos e se concentrar no lado belo da vida, estará sempre bem. — disse Teresa. — Ao se deixar levar por pensamentos negativos, você acabou tendo a mesma vibração dessas duas. Aprenda isso: não importa onde você estiver, ou com quem. Mantenha os pensamentos elevados e vai se sentir sempre bem.

— Por que vocês me trouxeram aqui? Essas duas são as últimas pessoas que eu queria ver no mundo. Elas me causaram muito sofrimento enquanto eu estava encarnada. Hoje sei que, no auge da minha depressão, elas estavam ao meu lado sugando minhas energias e me inspirando mais sentimentos negativos.

Ainda segurando a mão de Rebecca, Linda respondeu com carinho:

— Foram seus pensamentos negativos que as atraíram para perto de você. Quando estava encarnada, cada vez que feria seu corpo físico usando substâncias químicas ou se cortando com facas e lâminas, feria também sua alma. E atraía cada vez mais espíritos maléficos e inferiores como essas duas. E quanto mais depressivos eram seus pensamentos, mais isso piorava. O resultado foi uma depressão profunda que a levou a se suicidar. — Linda enxugou as lágrimas de Rebecca. — O motivo para ter trazido você até aqui é lhe mostrar o quanto você progrediu. Há pouco tempo, você vibrava no mesmo padrão que esses dois espíritos e acabava cometendo os mesmos atos que eles. E agora, olhe para você! Veja o quanto evoluiu, simplesmente aprendendo a amar a si mesma. Mas também estamos aqui para falar de perdão. Não conseguimos evoluir se não ajudarmos os menos afortunados. E a única maneira de começar é perdoando.

Teresa apontou para Filomena e Fortunada, que agora estavam brigando, e disse a Rebecca:

— Elas são espíritos como você, eu e todos os outros. A única diferença é que continuam a escolher o caminho errado. Podemos dizer que estão no estágio infantil da escala evolutiva e têm muito a aprender. Ao ver os erros que elas cometem, é importante lembrar que provavelmente cometemos os mesmos erros em algum ponto de nossa existência, quando nosso conhecimento sobre a vida e o universo não era o mesmo que temos hoje.

— Quer dizer que eu já fui tão má quanto elas?

— Eu não diria "má", mas, sim, pode ter cometido erros do mesmo tipo, como qualquer espírito. Lembre-se de que estamos todos em processo de evolução e de que viemos da mesma fonte. Ninguém foi criado mais inteligente ou mais sábio que os outros. Deus é muito justo.

— Você quer que eu me aproxime delas novamente? — perguntou Rebecca.

— Não, não. Perdoar, neste caso, significa deixar de lado todos os sentimentos negativos que possam existir em você, pois, enquanto eles existirem, você estará ligada a elas. Entenda que elas fizeram com você a única coisa que sabem fazer na vida. Acreditam que esta é a única maneira de viver. Não tinham como lhe oferecer algo melhor, simplesmente porque não conhecem qualquer coisa que não seja o mal que insistem em nutrir dentro de si. Perdoar não é se colocar como vítima e culpar os outros, mas sim aceitar o que aconteceu como um processo de aprendizado e seguir em frente. — ela acariciou o rosto de Rebecca. — Deseje a elas tudo de bom. Peça a Deus que lhes mostre a luz e o conhecimento. Acredite em mim. Não importa quanto tempo leve, um dia elas também irão evoluir como todos no universo.

— Está na hora de visualizarmos tudo o que aconteceu naquela encarnação no Reino de Navarra. — completou Linda.

23

O desespero de Maria

SENTADAS na grama perto do lago, Linda, Geraldine e Rebecca se prepararam para rever as cenas do passado. Sua visão da paisagem ao redor foi esmaecendo e uma vasta gama de cores foi compondo uma nova imagem: a de sua encarnação no Reino de Navarra. A cena era muito vívida, e as quatro logo se sentiram envolvidas com as cenas da tragédia.

Reino de Navarra, século XV

Carmen e Sophia estavam no campo, com seus cavalos, indo para o caminho do mercado. Sophia estava quieta e pensativa, ainda bastante irritada depois do encontro com Enrique, na noite anterior.

— Mãe, por que você ficou tão estranha ontem à noite, quando aquele homem veio procurá-la?

— Carmen, minha filha, já lhe disse para esquecer aquilo. Deixe-me em paz! — Sophia respondeu, rispidamente. — Ele é apenas um conhecido de longa data... alguém que eu não tinha vontade de ver novamente.

— Não foi essa a impressão que eu tive.

Sophia parou e encarou Carmen, parecendo surpresa.

— O que ele lhe disse? Diga-me: sobre o que conversaram?

— Digo, sim, se você me contar quem ele é e como se conheceram. — disse Carmen, rindo.

— Carmen! Vamos, o que ele lhe disse?

Carmen continuou a rir e, montando em seu cavalo, disse:

— Bem, primeiro terá que me alcançar e depois terá que me contar tudo.

Ela saiu em disparada, instigando a mãe a alcançá-la.

Sophia montou seu cavalo e saiu atrás da filha, que já estava longe. As duas começaram a brincar, galopando uma atrás da outra. Depois de um bom tempo, pararam perto do rio e se deitaram na grama.

Sophia, observando as nuvens no céu, respirou fundo e contou à filha sobre Enrique, desde quando os dois se conheceram no vilarejo em que nasceram até o momento em que se apaixonaram.

— Enrique era alto, de olhos verdes e cabelos negros; o rapaz mais bonito do lugar. Nos conhecemos ainda crianças e crescemos juntos, como bons amigos. Um dia, quando éramos adolescentes, fomos andar perto de uma cachoeira. Era uma bela noite de verão e estávamos rindo, alegres. Naquela época, eu já estava completamente apaixonada por ele, mas nunca havia comentado sobre o assunto. Tinha muito medo de que ele não entendesse e me rejeitasse. Caminhamos muito e acabamos perdidos na floresta. Já estava escurecendo, então, decidimos encontrar um lugar para passar a noite.

Carmen se levantou e foi se sentar perto da mãe, curiosa. Pediu a ela que pulasse as partes menos interessantes e fosse direto ao ponto em que os dois se amaram.

— Carmen! — Sophia riu. — Bem, decidimos passar a noite ali na floresta. Encontramos um lugar e... depois de muito rir e observar as estrelas daquela noite maravilhosa, nos beijamos pela primeira vez e fizemos amor.

Aquelas lembranças de um momento tão feliz fizeram com que Sophia fechasse os olhos, tentando relembrar a sensação dos beijos de Enrique, do cheiro da floresta e do toque de suas mãos. Começou a se lembrar de cada detalhe, mas foi trazida de volta à realidade por Carmen, que estava ansiosa para saber o resto da história.

— Enrique e eu começamos a namorar e logo ficamos noivos. Nossas famílias ficaram felizes e já planejavam o casamento com uma grande festa. Um dia Enrique foi chamado para fazer um trabalho em Pamplona e ficou fora algumas semanas. Quando retornou, estava diferente. Nosso relacionamento esfriou e ele não parecia interessado nos preparativos para o casamento.

Carmen percebeu que a mãe estava triste e começou a afagar seus cabelos. Depois de alguns instantes em silêncio, Sophia suspirou e continuou:

— Enrique fugiu do vilarejo na noite anterior ao nosso casamento. — disse, com lágrimas nos olhos. — Eu o amava tanto, filha... Depois de algum tempo soube que ele tinha se casado com Marta Cortez, filha do homem mais rico do reino.

Sophia decidiu não contar à filha a parte em que descobriu que estava grávida e que teve que deixar o vilarejo para se esconder de todos e enfrentar a vida como mãe solteira.

Não muito longe dali, em Pamplona, Enrique estava pensando nela. Enquanto ela contava a Carmen toda a história, ele se lembrava dos momentos felizes que os dois viveram e de como se sentia bem ao lado de sua amada. Uma grande tristeza o invadiu ao pensar em como tinha abandonado Sophia, movido pela ambição e pelo desejo de ter uma vida luxuosa. Tinha deixado para trás todos os planos de um casamento e de uma vida em comum para se render à proposta da família de Marta.

"Ela ainda está tão linda. E a filha é exatamente como ela naquela época, bela e graciosa."

Seus pensamentos foram interrompidos por Marta, que entrou na sala com um belo vestido, arrumada para sair.

— Aonde vai, Marta? — ele perguntou.

— Justa me convidou para uma taça de vinho. Já posso até imaginar. Deve estar querendo se gabar da festa e falar de como foi maravilhosa.

— Não, Justa não é tão fútil, Marta. Com certeza, a convidou para conversar com as amigas. Não tem necessidade de se exibir.

— Ah, Enrique. Você insiste em viver nesse universo imaginário em que todo mundo é feliz, na terra da perfeição. Acorde. As pessoas são más. Abra os olhos antes que alguém o arranque à força desse seu mundo de fantasia! Bem, já estou indo. Minhas amigas Filomena e Fortunada já estão me esperando lá fora.

Enrique percebeu que teria ali uma chance para ver Sophia novamente. Não suportava as reuniões da esposa com as amigas Fortunada e Filomena, que eram horas e horas de fofoca e maldade. Mas o desejo de ver Sophia falou mais alto e ele decidiu aproveitar a oportunidade. Além do mais, gostava de Justa e de seu marido, Ager. A companhia deles era muito agradável. Não pensou duas vezes. Disfarçando o entusiasmo, disse, com ar entediado, que iria com ela. Marta hesitou, por um instante, sem entender o motivo daquele interesse. Afinal, ele sempre dizia que detestava Fortunada e Filomena porque elas só falavam de futilidades. Por que então queria ir? Mas acabou concordando.

Algum tempo depois, na casa de Justa, Marta, Enrique e as duas amigas degustavam um vinho. Justa era sempre simpática e alegre, o oposto de Marta e suas amigas, que estavam sempre fazendo comentários sarcásticos sobre as pessoas.

Enrique ficava sem graça com o comportamento da esposa, sempre provocando intrigas e debochando de todos, sem respeito pelos sentimentos alheios. Mas já havia se acostumado com o jeito dela e não esperava que ela mudasse. Ficava sempre calado e se portava de maneira discreta ao seu lado, pois não aprovava suas atitudes.

Em determinado momento, enquanto todos estavam entretidos com a conversa, ele pediu licença e se levantou, dizendo que precisava tomar um pouco de ar. Na verdade, aquilo era uma desculpa para sair e descobrir mais informações sobre Sophia e sua filha. Inspirado pelos amigos espirituais, foi até o jardim dos fundos. Ao se aproximar, ouviu vozes e risos femininos. E, então, viu de onde vinham. Eram as duas, que estavam chegando em seus cavalos. Estavam cantando e pareciam alegres. Seu coração disparou e suas mãos começaram a suar. Sophia o viu e parou. Os olhos dos dois se encontraram.

O primeiro impulso dela foi sair dali e não falar com ele, mas Carmen, percebendo a intenção da mãe, segurou sua mão e fez um sinal para que ficasse, indicando que também ficaria ali para lhe dar segurança. O coração de Enrique batia tão rápido que ele achou que iria passar mal. Os dois continuaram se olhando, sem falar, até que Carmen quebrou o silêncio.

— Senhor Enrique! Que prazer em revê-lo. — ela disse, descendo do cavalo. — Já voltaremos. Pode aguardar aqui, por gentileza?

— Carmen! — disparou Sophia.

Vendo, então, que não tinha saída, sussurrou para a filha:

— Estou com medo!

— Mamãe, ele está aqui. Não há como evitar. Veja o presente que a vida está lhe dando neste momento. Aceite.

Os dois se aproximaram, mas continuaram em silêncio. Sentiam-se como adolescentes apaixonados. A lembrança de todos os momentos do passado invadiu suas mentes. A vida os tinha colocado frente a frente mais uma vez. Não podiam ver, mas Geraldine e Teresa estavam ao lado deles, felizes com o reencontro. Percebendo que deveria deixar os dois sozinhos, Carmen pediu licença e foi para dentro, mas, de vez em quando, os observava pelo canto da janela.

Enrique falou, então:

— Não consigo parar de pensar em você, Sophia. Melhor dizendo, nunca consegui.

Sophia não respondeu. Embora seu coração lhe dissesse que ainda amava muito aquele homem, achou melhor não comentar.

Enrique prosseguiu:

— Não se passou um dia ou uma noite, durante todos esses anos, em que eu não pensasse em você. Lembro-me do seu cheiro, do seu toque, de seu carinho...

— Mas não deveria. — ela respondeu, rápido. — Você nos deixou, lembra-se? — mas se arrependeu imediatamente de usar o termo "nos", pois isso só confirmava o fato de ele ser o pai de Carmen. Tentou corrigir. — Você me deixou, e agora é muito tarde.

Mesmo sendo tarde, Enrique entendeu, naquele instante, que sua intuição estava correta a respeito de Carmen. Seu coração lhe dizia a verdade: Sophia estava mesmo grávida quando ele partiu. E tudo levava a crer que ela havia tido o bebê.

— Você disse que eu "as deixei"? Então estava mesmo grávida quando eu fui embora?

Sophia não respondeu e tentou se afastar, mas Enrique a segurou e olhou bem em seus olhos.

— Diga-me, Sophia. Preciso saber a verdade. Você estava grávida, não estava?

Ela fez um gesto com a cabeça, confirmando.

— Por que não me contou? Por que não me disse na época? Eu jamais deixaria você e nosso bebê se soubesse.

Ela perdeu o controle e gritou:

— Ah, não deixaria? Mas deixou, e jamais voltou. Acha mesmo que eu iria atrás de você para implorar seu amor? Ou para ficar e cuidar de nossa filha? Você estava cego, Enrique. Sua ambição jamais o deixaria ficar no vilarejo e levar uma vida simples. Talvez se eu lhe contasse sobre a criança você ficaria, mas seria o mais infeliz dos homens, imaginando todos os dias como teria sido se tivesse aproveitado a oportunidade de se tornar rico e poderoso. Decidi então deixá-lo livre para seguir sua ambição. — ela olhou ainda mais profundamente em seus olhos. — Não se pode forçar alguém a amar a quem não deseja. A pessoa ama ou não ama. Decidi enfrentar o fato de que você não me amava e seguir com minha vida.

Olhando para baixo e com lágrimas rolando pelo rosto, Enrique só ouvia. Sabia que ela tinha razão. Sua ambição e seu desejo por riqueza e posição social eram tão grandes, que ele teria mesmo se tornado um homem amargo, caso tivesse permanecido no vilarejo. Muito constrangido, ele disse:

— O que eu aprendi é que nem todo o ouro deste mundo e nem a mais alta posição social conseguem substituir a felicidade que eu sentia estando ao seu lado.

Mas antes que pudesse continuar, Justa apareceu no jardim, junto com Marta e suas amigas.

— Está tudo bem, Sophia? — perguntou Justa, preocupada.

Percebendo que Sophia estava chorando, aproximou-se e a abraçou.

— Enrique, você está chorando também. O que está acontecendo aqui? — perguntou Filomena, com um brilho malévolo nos olhos.

Mas Marta, furiosa, não esperou resposta. Puxou o marido pelo braço, gritando:

— Enrique, que diabos você está fazendo aqui fora, conversando com uma criada?

Filomena e Fortunada riam da cena, e Carmen, que tinha visto tudo pela janela da cozinha, saiu e foi até eles. Percebendo que nem a mãe nem Enrique sabiam o que dizer, resolveu interceder.

— Madame Justa, peço desculpas. Minha mãe e eu acabamos de receber más notícias de um de nossos parentes na França e, enquanto fui lá dentro buscar água para ela, este senhor chegou e a viu chorando, desesperada.

Carmen nunca mentia, mas naquele momento nem conseguia pensar no que estava dizendo. Parecia não ter controle sobre as palavras que lhe saíam da boca. Só sabia que tinha que ajudar a mãe a sair daquela situação. Disse que um parente havia sido encontrado morto na floresta e que a notícia tinha abalado Sophia. Tentando ajudar, Justa pediu aos convidados que voltassem para dentro. Agradeceu a Enrique pelo apoio que havia dado a Sophia e Carmen e também entrou. Somente Marta ficou ali fora para falar com Sophia.

— Não sei o que vocês estão querendo, suas plebeias, mas aviso para que fiquem longe de meu marido. E quanto a você, há algo que me incomoda muito a seu respeito. Vou avisar Justa. Ela tem que se livrar de vocês duas se quiser continuar sendo minha amiga.

— Que mulher má! — disse Carmen, assim que Marta saiu.

Vendo que a mãe estava pálida, perguntou, preocupada:

— Mamãe, está tudo bem?

Pegou-a pela mão e a levou para se sentar em um banco ali próximo.

Sophia estava trêmula. Primeiro a discussão com Enrique, trazendo de volta todos os sentimentos do passado, e agora a esposa dele lhe dizendo todas aquelas coisas. Era demais para ela.

"Tenho que contar a verdade a Carmen. Ela precisa saber que Enrique é seu pai", pensou.

Quando Carmen retornou com uma tigela de água, Sophia não hesitou e disse:

— Há algo que tenho a lhe confessar, minha filha. Mas antes preciso dizer que não foi minha culpa. Nunca tive intenção de esconder isso de você. Ele nos deixou... foi ele quem nos deixou...

Carmen colocou a tigela de lado e afagou o rosto da mãe.

— Eu sei, mamãe. Sei o que vai me dizer. Ele é meu pai. Percebi já na primeira vez em que vi vocês dois conversando. Senti nele algo que nunca havia sentido. Ele é meu pai, mas não precisa se preocupar, pois imagino como deve estar se sentindo, confusa e com medo, agora que ele reapareceu em sua vida.

Sophia olhava para o chão e chorava sem parar. Pegou as mãos de Carmen, que afagavam seu rosto, e as beijou.

— Ah, minha querida, eu a amo tanto. Tinha tanto medo de que essa história a fizesse sofrer como me fez no passado. Não quero que ele lhe cause a dor que me causou.

— Não tenha medo, mãe. Estou curiosa para saber mais sobre ele, é claro, mas também a respeito muito, e respeito o seu relacionamento com ele. Sei que vocês têm muito que conversar e esclarecer, primeiro. Mas, acima de tudo, quero que você se cuide e não se preocupe comigo. Estou bem. Você tem sido mãe e pai para mim durante todos esses anos. Com todo o amor que me deu, nunca senti falta de uma figura paterna em minha vida.

Sophia respondeu:

— Mas vocês dois merecem saber a verdade e se conhecerem melhor. Ele é seu pai e não posso negar isso. Terei que contar tudo a ele.

Os convidados foram embora e Justa saiu para ver como Sophia estava.

— O que aconteceu, minha amiga? Fiquei tão preocupada. E não venha com essa história de um parente encontrado morto, porque não acreditei em uma só palavra.

Justa e Sophia tinham nascido na mesma vila e foram amigas de infância. Depois a família de Justa se mudou para outro vilarejo, mas as duas se reencontraram anos mais tarde, quando Sophia, grávida, veio procurá-la pedindo um lugar para ficar em troca de trabalho. Justa e o marido se compadeceram da situação dela e a convidaram para ficar em sua casa até que o bebê nascesse. E como suas terras se estendiam até um lugar mais afastado da casa principal, pediram a Sophia que ajudasse a cuidar da propriedade e, em troca, ofereceram-lhe uma casinha no local. Mas jamais a trataram como empregada, e sim como uma amiga muito querida.

Sophia contou a Justa tudo que havia acontecido entre ela e Enrique no passado, desde o momento em que percebeu que estava grávida até os eventos recentes, quando o reencontrou na festa. Chorando e abraçando a filha, deixou que todos os sentimentos viessem à tona, desabafando com ela e com Justa sobre tudo que sentia por Enrique. As duas ouviram com atenção.

Quando Sophia terminou, Justa lhe fez uma promessa e lhe deu um aviso:

— Prometo, minhas amigas, que irei ajudá-las a se aproximarem de Enrique, especialmente por você, Carmen, que precisa passar mais tempo com seu pai e conhecê-lo melhor. Mas temos que tomar muito cuidado para Marta não descobrir. Insisto: temos que tomar todo cuidado. As reações de Marta às vezes me assustam. Não sei do que ela seria capaz se descobrisse que vocês querem se encontrar com Enrique. Minha intuição me diz que ela é uma mulher muito perigosa.

Depois de algumas semanas, Justa fez o que havia prometido: convidou Enrique para visitar suas propriedades para que ele pudesse se encontrar com Sophia e Carmen. Seu marido, Ager, também ajudou, dizendo a Enrique que podia usar seu nome como desculpa para Marta. Todas as tardes, Enrique saía dizendo que iria se encontrar com Ager para discutir possibilidades de negócios. Mas, na verdade, ia se encontrar com Sophia e Carmen na casinha delas.

Embora ainda se amassem, Enrique e Sophia mantinham respeito pelo casamento dele com Marta. Todo o tempo que passavam juntos era direcionado para o relacionamento dele com Carmen, de maneira que os dois se conhecessem melhor e pudessem desfrutar da companhia um do outro como pai e filha. E era exatamente isso que estava acontecendo. Os dois se divertiam muito. As tardes que Enrique passava com Sophia e Carmen eram muito diferentes das que passava em casa, com Marta e Maria. As duas só reclamavam da vida ou comentavam sobre a vida alheia. Quanto mais tempo ele ficava com Carmen e Sophia, mais as amava e apreciava sua companhia.

Filomena e Fortunada estavam em seu solar, em Pamplona, conversando. A mansão tinha sido herdada de seus pais e estava na família há muitas gerações. Mas estava em condições precárias, sem cuidados e abandonada por dentro e por fora, e tinha um cheiro terrível. Era um perfeito espelho da alma de suas proprietárias.

As duas estavam conversando sobre seu assunto predileto: Marta. Sua obsessão por ela ocupava a maior parte de seu tempo e de sua energia. Conseguiam passar horas discutindo cada detalhe de sua vida, fofocando sobre todos os membros de sua família e até planejando maneiras de causar mal a eles. Invejavam profundamente Marta e seu estilo de vida. Queriam ser belas como ela, se vestir como ela e até se comportar como ela. A admiração e a amizade que demonstravam socialmente eram, no fundo, puro ódio e inveja. Cada pequena conquista ou coisa boa que acontecia na vida de Marta lhes causava grande irritação. Seus sorrisos escondiam um grande desejo de que tudo de mal ocorresse com ela. Comemoravam cada problema ou obstáculo que a amiga enfrentava como se fosse um triunfo.

O assunto do momento era a depressão de Maria, a filha, por conta do rompimento com Alejandro. Fortunada e Filomena se divertiam com o desespero de Marta ao ver a situação da filha.

— Eu tinha certeza! Sabia que aquilo não ia durar. — disse Filomena, segurando uma taça de vinho.

— Você reparou que ela passou o tempo todo correndo atrás dele durante a festa de Justa? E como ele a evitou? — riu Fortunada, pegando a jarra de bebida que estava no chão, ao lado de Filomena. Despejou o vinho em sua taça e continuou. — Quem aquela mocinha pensa que é? Feia como a mãe, e com a mesma voz esganiçada dela. — tomou metade da taça de um só gole e completou o comentário. — Ah! Tenho nojo daquelas duas!

— Bem, minha irmã, agora temos que descobrir quem o belo Alejandro Vigar está namorando... sim, porque ele só pode estar com outra moça, certo?

— Certo. Deve estar apaixonado por outra! — ela riu. — Vamos descobrir de quem se trata e espalhar pelo reino todo que a filha de Marta foi devidamente substituída!

De repente, as duas gritaram ao ver um enorme rato no canto da sala e começaram a brigar, discutindo sobre quem iria se livrar da infestação de ratos na casa.

Certa noite, usando a mesma desculpa de visitar Ager, marido de Justa, para discutir planos de negócios, Enrique conseguiu ir até a casa dela para celebrar com Sophia, Carmen e seus amigos, o noivado da filha. Enrique ainda não conhecia o noivo e estava ansioso para saber quem era esse homem que estava fazendo sua filha tão feliz.

A lua iluminava a noite e todos se reuniram ao redor da fogueira. Justa e Ager estavam entre eles, se divertindo muito. Algumas das moças começaram a dançar, e os homens fizeram um círculo ao redor da fogueira, bebendo, conversando e rindo. Sophia se juntou a elas. Seus olhos brilhavam e ela parecia ainda mais bela. O amor que sentia agora a fazia parecer dez anos mais jovem. Enrique não conseguia desviar os olhos de sua amada. Sentou-se ao lado dos músicos e um deles lhe ofereceu o violão para que tocasse. Justa e Ager percebiam a mudança visível nele. Parecia menos tenso e conversava à vontade, fazendo piadas e se divertindo com todos.

— As maravilhas do amor. — Ager disse à Justa, olhando em direção a Enrique. — O amor exalta em nós o que há de melhor.

Justa sorriu e abraçou o marido. De repente todos ficaram em silêncio e olharam em direção a Carmen e Alejandro, que se aproximavam a cavalo. Carmen montava seu belo corcel, Asas, e Alejandro, o cavalo de Sophia. Os convidados aplaudiram e ergueram as taças, celebrando a chegada do casal. Os dois se juntaram ao grupo e a festa continuou, com mais música e dança.

Carmen se aproximou do pai e apresentou o noivo.

— Papai, deixe que eu lhe apresente o homem que me transformou na mulher mais feliz do continente. Este é Alejandro.

Alejandro e Enrique estavam pálidos e visivelmente chocados. Ficaram olhando um para o outro, sem falar. Não entendendo o que estava acontecendo, Carmen perguntou e Alejandro quebrou o silêncio.

— Bem... Carmen... lembra-se que lhe falei da moça de quem estive noivo antes de conhecê-la? Pois ela é... — ele hesitou mais um instante, mas acabou dizendo. — É a filha dele, Maria.

— O quê? — ela perguntou, confusa. — Então a moça que parece maluca e vive a persegui-lo é a filha de meu pai?

Percebendo o que tinha dito, ela corou e se desculpou com o pai.

— Não se preocupe, filha. Maria não é mesmo a pessoa mais fácil de se conviver. E está tendo dificuldades para aceitar o rompimento. — e, olhando para Alejandro, completou. — Estou tão surpreso quanto você. Que coincidência estranha.

Todos ali se sentiam constrangidos com a surpresa que a vida havia lhes preparado. Alejandro pediu desculpas, embora não soubesse se era exatamente o que devia fazer.

Enrique colocou a mão no ombro do rapaz e disse:

— Sempre gostei muito de você, Alejandro, e para ser muito honesto, não achava que Maria o merecesse. Como pai, me dói dizer algo assim sobre minha própria filha, mas eu via a forma como ela o tratava e as coisas que lhe dizia. Não era agradável ver aquilo. Bem... confesso que estou sem palavras ao saber que você agora está namorando minha outra filha... Não sei mesmo o que dizer.

Alejandro sorriu timidamente e respondeu:

— Eu realmente peço desculpas, Senhor Cortez. Não imaginava que tivesse outra filha.

Carmen cobriu a boca com as mãos e desatou a rir, nervosamente, sem saber o que dizer. Enrique e Alejandro também começaram a rir. Enrique abraçou Alejandro e lhe contou sobre sua história com Sophia e como havia descoberto, recentemente, que tinha outra filha. Gostava de Alejandro. Tinha conhecido seus pais e sabia que se tratava de um rapaz muito gentil e inteligente, perfeito para Carmen. Pediu apenas a ele que não comentasse sobre tudo que estava acontecendo, pois ainda não se sentia preparado para contar a Marta e Maria sobre Sophia e Carmen.

— Não tenho intenção de parecer desrespeitoso com relação à sua filha Maria, mas confesso que não desejo vê-la novamente. No entanto, caso o destino faça com que nossos caminhos se cruzem novamente, prometo não mencionar qualquer coisa a respeito.

Ele fez uma pausa e continuou:

— Maria já está tornando minha vida bastante difícil. Imagine se descobrir que fiquei noivo de sua meia-irmã... Nem quero pensar nisso.

— Você é um grande homem, Alejandro. Desejo a você e a Carmen toda a felicidade do mundo. — disse Enrique, com admiração estampada no rosto.

Uma amiga de Carmen a puxou pelo braço, convidando o casal a se juntar aos outros que estavam dançando ao redor da fogueira. Ela aceitou, levando Alejandro. Sophia, que estava muito bela em seu vestido vermelho, se aproximou e ajeitou os cabelos, que esvoaçavam com a brisa. Percebeu, então, que Enrique ainda estava um tanto surpreso. Ele contou a ela que Alejandro havia sido noivo de sua outra filha, Maria. Os dois riram, comentando sobre aquela estranha surpresa do destino.

Algumas horas depois, sob uma árvore longe de todos, Enrique e Sophia não resistiram e acabaram sucumbindo a seus sentimentos. Beijaram-se pela primeira vez desde que ele saíra da vila, abandonando-a, dezoito anos antes. O céu estava claro e o luar iluminava os campos, tornando o momento ainda mais especial: a reunião de dois espíritos que se amavam profundamente.

Enquanto isso, no castelo dos Cortez, Marta estava preocupada com a filha, que tinha se trancado no quarto. Andava de um lado para o outro na sala, esperando Enrique chegar. Maria andava muito deprimida após seu rompimento com Alejandro, e piorava a cada dia. Chorava o tempo todo, sentindo-se rejeitada e pensando em Alejandro. Sua única preocupação era consegui-lo de volta. Vinha perdendo peso e tinha grandes olheiras. Tinha aparência de doente. "Ele é meu... É meu e vou fazê-lo enxergar isso! Não pode me abandonar assim. Não posso acreditar que tenha outra! Que inferno... Ah, odeio Deus!", pensava, segurando uma faca contra o peito. Cortando a própria pele, se perguntou: "Por que sou tão feia?" Outro corte, dessa vez maior. "Deve ser por isso que ele me deixou... sim... Não sou tão bonita quanto minha mãe. Tenho uma aparência horrível! Sou uma aberração e não mereço ser amada". Lágrimas rolavam em seu rosto e vários espíritos malévolos a circundavam, encorajando-a a se cortar mais com a faca e lhe dizendo que ela era realmente muito feia e que ninguém a amava.

A mãe continuava batendo à porta, tentando falar com ela, mas Maria não queria conversar. Quando não estava trancada no quarto, revirava as ruas atrás de Alejandro, implorando-lhe que voltasse para ela. Naquela manhã, saindo da missa, viu o rapaz com a família e correu atrás dele, pedindo que lhe desse uma segunda chance. Jogou-se no chão na presença de todas as pessoas que estavam saindo da igreja, fazendo um escândalo. Agarrou a perna de Alejandro, gritando que preferia morrer a ter que viver sem ele. O rapaz conseguiu se soltar, e pedindo desculpas a Marta, afastou-se rapidamente com os pais. A multidão se aglomerou ao redor dela, alguns rindo e outros sentindo pena. Extremamente constrangida, Marta pegou Maria pelo braço e a arrastou, levando-a embora. As irmãs Filomena e Fortunada, que estavam na aglomeração e tinham assistido a tudo, correram atrás de Marta e Maria para contar as notícias.

— Marta! Marta! — gritou Fortunada, com o braço levantado, tentando alcançá-la. — Esperem. Temos notícias para vocês.

Marta estava envergonhada demais para sequer olhar para trás. Continuou andando rápido e puxando Maria pelo braço. Mas as irmãs continuaram correndo, gritando seu nome até alcançá-las.

Sem ar, Fortunada sussurrou:

— Marta, Marta, espere. Temos que lhe contar...

— Não estou interessada agora, Fortunada. Só quero ir para casa. — respondeu Marta, tentando se livrar das irmãs.

— É sobre Alejandro! — gritou Filomena, ciente de que aquele nome faria com que Maria parasse para ouvir.

E foi exatamente o que aconteceu. Maria estancou e puxou violentamente o braço, quase derrubando a mãe.

— Você disse Alejandro?

— Sim, sim. — disse Fortunada, disfarçando um sorriso de prazer.

— O que você sabe? Diga.

"Ela parece realmente perturbada. Mal posso esperar para ver sua reação quando eu lhe contar", ela pensou, com uma falsa expressão de piedade.

— Soubemos que ele está namorando.

Sentindo-se vitoriosa, Fortunada completou.

— Estava de mãos dadas com uma bela moça, perto daqui.

Maria colocou as mãos na boca, em choque. Filomena e Fortunada exageraram ainda mais a história. Gesticulando abertamente, contaram tudo que haviam visto, inventando detalhes sobre Alejandro e sua nova namorada.

Ao se recuperar, Maria secou as lágrimas e gritou:

— Quem é ela? Quem é? Diga!

— Não sabemos ainda. Mas pelas roupas que estava usando, achamos que se trata de uma plebeia. Com certeza, não tem posses. — disse Filomena, ainda com uma falsa expressão de pesar.

— Mas é muito bela... linda mesmo. — disse Fortunada, fingindo se compadecer.

— Sim. Nisso tenho que concordar com minha irmã. Embora estivesse bem malvestida, vimos que tinha uma beleza rara.

Maria gritou, furiosa, e saiu correndo. Fortunada e Filomena fingiram se desculpar com Marta, dizendo esperar não ter causado um inconveniente, e prometeram não descansar até descobrir a identidade da moça. Marta não prestou muita atenção. Saiu atrás da filha, tentando alcançá-la. Quando já estava longe, as irmãs caíram na gargalhada, deliciando-se com o sofrimento de Maria.

Chegando ao seu quarto, Maria trancou a porta e pegou a faca escondida em uma gaveta da cômoda. Pressionou-a contra o pulso e...

— Pare! Pare, por favor! — gritou Rebecca, desesperada.

A cena se desintegrou no ar, e Linda abraçou Rebecca, tentando acalmá-la. A jovem tremia da cabeça aos pés.

— Pare! — ela disse mais uma vez, sem fôlego. — Lembro-me de tudo que aconteceu... PARE de me mostrar isso, por favor. Dói demais! — gritou. — Não quero passar por tudo aquilo de novo. Pare!

24

A armadilha

NA TERRA, Penélope e Roy estavam a caminho da região de Hampton para uma festa na casa de Patrícia, uma amiga dela. Roy não comentou, mas estava bastante inseguro, pois Patrícia era multimilionária. O círculo de amigos de Penélope era muito diferente do seu e ele não sabia muito bem como se comportar na companhia de pessoas tão ricas.

"Eles devem ter modos diferentes, etiqueta social refinada. Nem sei como falar com essa gente", ele pensou. "E se me acharem sem graça ou simples demais até para conversar?"

Ao chegarem à luxuosa mansão, foram recebidos por um garçom seminu com o corpo inteiro pintado, imitando a pele de um leopardo. Tinha corpo de modelo e usava apenas uma pequena sunga. Segurando uma bandeja de prata com taças de champanhe, sorriu maliciosamente para Penélope, que retribuiu o sorriso. Ouvia-se risos e muito barulho no interior da mansão. Ao entrar, Roy encontrou um mundo totalmente diferente do que esperava.

Já no hall de entrada, havia homens e mulheres encostados contra as paredes, se beijando em grupos. Os dois foram entrando e chegaram ao salão principal, onde havia mais modelos masculinos e femininos escassamente vestidos, não apenas servindo, mas também interagindo com os convidados.

— Pepe! — gritou Patrícia, em tom exagerado. Estava usando uma máscara em forma de gato. — Por que demorou tanto? — e jogou dois beijos no ar, a certa distância, em vez de encostar o rosto no dela. — Oi, Roy. Bonito como sempre!

Percebendo que ele não a tinha reconhecido, brincou:

— Talvez ajude se eu tirar a máscara, certo?

Ela tirou a máscara e sorriu. Chamou um dos modelos, que trouxe um par de máscaras, e as entregou a Roy e Penélope, dizendo:

— Penélope, você conhece as regras sobre vestimenta. Vou pedir a Marcos que os leve até o trocador.

Patrícia ergueu a mão, estalou os dedos e um dos modelos seminus se aproximou.

Roy olhou melhor ao redor e só então reparou que todos na festa estavam usando roupas exóticas e mínimas. Alguns simplesmente desfilavam com roupas íntimas.

— Penélope, o que está acontecendo? — ele sussurrou no ouvido dela.

— Ah, Roy, vamos lá. Não vai me importunar com esse tipo de pergunta agora, certo? Vá até lá e se troque.

— Tenho mesmo que tirar toda a roupa?

Patrícia riu e disse:

— Não, seu bobo. Até pode, se quiser, mas a ideia é usar algo bem à vontade e confortável. Vá com essa bela garota-leopardo até o trocador. Ela pode lhe mostrar algumas opções de fantasias. Hoje você pode ser quem quiser: um caubói, um gladiador romano, um policial... ou simplesmente um belo homem nu. Faça o que bem quiser, meu querido.

Penélope já tinha saído, de mãos dadas com o modelo chamado Marcos. Roy pegou a máscara e, sentindo-se completamente deslocado, foi seguindo a modelo pintada de leopardo, que o levou a um dos quartos que Patrícia havia preparado com roupas e fantasias masculinas.

Ele pegou um uniforme de policial e o vestiu, mas ainda não se sentia à vontade com a situação. Tinha ido à festa imaginando que se tratava de um jantar muito formal cheio de talheres e prataria, mas o que encontrou foi algo muito diferente. Ao sair do quarto, deu de cara com uma mulher totalmente nua que vinha correndo e rindo. Ela não parou, deixou-se chocar contra o corpo dele e, para sua surpresa, o beijou na boca. E depois continuou, em disparada, em direção ao quarto onde ele tinha se trocado.

— Meu Deus. Que gente louca! — ele pensou em voz alta.

Em um quarto próximo, Nigel beijava Penélope, acariciando seu corpo inteiro.

— Aqui não, Nigel. Roy pode entrar e nos ver.

Nigel parou e disse, com firmeza:

— Roy, Roy. Você só fala nele agora. Ainda não entendi o que você vê naquele caipira.

Penélope colocou novamente a máscara e ajeitou a minúscula fantasia de enfermeira, dizendo:

— Ah, meu querido. Não diga que está com ciúmes. Estou só me divertindo, como sempre. Você sabe que minha atração por Roy é algo que não consigo explicar. Acho que ele combina comigo, é isso.

Ela o beijou e saiu do quarto.

"Não acredito! Achei que esse Roy fosse mais um dos homens que ela usa até se cansar e depois dispensa, mas esse caso está durando demais. Preciso encontrar uma maneira de me livrar dele o mais rápido possível", Nigel pensou, enquanto saía do quarto e voltava para a festa.

A festa continuou, com música e extravagâncias de todo tipo. Patrícia era casada com um bilionário russo e suas festas eram conhecidas pelos temas exóticos, apresentações ao vivo, muito álcool e drogas. Os encarnados não viam, mas o lugar era infestado de espíritos malévolos e viciados circulando entre os convidados, sugando sua energia, influenciando seu comportamento e se divertindo ao causar problemas e brigas entre eles.

No centro do jardim, havia uma gigantesca fonte, onde vários convidados se reuniam para usar drogas. Alguns tiravam a roupa e dançavam freneticamente ao som de ritmos e músicas que estavam apenas em suas mentes. Quanto mais drogas usavam, mais vulneráveis se tornavam aos espíritos ao seu redor, que agiam como verdadeiros sanguessugas, influenciando diretamente seus atos e movimentos.

Roy andava entre os convidados, procurando Penélope. E se surpreendia cada vez mais com o que via. De repente ouviu uma voz feminina cantando e se aproximando por detrás dele. Virou-se e viu Penélope com uma garrafa de champanhe em uma mão e um cigarro de maconha na outra. A fantasia de enfermeira estava encharcada de bebida e cheia de marcas de batom. Ela parecia estar fora de si como ele nunca tinha visto.

— Nossa, você parece... — ele a olhou de cima a baixo. — Parece estar fora de si.

Penélope fechou os olhos e continuou a cantar, sorrindo para ele e erguendo a garrafa no ar. Roy estava se sentindo cada vez mais deslocado na festa e perguntou a ela por que estava fumando aquilo, mas ela não respondeu. Deu um passo à frente, mas tropeçou em um degrau e só não caiu no chão porque Roy a segurou rápido. Ele a abraçou.

— Vá com calma, querida. É melhor dar um tempo. Estamos aqui há menos de uma hora e você já está assim.

Ele tirou o cigarro da mão dela, beijou seu rosto e a levou para fora.

O que Roy não sabia é que ela tinha tomado diversos tipos de drogas com os amigos, e agora, Filomena e Fortunada estavam ali ao lado, influenciando seus pensamentos. As duas irmãs lhe diziam para empurrar Roy para longe e ela, vulnerável às influências negativas, seguiu a sugestão.

— Vá embora, Roy. Você é muito chato! Deixe que eu me divirta um pouco! — ela balbuciou.

Tentou dar alguns passos, mas quase caiu novamente.

Com muita paciência, Roy a segurou.

— Não estou querendo impedir que você se divirta. Só acho que precisa tomar um pouco de ar. Mal consegue parar em pé.

Mas ela o empurrou novamente, gritando:

— Saia daqui!

— Isso mesmo. Grite com ele! Este homem não quer que você se divirta. Grite! — disse Fortunada, rindo.

Captando os pensamentos de Fortunada, Penélope seguiu a sugestão e gritou novamente com Roy. Ouvindo os gritos, uma amiga dela que também estava drogada, aproximou-se e o empurrou, dizendo:

— Deixe Penélope se divertir um pouco.

E a levou para dentro da casa.

Roy as seguiu, mas elas desapareceram entre os convidados. Ele procurou, mas não conseguiu mais encontrá-la. Havia muitas pessoas na casa. Então viu Nigel, que se aproximou e lhe ofereceu um drinque.

— Você viu Penélope? — Roy perguntou.

— Não se preocupe. Ela está bem. Esta é a tribo dela. — ele disse, levando Roy para dentro para que eles pudessem conversar sem ser interrompidos. "Por que você simplesmente não sai da vida dela, seu caipira careta?", ele pensou, sorrindo e fingindo estar apreciando a companhia dele. — Por que está tão preocupado? Relaxe um pouco, homem.

— Eu a vi agora há pouco e ela não parecia bem. Deve ter tomado alguma substância muito forte e estou preocupado. — ele disse, tomando um gole do drinque. — Não estou acostumado com isso, Nigel. É tudo novo para mim.

"Idiota", pensou Nigel, disfarçando os sentimentos com um sorriso. Bateu no ombro de Roy. — É melhor se acostumar, pois esta é a vida dela. Penélope gosta de tudo ao máximo, tanto trabalho quanto diversão. Sempre foi assim. "Ele já deve estar ficando bem inseguro agora". E só se diverte com muitas festas e muita droga.

Roy colocou a mão na testa, sentindo-se zonzo, e se sentou na grama, largando o copo vazio.

"Uau!", pensou Nigel, rindo e tirando do bolso um pequeno tubo de vidro. "Isso funciona mesmo!"

Olhou então para uma moça que os observava, e ela se aproximou.

— Você já sabe. — ele disse, e a beijou. — Agora vá e faça o que combinamos.

Nigel levantou Roy, verificando se ele estava mesmo inconsciente. Arrastou-o, então, até um gazebo no jardim dos fundos e o deixou com a moça. Usando todo o seu charme, Nigel a havia convencido a ajudá-lo com seu plano. Assim que ele saiu, ela despiu Roy completamente e o beijou por todo o corpo, deixando marcas de batom. Sob o efeito do forte alucinógeno que Nigel havia colocado em sua bebida, ele não percebeu o que estava acontecendo.

Enquanto isso, Nigel saiu à procura de Penélope e a encontrou esparramada em um sofá, rodeada pelos amigos. Sua cabeça estava apoiada no colo de um dos modelos seminus. Completamente drogada, balbuciava palavras sem sentido. Filomena e Fortunada, acompanhadas de outros espíritos malévolos, se divertiam absorvendo as drogas e o álcool que todos ali estavam ingerindo. Nigel se aproximou e Penélope tentou se levantar, mas acabou caindo sobre ele. Rindo, tentou mais uma vez, mas trançou as pernas e ele a segurou e a beijou.

"Quero todo o seu dinheiro, sua vadia nojenta", ele pensou, dizendo:

— Você está tão linda e sexy. Não resisto.

— Não, Nigel... aqui não. Roy pode nos ver, já disse!

— Não, não pode. Acabei de vê-lo se enroscando com uma loira.

— O quê? — ela gritou. E começou a rir, apontando para Nigel com o dedo. — Não vou cair nessa, Nigel. Roy me ama desesperadamente. Não faria isso. Não o meu caipirinha.

— Bem, eu posso levá-la até o seu caipirinha e você verá que ele não é tão fiel assim. Pode ser careta, mas não fiel.

Ele a ajudou a andar até o gazebo.

— Roy! Seu maldito! O que está fazendo? — ela gritou ao ver a loira nua deitada sobre Roy, cobrindo-o de beijos.

Seguindo o plano de Nigel, assim que os viu a moça pegou rapidamente as roupas de Roy e fugiu, evitando um confronto com Penélope e deixando Roy ali, completamente nu. Furiosa, Penélope avançou até ele e o esbofeteou. Drogada como estava, nem percebeu que ele estava inconsciente e continuou a socá-lo e esbofeteá-lo até que Nigel a puxou e a levou embora.

— Ele não vale o amor que você lhe dedica. É um idiota que vive em um mundo diferente do seu. Deixe esse homem para lá! — Nigel disse, beijando as mãos dela. — Só eu a amo como você merece, ninguém mais. Sou o único que a entende de verdade.

Ele a abraçou e começou a beijá-la.

Penélope tentou se afastar, mas acabou se entregando e o beijou também. Os dois foram interrompidos por um grito perto da piscina. Parecia vir de uma mulher assustada. Os convidados foram até a piscina e os gritos continuavam. Nigel e Penélope também se aproximaram para ver o que estava acontecendo e viram um corpo nu boiando na água. Alguém havia se afogado na piscina.

— Ah, meu Deus... é Roy! — gritou Penélope.

Um dos convidados pulou na piscina e, colocando o braço ao redor do pescoço de Roy, trouxe-o até a beirada. Outros o ajudaram a tirá-lo da água.

— Está morto! — gritou uma mulher, aflita.

Penélope correu até ele e se ajoelhou ao seu lado, desesperada.

— Roy... Roy... Acorde, vamos!

25

O lugar secreto

ROY acordou ouvindo o som do mar e sentindo uma leve brisa em seu corpo. Sentou-se na cama e percebeu que estava em um lugar que não conhecia. À sua frente havia uma grande janela, semiaberta. Ele se levantou, foi até a janela e a abriu totalmente, deixando a brisa entrar. A vista era maravilhosa: uma praia deserta e o mar.

— Bom dia. — disse Penélope, entrando com uma farta bandeja de café da manhã.

Assim que ele sentiu o cheiro da comida, seu estômago se revirou. Percebendo, Penélope apontou na direção do banheiro. Alguns minutos depois, Roy voltou, parecendo um pouco melhor. Ela colocou a bandeja sobre a penteadeira e deu a ele um copo com suco de laranja, dizendo:

— Beba. Vai fazê-lo se sentir melhor.

Roy quis negar, pois não queria vomitar novamente, mas ela insistiu, dizendo que ele tinha que repor as energias. Tomou um pequeno gole e perguntou:

— O que aconteceu ontem à noite? Só me lembro de estar conversando com Nigel e depois mais nada.

Penélope olhou para ele e riu.

— Foi uma brincadeira de Nigel. Ele lhe deu um drinque misturado.

— Um drinque misturado com o quê? — perguntou preocupado.

— Um drinque misturado com sei lá o quê... algo forte. — ela respondeu, rindo ainda mais. — Fiquei uma fera quando o vi deitado com aquela mulher nua, mas você nem me deu tempo de reagir. Saiu correndo como um louco e caiu na piscina!

Roy cobriu o rosto com as mãos e exclamou:

— Meu Deus, que vergonha!

Ele olhou para Penélope, que parecia se divertir com a situação.

— E você ri? Eu dou vexame, passo por bobo na frente de toda aquela gente, e você ri? Penélope, isso não tem a menor graça!

Ela foi até ele e o beijou.

— Não leve a vida tão a sério. Foi divertido e já passou.

Pegou, então, a bandeja e a colocou na cama. Cortou um pedaço de panqueca e o serviu na boca. Os dois riram como crianças e se beijaram.

— Bem, onde estamos? — perguntou Roy, entre um beijo e outro. — É a casa de sua amiga?

— Não, não...

Penélope respirou fundo, olhou ao redor, com um grande sorriso no rosto, e continuou:

— Este é o lugar para onde eu corro toda vez que preciso me sentir segura.

Ela se levantou e foi até a janela. Seu olhos observavam o mar, mas sua mente viajou no tempo, com lembranças de sua infância.

Roy ficou olhando para ela. Jamais a tinha visto tão frágil. Depois de um longo tempo em silêncio, ela derramou algumas lágrimas, e com voz embargada, disse:

— Estamos na casa de veraneio da minha família em Hampton. Era aqui que eu passava as férias de verão com minha mãe e meus avós. E foi aqui que eu tive os únicos momentos felizes de minha vida.

Roy se levantou e foi até ela.

— Não chore, meu amor. — ele disse, abraçando-a por trás e encostando a cabeça na dela.

Mas ela logo parou de chorar e enxugou as lágrimas.

— Vamos fazer uma caminhada na praia antes de voltar para casa? Já pedi ao helicóptero para vir nos buscar. Devemos chegar na cidade de Nova Iorque no começo da tarde.

— Tem certeza de que não quer falar um pouco mais sobre esses sentimentos?

Ela balançou a cabeça, os cabelos esvoaçando com a brisa, e respondeu, sorrindo:

— Não. Todos os sentimentos ruins estão encaixotados e guardados dentro de uma gaveta no fundo de minha mente. Agora vamos dar uma boa caminhada na praia e voltar para casa.

26

A triste tragédia

LINDA abraçou Rebecca e disse, em tom suave:

— Minha querida, por favor, se acalme. Será importante para você reviver a experiência que teve no Reino de Navarra.

Rebecca chorava e estava com os braços cruzados com força sobre o peito, como se ainda sentisse a dor do passado.

— Não quero ver aquilo... Lembro-me do que fiz e não quero sentir aquela dor novamente. — ela disse, com dificuldade.

Mas foi Geraldine que a convenceu a continuar assistindo às cenas.

— Você é bem mais madura hoje e sabe que aquilo foi um ato de desespero causado pela sua baixa autoestima e falta de fé. Aquele ato e vários outros que você cometeu em vidas passadas foram grandes erros, todos resultado de sua falta de fé em Deus e em si mesma. Mas tudo isso é passado... já acabou. Mas o maior motivo de você assistir a tudo que se passou naquela época é para saber o que aconteceu com as pessoas ao seu redor. Isto irá ajudá-la a aprender que os seus atos e os atos delas geraram consequências que perduram até hoje. — ela olhou bem nos olhos de Rebecca para que ela entendesse que precisava colaborar. — Coisas mais terríveis ainda aconteceram no Reino de Navarra. Quando se lembrar de toda a história, você irá entender a nova missão em que embarcará muito em breve.

Geraldine, então, deu a mão a Rebecca, que a segurou e concordou em continuar assistindo.

A paisagem ao redor delas começou a se modificar novamente, e as cores foram tomando forma até que puderam identificar a cena, na casa de Marta e Enrique, no Reino de Navarra.

Maria estava no quarto, pressionando a faca contra o pulso. Tremia muito e lágrimas escorriam em seu rosto. "Alejandro não me ama porque eu sou feia, muito feia. Ninguém jamais irá me amar", pensou. E cortou o pulso direito com força. O sangue começou a jorrar. Então ela cortou também o esquerdo e soltou a faca em seguida. O quarto estava cheio de espíritos maléficos e, quanto mais sangue jorrava de seu corpo, mais espíritos chegavam.

— Odeio esse Deus que me fez tão feia... Odeio! — ela gritou, observando a poça de sangue que se formava ao seu redor. Ouvia a mãe batendo na porta e só torcia para estar morta quando alguém conseguisse entrar. Sua visão foi escurecendo e ela se sentia cada vez mais fraca. Depois de alguns minutos já conseguia ver os espíritos malévolos, que surgiam diante dela em diferentes formas, indicando que seu espírito já estava deixando o corpo físico. Depois de algum tempo, seu espírito saiu completamente do corpo, mas os laços fluídicos ainda o ligavam a ele. Só então viu claramente, para seu espanto, as dezenas de espíritos que a rodeavam. Eles tinham aparência medonha e emitiam um som estridente, que aumentava a cada instante. Maria entrou em pânico ao se ver rodeada e sem ter como escapar. Tentou gritar mas sua garganta não emitia som. Olhou para o lado e viu seu corpo físico imóvel sobre a cama. A poça de sangue aumentava a cada minuto. Tentou voltar a se encaixar nele, se esfregando em sua superfície, sem sucesso. Os espíritos ao seu redor riam e emitiam aquele som alto. A voz deles parecia penetrar em seu ser, e a sensação era insuportável. A cena era assustadora. Somente horas depois, os laços fluídicos finalmente se romperam, anunciando a morte do corpo físico, e ela foi arrastada pelos espíritos maléficos para as regiões escuras.

Naquela noite, quando Enrique finalmente chegou em casa, encontrou Marta desesperada, esperando por ele. Ela o agrediu verbalmente com os comentários agressivos de sempre, antes de explicar que estava preocupada com Maria. Contou o que havia acontecido após a missa, e também que ela havia se trancado no quarto e não respondia.

— Você tem passado tempo demais fora de casa e não percebe o que está acontecendo. Não se trata de mera tristeza. Há algo muito errado com nossa filha, e o fato de você sair todos os dias só faz piorar as coisas. Hoje ela me fez passar uma grande vergonha na frente de todos os nossos amigos e das pessoas da alta sociedade.

Então, com um gesto dramático, ela subiu as escadas e começou a esmurrar com as duas mãos a porta da filha.

— Maria... por favor, abra a porta!

Como não obteve resposta, desceu e gritou para o marido:

— Enrique! Estou tentando falar com ela há horas, mas ela não responde. E não come nem bebe há dias. Você tem que fazer alguma coisa!

Ao ouvir aquelas palavras, ele percebeu que havia realmente algo errado com Maria. Marta não era a melhor das mães. Ela estar tão preocupada era sinal de que havia algo sério acontecendo. Subiu as escadas correndo, foi até o quarto da filha e bateu à porta, chamando-a diversas vezes.

— Maria, estamos preocupados com você. Abra a porta agora ou terei que entrar à força!

Enrique esperou alguns instantes e, percebendo que estava tudo muito quieto no quarto, resolveu arrombar a porta. Deu alguns passos para trás e voltou correndo, golpeando-a com o ombro. Fez isso várias vezes até a fechadura ceder.

Horrorizados, Enrique e Marta gritaram ao mesmo tempo ao ver o corpo de Maria sangrando na cama. Correram até ela e Enrique a examinou. Viu a faca e concluiu:

— Ela cortou os pulsos. Nossa filha está...

Mas não conseguiu terminar a frase. A simples ideia de que sua filha havia cometido suicídio era dolorosa demais para ele.

Marta gritou:

— O que aconteceu? Diga, Henrique. Precisamos levá-la rápido ao médico. Vamos!

Ela estava em pânico. Olhou para o alto, desesperada, e pediu a Deus que salvasse a vida de sua filha.

— Ela morreu, Marta. Nossa filha está morta. — disse Enrique, em lágrimas.

Marta gritou e se sentou na cama, ao lado do corpo de Maria. Colocou a mão sob a cabeça dela, erguendo-a, e implorou:

— Acorde, minha menina. Acorde! Mamãe está aqui... Por favor, acorde. Mamãe está aqui... Vai ficar tudo bem. Vou ajudar a trazê-lo de volta.

E continuou a balançar a cabeça da filha, pedindo a ela que abrisse os olhos.

Enrique a observou com tristeza. Colocou as mãos sobre as dela, indicando com delicadeza que não adiantaria. Os dois ajeitaram a cabeça da filha sobre a cama e afagaram seus cabelos.

Marta olhava para o rosto dela e chorava.

— Por que foi fazer isso, meu anjo? Por que não me contou o que estava sentindo?

E continuou a chorar. Mas, depois de algum tempo, sua tristeza se transformou em fúria. Começou a gritar e jurou vingança.

Segurou o corpo da filha e prometeu perseguir Alejandro e transformar sua vida em um inferno.

— Terei o sangue dele em minhas mãos, filha. Prometo fazê-lo pagar por toda a dor que lhe causou.

Dias depois, após o funeral, Marta começou a procurar Alejandro, sedenta de vingança. Pediu aos homens que trabalhavam para o seu pai que procurassem por toda a região, mas não obteve sucesso. Enrique, preocupado com a segurança de Alejandro, avisou a Carmen e a ele que se escondessem na casa em que ela morava com Sophia, nas terras de Justa. Pediu que ele não saísse até que as coisas se acalmassem. Marta estava furiosa e obcecada com a ideia de encontrar o rapaz a qualquer custo. Passava os dias imaginando e planejando formas de torturar e matar Alejandro.

— Não é seguro para Alejandro ser visto andando por aí, Carmen. Marta está decidida a matá-lo. E também tenho receio de que ela possa dirigir sua raiva para você, caso descubra que vocês estão juntos e pretendem se casar.

— Meus pêsames, Sr. Enrique. Talvez eu possa explicar à sua esposa que não fiz nada errado com sua filha. Sinto demais pelo que aconteceu, mas a verdade é que me encontrei com ela apenas algumas vezes e, quando percebi que não havia compatibilidade entre nós, fiz tudo de acordo com o protocolo. Falei com o senhor e sua esposa e também disse a Maria que não lhe desejava mal, apenas que não a amava.

— Pai, pelo que Alejandro está dizendo, ele realmente não queria mal a Maria. Não imaginava que ela acabasse fazendo o que fez. Tudo isso é muito triste, mas também é injusto culpá-lo.

Os olhos de Enrique se encheram de lágrimas. Embora soubesse que Alejandro não podia ser acusado de causar o suicídio de sua filha, sentia falta dela e também certa dose de culpa. Sentou-se na cadeira da cozinha de Sophia e Carmen e derramou lágrimas. Soluçando, disse:

— Minha filha se foi... para sempre. — e cobriu o rosto com as mãos. — Por que não a ajudei? Por que não fiz algo para evitar que pensasse daquele jeito? Eu podia ter sido um pai mais presente em sua vida, enfrentado Marta e assumido o controle de sua educação.

Alejandro foi até a pia e pegou uma garrafa de água purificada. Toda manhã Sophia enchia uma garrafa com água do poço e fazia uma prece, pedindo a Deus que a abençoasse. Era seu ritual matutino. Enchia a garrafa e a colocava sobre a mesa da cozinha. Então levantava as mãos e, com as palmas voltadas para a garrafa, agradecia a Deus por todas as suas bênçãos, pedindo que a água se transformasse em um agente de cura e trouxesse paz, tranquilidade e boa saúde a todos que a bebessem. Alejandro despejou a água em uma caneca.

Carmen se ajoelhou ao lado dele e o abraçou. Alejandro passou a ela a água, e ela pegou a mão do pai e colocou nela a caneca. Pediu, então, que ele bebesse.

— Meu pai, você não pode se culpar pelo que ela fez. Ao que vejo, sua esposa nunca lhe deu espaço para participar da vida de Maria. Sempre controlou tudo e manteve sua filha distante de você. Nem foi culpa dela essa distância, mas talvez uma consequência da personalidade dominadora da mãe.

Enrique chorou durante um bom tempo. Quando terminou de beber a água, sentiu sua alma revitalizada e ficou mais calmo. Conseguiu se recompor e se levantou, olhando para Alejandro.

— Bem... o fato é que Marta não irá descansar enquanto não puser as mãos em você, Alejandro. Acredito que seja mais seguro permanecer aqui por mais alguns dias, mas temos que pensar em um plano para tirá-lo daqui e levá-lo para fora do reino o mais breve possível.

— Você pode ir para a casa de minha tia, na França. Lá, Marta jamais irá encontrá-lo e você estará em segurança. Eu irei com você. — disse Carmen.

— Não, é muito arriscado. Prefiro ir primeiro e, depois de alguns dias, você vai.

— Concordo com ele, Carmen. É melhor você ficar aqui com sua mãe até que Alejandro esteja a salvo.

— E quanto a meus pais e meus parentes? Preciso falar com eles e dizer para onde vou.

— Não se preocupe. Eu mesmo irei falar com eles e explicar que foi a melhor maneira que encontramos de mantê-lo em segurança. — disse Enrique.

Sophia chegou e os três contaram a ela sobre o plano. Decidiram que era melhor que ele partisse assim que possível.

Enquanto isso, as irmãs Filomena e Fortunada corriam para visitar Marta e contar o que tinham descoberto. Levaram rosários de ouro nas mãos e chamaram Marta à porta com urgência.

Vestida de preto e com expressão contrariada, Marta disse, ao chegar à porta:

— Não estou com ânimo para conversa. A única coisa em que consigo pensar agora é matar aquele verme. O que as traz aqui? Sabem onde ele pode estar? Onde se escondeu?

As duas irmãs ficaram petrificadas, e foi Fortunada que quebrou o silêncio:

— Viemos aqui por outro motivo, Marta...

Mas Marta a interrompeu:

— Não estou interessada. Com certeza não é algo tão importante e nem que fosse eu estaria. Neste momento minha única preocupação é vingar minha filha.

— É sobre seu marido, Enrique... — trêmula e com medo da reação de Marta, Fortunada prosseguiu. — Nós o vimos com outra mulher. E ele a beijou.

Com medo de um escândalo na porta de seu castelo, Marta rapidamente pediu às duas que entrassem e levou-as até a sala de jantar.

— Expliquem o que está acontecendo.

Percebendo o interesse de Marta, Fortunada tomou coragem e disse:

—Seguimos Enrique nos últimos dias para ver se ele iria se encontrar com ela novamente, e ele realmente foi.

— Vem traindo você todo esse tempo, e o pior é que você conhece a mulher. — disse Filomena, disfarçando o prazer de dar a notícia. — É a serviçal que vimos nas terras de Justa. Lembra-se dela? A que estava chorando no jardim.

— Sim, sim... continue. Conte-me tudo. — disse Marta, sem paciência, sentindo uma terrível dor de cabeça.

— Bem, ela mora em uma casa com a filha e o pior é que... — fez uma pausa dramática, segurando o rosário no ar como demonstração de solidariedade. — O pior é que a casa fica na propriedade de nossa amiga.

— O quê? — gritou Marta. — Amiga? Que amiga? Quem ousaria me trair dessa maneira?

As irmãs sorriram e disseram, ao mesmo tempo:

— Justa.

— Justa está ajudando aquela cigana e seu marido a agirem pelas suas costas. — completou Filomena.

— Não acredito! — ela gritou. — Enrique é um covarde! Jamais ousaria me desafiar... não... não...

Marta esmurrou a mesa de madeira com tanta força que o barulho ecoou pela sala.

— Digam-me tudo que sabem.

Fortunada se adiantou e disse que elas tinham estranhado o fato de Enrique visitar as terras de Justa com tanta frequência. Decidiram então segui-lo para descobrir o motivo. E, então, o viram abraçado à empregada. Investigaram mais e descobriram os nomes de Sophia e Carmen e, enquanto narravam, adicionaram algumas mentiras, exagerando os fatos para enfurecer Marta ainda mais.

Ela gritou, furiosa:

— Como se já não bastasse tudo que está acontecendo em minha vida, esse homem decide me trazer mais problemas! — e olhando para o alto. — Maldito Deus! Enrique, aquele ordinário!

As irmãs se olharam e, quando Marta se virou por um instante, riram de seu desespero. Fortunada continuou:

— Eles estão apaixonados, Marta. E pior... — ela disse, para causar mais efeito. — Muito pior: Justa está acobertando os dois, aquela traidora.

— Não pode ser. Justa sabe? — e, respondendo a própria pergunta. — É claro que sabe. Os dois têm se encontrado nas terras dela, não é? Como ela ousa?!

— Então, o que você vai fazer, amiga? Tem que fazer alguma coisa. Não pode deixar seu marido traí-la e fazê-la de boba dessa maneira. Imagine o que irão dizer.

Enrique, que tinha voltado para casa alguns minutos antes e ouvido a conversa, estava atrás da porta, sem ser visto. Mas tomou coragem, entrou na sala e encarou Marta. Em um gesto de fúria, ela o agarrou pelo pescoço, gritando:

— Seu porco! Vai pagar muito caro pelo que me fez!

Então, pela primeira vez, Enrique confrontou sua esposa. Tirou as mãos dela de seu pescoço e ordenou às irmãs que saíssem da casa. Filomena e Fortunada saíram, sem hesitar, felizes por ter causado a briga do casal. Enrique fez com que Marta se sentasse e lhe ordenou que ficasse quieta. Marta, que jamais havia visto o marido naquele estado, calou-se, perplexa.

— Essas mentirosas! Essas cobras que você insiste em chamar de amigas... Estão exagerando as coisas. Será que você não percebe que a presença delas é venenosa? Só querem o seu mal e o de nossa família. Não entendo por que você ainda fala com elas. Imagino que goste de ser bajulada, mas elas são tudo, menos suas amigas. — ele respirou fundo e continuou. — Bem, quero explicar que não estou tendo um caso com quem quer que seja. Sophia e eu fomos namorados muitos anos atrás, muito antes de eu e você nos conhecermos.

Ela foi meu primeiro amor, mas eu a deixei para me casar com você e nunca mais a vi depois da festa de Justa e Ager. Naquela noite, depois de tantos anos, descobri que ela teve uma filha minha... uma filha que criou sozinha todo esse tempo sem me informar.

Marta não conseguia sequer olhar para ele. Seu ódio agora era tanto que ela nem conseguia falar. Enrique contou mais sobre Sophia e Carmen e disse que queria dar às duas uma vida decente, mas Marta nem estava escutando. Só pensava em como Enrique a havia feito de boba e em como fazer com que aquilo acabasse.

— Não vou permitir, Enrique. Não vou permitir que você envergonhe a mim e ao nome de minha família. Essas duas já estão mortas, pode ter certeza. Enviarei os homens de meu pai para pegá-las e acabarei com elas.

— Não será necessário, Marta. Elas têm parentes na França e podem deixar o reino para ir morar com eles. Ninguém ficará sabendo dessa história. Vou tirá-las daqui rápido. — e mudou o tom, agora quase implorando para que ela o entendesse. — Só me dê alguns dias para organizar a viagem. Por favor, não as prejudique. Vou tirá-las do reino. — e, tentando fazer com que ela dissesse algo, implorou mais uma vez para que esperasse alguns dias.

"Vou pegá-las de surpresa", Marta pensou. "Será melhor assim. Neste momento preciso guardar forças para encontrar o homem que matou minha filha".

— Marta, responda. Por que está tão quieta? Em que está pensando? Dá para ver nesses seus olhos maus que está planejando algo.

Marta se levantou e saiu, dizendo:

— Dou à sua família camponesa uma semana para deixar o Reino de Navarra. Um dia a mais e as duas morrem. Não tenho tempo para pensar nisso agora. Tenho que honrar Maria e matar o homem que a matou.

No dia seguinte, Marta acordou com as vozes das duas irmãs à sua porta. Pediam aos serviçais que as deixassem subir e faziam todo o barulho possível. Em alguns minutos, Marta surgiu no topo da escada.

— Marta, minha querida, nós o encontramos! — disse Fortunada.

Marta desceu a escada às pressas, perguntando:

— Alejandro? Vocês encontraram aquele bastardo?

— Ontem, quando saímos daqui, fomos direto para a casa daquelas duas... você sabe... as ciganas.

Marta olhou para as duas, ansiosa, sem entender o que Alejandro tinha a ver com aquilo.

— Vamos logo! Desembuchem!

— Quando nos aproximamos para espiar a casa, já estava anoitecendo, mas o lugar estava movimentado. Então, vimos Alejandro saindo e fugindo em um cavalo.

— O quê?

— Sim, isso mesmo. Ele estava escondido na casa das ciganas esse tempo todo. Beijou a filha de Sophia na boca ao se despedir. Ela chorou e os dois se abraçaram e se beijaram por um bom tempo. Pelo que pudemos ouvir, ela disse que logo irá se encontrar com ele na França para os dois poderem ficar juntos para sempre.

— Você está dizendo que aquele bastardo deixou minha filha para ficar com uma cigana ignorante? Minha belíssima Maria, trocada por uma vagabunda?

Filomena beijou o rosário, tentando mostrar a Marta que estava chocada e que sentia muito.

— Sim... creio que foi isso. Eles estavam namorando esse tempo todo. — ela disse. E ao mesmo tempo pensou: "Ah! Você e sua filha idiota mereciam isso, sua vaca pretensiosa".

— Alejandro escapou no meio da noite... Maldito Deus! — Marta estava furiosa. De braços para o ar, gesticulando, ela xingava e gritava. — Como ele pôde? Fugiu e elas o ajudaram.

— Que terrível coincidência, não? — disse Fortunada, disfarçando o sarcasmo. — A filha da amante de seu marido é justamente aquela que roubou o coração do noivo de sua filha.

Marta avançou em direção à Fortunada com o dedo em riste, furiosa, dizendo que tomasse cuidado com a língua.

Fortunada fervia por dentro, mas controlou a vontade de estapear Marta por falar com ela daquele jeito. Fingindo serenidade, falou bem lentamente, saboreando cada palavra.

— E o pior é que... seu marido, Enrique, estava lá. Chegou pouco antes de Alejandro partir e o ajudou a escapar. Pelo que vimos, foi ele quem planejou a fuga.

Marta gritava e gesticulava dramaticamente.

— Eu devia ter acabado com aquele barraco de ciganos na noite passada... e com aquele covarde também! Como pude ser tão burra?

Ela começou a puxar os cabelos e a bater nos quadros na parede, derrubando um por um. Completamente descontrolada, disse:

— Vou atrás deles... Vou acabar com eles agora mesmo!

— Você está certa. Tem mesmo que fazer alguma coisa. Ele traiu não apenas você, como sua filha também. — disse Filomena, rindo pelas costas de Marta. — Vá e mate-os antes que a cidade inteira comece a chamá-la de tola.

— Isso seria terrível para sua reputação. — disse Fortunada, se divertindo com a reação de Marta.

— Vou, sim... Vou matá-los pela honra de minha filha.

Marta esmurrou a porta da casa de Justa, fazendo muito barulho. Quando Justa abriu, ela entrou e a empurrou, insultando-a. Foi andando em direção à porta dos fundos, procurando Enrique e Sophia. Justa tentou impedi-la, mas foi jogada longe com tanta força que caiu no chão. Marta atravessou a casa e foi ao campo, em direção à propriedade em que Sophia e Carmen moravam. Quando finalmente chegou à casa, encontrou Enrique e Sophia empacotando roupas e pertences.

— Estão planejando ir a algum lugar? — perguntou Marta, puxando uma faca do bolso do vestido e apontando para eles.

— Achou mesmo que ia me fazer de boba por muito tempo?

E, olhando para Sophia:

— E você pensou que iria fugir com meu marido, com sua filhinha vagabunda e com o homem que matou minha filha... mas estava errada. Não se engana assim tão facilmente uma Cortez.

Enrique colocou os braços ao redor de Sophia para protegê-la e pediu a Marta que largasse a faca. De repente Marta ouviu um barulho. Carmen, que tinha saído horas antes, voltava agora em seu cavalo. Marta se escondeu atrás da porta. Enrique e Sophia gritaram para ela se afastar, mas mesmo assim ela entrou e foi pega por Marta que, fora de si, agarrou-a por trás e encostou a faca em sua garganta.

— Pare, Marta, por favor! — implorou Enrique. — Seu problema é comigo. Solte-a.

— Deixe minha filha em paz, eu imploro... Não machuque minha filha! — pediu Sophia, em lágrimas.

— Vou matar um por um, começando por esta aqui. Vocês acharam que podiam me enganar, não é? Esconderam Alejandro nesta casa. — ela gritava cada vez mais alto. — Ele matou minha filha! — e apertou mais a faca na garganta de Carmen. — E, pelo que vejo, fez isso por causa desta vadia. Perdi minha filha por causa da sua, e agora você vai ver como é perder alguém que se ama!

Naquele instante Ager surgiu atrás de Marta sem que ela percebesse. Pegou seu braço, apertou seu pulso e a fez largar a faca. Segurou-a firme, e Carmen conseguiu se soltar e correr até os pais.

— Tarde demais, Ager! — gritou Marta, tentando escapar dele. — Você pode até me segurar, mas já mandei minhas amigas avisarem meu pai e os inquisidores que estão na cidade sobre essas duas que praticam bruxaria em nossa vila. Elas já estão sendo acusadas de ser judias não convertidas e de adorar Lúcifer. — ela gritou, chutando as pernas de Ager e se sacudindo freneticamente para escapar dele. — Eles não vão deixar duas bruxas judias escaparem da fogueira. Devem chegar a qualquer momento! — ela agora ria e gritava. — Vocês vão queimar no inferno, malditas!

— Sophia, você tem que sair daqui. E você também, Carmen! Vão rápido. Peguem os cavalos e fujam. — disse Enrique.

— Mas e você? — perguntou Sophia.

— Vou ficar com Ager e tentar segurar os inquisidores. Se realmente as acusaram de ser judias não convertidas e de praticar bruxaria, vocês terão problemas. É melhor saírem daqui agora mesmo. Vão!

Enrique as beijou e elas saíram.

— Corram, ciganas! Corram o mais rápido que puderem e aproveitem o ar fresco, pois muito em breve as verei queimando na fogueira!

Sophia e Carmen saíram galopando o mais rápido que podiam, enquanto Marta gritava, tentando escapar dos braços de Ager. Momentos depois, dez homens chegaram a cavalo, anunciando serem inquisidores e estarem investigando as acusações de que duas bruxas judias moravam ali.

— O que está acontecendo aqui? Senhora Cortez, por que estes homens a estão segurando? — perguntou o líder do grupo.

Marta se livrou de Ager e disse, chorando:

— Estes dois deixaram as bruxas escaparem. Ficaram me segurando para que elas pudessem ir.

— Em que direção elas foram, senhora Cortez? — o homem perguntou.

— Saíram a cavalo — disse ela, apontando. — Estão indo para a França, pela floresta. Se correrem, irão alcançá-las. Não estão muito longe.

O líder ordenou a três dos homens que ficassem e prendessem Ager e Enrique por obstrução da justiça e por ajudarem na fuga das suspeitas. E seguiu com os seis restantes para capturar Sophia e Carmen.

O sol já havia se posto, mas as duas continuavam cavalgando em alta velocidade. Faltavam poucos quilômetros para chegar à ponte que ligava o Reino de Navarra à França. Era uma noite fria e escura de novembro. Assim que entraram na floresta, Carmen, que ia à frente, instigou seu cavalo.

— Vamos Asas, vamos! — disse, passando a mão em seu pescoço. Seus cabelos esvoaçavam com o vento e a expressão em seu rosto era de pura coragem e determinação. Olhou para trás para verificar se a mãe a acompanhava e continuou cavalgando rápido.

De repente elas ouviram o ruído de cavalos se aproximando por trás e viram luzes de tochas entres as árvores. A jovem instigou o cavalo e orou em silêncio, na esperança de que as duas conseguissem escapar. Tirou da gola do vestido uma imagem da Virgem Maria, que carregava pendurada em uma correntinha, e a beijou. "Virgem Maria, não me importo com o que venha a me acontecer, mas imploro que proteja minha mãe. Ela não merece sofrer." Mas suas preces foram interrompidas pelo barulho dos homens se aproximando.

— Eles estão perto! — gritou a mãe. — Vão nos alcançar!

E, então, ela parou o cavalo.

— O que está fazendo? Eles estão vindo! Temos que correr ou nos pegarão! — disse a jovem, parando também, de frente para ela, fazendo gestos. — Venha, mãe. Rápido!

— Não. Não vou mais. Ainda posso salvá-la. Vá, filha. Corra!

— O que está dizendo? Não vou a parte alguma sem você, mamãe. Vamos!

— Se eu ficar, eles me pegarão e isso lhe dará tempo para escapar.

O barulho foi se aproximando. Os homens gritavam, xingando:

— Vão se arrepender de terem fugido, bruxas!

— Não temos chance, filha. Os cavalos deles são muito mais rápidos e eles vão acabar nos alcançando. Vou ficar e me entregar.

Vá, corra. Vá para a França, para a casa de minhas irmãs. Lá estará a salvo. — disse a mais velha, com lágrimas nos olhos. — Ande logo. Você ainda tem uma chance de escapar. Não se preocupe comigo.

Mas antes que Carmen pudesse responder, os homens se aproximaram e as cercaram. Seguravam lanças e tochas. Usavam correntes de ouro com crucifixos no pescoço.

— Pegamos vocês. — disse um deles. — Desçam dos cavalos, agora!

Seis outros homens se aproximaram e as arrancaram das selas. Dois amarraram suas mãos com violência, rindo, com expressão de sarcasmo. Um deles beijou o crucifixo que tinha no pescoço antes de esbofetear a mais jovem.

— Não somos judias, nem bruxas. Por favor, deixem-nos ir. — implorou a mãe. — Por favor!

— Não há salvação para vocês. Irão para a fogueira! — ele respondeu.

— E agora vejam o que vamos fazer com seus cavalos. — disse o líder, ainda montado em seu corcel, apontando uma lança na direção dos animais, com uma expressão malévola nos olhos.

Os dois cavalos se agitaram, como que sentindo a energia negativa lançada em direção a eles. Quatro homens se aproximaram, de espada na mão, aguardando instruções.

— Eu imploro, não machuquem nossos cavalos. — pediu a mais jovem. — Por favor, deixem que sigam em paz.

O líder do grupo respondeu, segurando seu crucifixo na mão:

— Eles carregam o mesmo mal que vocês. São amaldiçoados e devemos matá-los, da mesma forma que as mataremos.

Ele gargalhou, levantando a lança e ordenando:

— Irmãos, em nome do Pai, do Filho e do Espírito Santo, ordeno o abate destes animais que servem a Lúcifer!

A jovem tentou se aproximar dos cavalos, mas um dos homens a empurrou com força e ela caiu no chão, seguida pela mãe, também empurrada.

Os quatro levantaram as espadas e, com extrema violência, cortaram as pernas do cavalo de Sophia. O animal emitiu um som agudo e esganiçado e caiu, agonizando. Mãe e filha olhavam aquilo, horrorizadas. Os homens pareciam se divertir, observando o cavalo se debater, e riram do cavalo da filha, que agora estava em pânico.

— Não se preocupe, garoto. Você irá se juntar a seu amigo no inferno. — disse um deles.

Os quatro ergueram novamente as espadas, atingindo agora o outro cavalo, Asas. Carmen gritou enquanto eles cortavam as pernas do animal. Asas tombou sobre o outro. Os dois relinchavam e ganiam horrivelmente, um som lancinante que podia ser ouvido de longe. Contorciam-se e batiam as cabeças, enquanto uma imensa poça de sangue se formava ao redor.

— Asas! — ela gritou, desesperada, com lágrimas correndo pelo rosto. — Meu menino! — e olhando para os homens. — Vocês não são humanos, são monstros. Não servem a Deus, apenas a essa igreja corrupta.

Os homens já se posicionavam para atingir os animais com um golpe fatal, quando o líder gritou:

— Não! Não vamos usar espadas. — e olhou para as duas com um sorriso cínico. — Vamos queimá-los vivos!

Os homens se espalharam, apanhando galhos secos e jogando em volta dos animais para fazer uma fogueira. As duas mulheres choravam e os cavalos gemiam e relinchavam, desesperados. Em poucos minutos eles terminaram a fogueira e a incendiaram. O líder disse, então, demonstrando grande prazer:

— Vejam. Vejam seus animais queimando. Sintam a dor e a agonia que eles sentem. É uma morte lenta, exatamente como será a de vocês.

Sophia e Carmen foram levadas à cidade de Logrono, ao norte do reino, onde Enrique, Justa e Ager também estavam presos. Ficaram todos em uma sela fria e suja, sem água ou comida. Depois de vários dias de tortura física e psicológica, foram finalmente submetidos a julgamento. Enrique, Justa e Ager foram acusados de obstrução à justiça; Sophia e Carmen de serem judias não convertidas e de praticarem bruxaria. O pai de Marta, homem mais rico de Pamplona e que exercia grande influência entre as autoridades civis, manipulou os fatos durante o julgamento para que o veredicto não fosse justo e os acusados não tivessem oportunidade de defesa. Enrique, Ager, Justa, Carmen e Sophia foram torturados de tal maneira que, no dia do julgamento, mal podiam ficar em pé ou falar. O nível de crueldade foi tal, que eles acabaram sendo levados a confessar um crime que jamais haviam cometido. Ao final do julgamento, as autoridades civis organizaram um grande auto de fé, convidando todos os habitantes do Reino de Navarra a assistir à sentença.

Quando o dia chegou, centenas de pessoas se reuniram para assistir ao evento na praça pública de Logrono. Falavam alto, agitadas, ansiosas para assistir ao que a igreja chamava, naquele tempo, de "combate à heresia": a punição para os judeus que viviam no reino fingindo ser seguidores do Catolicismo. Antes da cerimônia houve uma missa, que começou com uma procissão dos cinco prisioneiros. Justa e Ager vieram primeiro, segurados por guardas. Em seguida, vieram Enrique, Sophia e Carmen. A turba rezava enquanto assistia à exposição dos cinco prisioneiros colocados diante do grupo de inquisidores, composto por eclesiásticos e autoridades civis do reino, incluindo o pai de Marta. E ela assistia a tudo de um ponto privilegiado, sentada perto deles, sem tentar esconder o prazer infinito que seus olhos demonstravam. Havia finalmente conseguido sua vingança, tanto pelo assassinato da filha, maneira como ela se referia ao suicídio de Maria, quanto pela traição de Enrique.

A missa terminou e um coro de trombetas anunciou o início da cerimônia de declaração do veredicto. A multidão aplaudiu por vários minutos, celebrando a punição daqueles que haviam cometido heresias, e depois silenciou para ouvir a sentença.

O pai de Marta deu um passo à frente e chamou Justa e Ager primeiro.

— Ager e Justa Avila, nós os declaramos culpados de traição à sagrada Igreja Católica. E como punição por seu crime de ajudar a acobertar as judias que viviam secretamente entre nosso povo, os sentenciamos à prisão perpétua.

A multidão aplaudiu novamente e alguns até atiraram objetos em Justa e Ager enquanto os guardas os levavam. Mas todos fizeram silêncio assim que o pai de Marta chamou Enrique para ouvir sua sentença.

— Com o poder a mim investido pela Igreja Católica e pelo Papa, eu o declaro, Enrique Perez, culpado de bigamia e de traição à sagrada Igreja Católica. Está condenado à prisão perpétua.

Mas Enrique não estava prestando atenção. Sua preocupação era com a sentença de Sophia e Carmen, que ele sabia que iria ser severa.

A turba vibrou mais uma vez, satisfeita. Enquanto os guardas o levavam, Enrique olhou para trás, tentando ver Sophia e Carmen. Quando o pai de Marta estava para proferir a sentença das duas, ela o chamou e disse:

— Quero que Enrique assista. Deixe-o aqui, pai.

O pai pediu aos guardas que fizessem o que Marta queria e prosseguiu com a sentença, lendo-a agora mais alto e com mais ênfase que as anteriores.

— Sophia e Carmen Navarrete, vocês são acusadas de bruxaria, heresia e de viver entre nosso povo como falsas cristãs. Com o poder a mim investido pela Igreja Católica e pelo Papa, eu as declaro ambas culpadas e... — ergueu um crucifixo de ouro no ar.

— as sentencio à morte. — e concluiu, com grande ênfase, olhando para o público. — Serão queimadas vivas na fogueira.

— Não... não... Nós somos cristãs. Acreditamos na igreja sagrada! — gritou Sophia, em pânico. — Não, por favor... isso não... não!

E Carmen, apontando para Marta, gritou:

— Foi ela, aquela mulher, Marta Cortez! Ela acusou a minha mãe e a mim apenas por vingança. Inventou todas essas mentiras sobre nós. Não somos judias e muito menos bruxas! — ela se ajoelhou. — Somos batizadas. Por favor, não façam isso conosco...

— Cale-se! — interrompeu o pai de Marta, aos gritos. — Vocês estão diante de Deus e dos eclesiásticos. Sua heresia foi descoberta e queimaremos as duas na fogueira junto com todo o mal que carregam.

Enrique, com lágrimas nos olhos, tentou correr na direção delas, mas foi impedido pelos guardas que o seguravam. A multidão estava em êxtase, vibrando e aplaudindo. Marta se aproximou do pai e pediu que colocassem Enrique em frente às fogueiras para que assistisse à morte das duas. Desceu, então, até onde Sophia e Carmen estavam e disse:

— Vocês jamais deviam ter cruzado meu caminho!

Carmen a esbofeteou e gritou:

— Você é o demônio em pessoa! Vai queimar no inferno!

Marta se recompôs, limpou o rosto e riu.

— Não, plebeia, você está enganada. Eu vou para o céu, enquanto você... irá queimar viva!

Os eclesiásticos se retiraram, deixando o pai de Marta e as demais autoridades encarregadas de proceder ao massacre. Os guardas que seguravam Sophia e Carmen as levaram para as fogueiras e as amarraram, posicionando mãe e filha de frente para a turba e para a plataforma montada para as autoridades. Marta olhou bem nos olhos de Sophia e riu, sentindo-se finalmente vingada. O fogo foi ateado e os galhos de árvore colocados sob as duas se acenderam rápido. Enrique assistiu, em choque, às chamas consumindo os amores de sua vida: Sophia e sua filha, Carmen. As duas gritavam de dor enquanto as chamas consumiam seus corpos.

27

A análise das experiências passadas

A IMAGEM foi esmaecendo até desaparecer completamente. Rebecca e Linda estavam abraçadas. As três ficaram em silêncio durante um bom tempo. Cada uma tinha suas lembranças e pensamentos para analisar.

Linda perguntou a Rebecca:

— Como você se sente ao relembrar tudo isso?

Rebecca respirou fundo, e ainda abalada, respondeu:

— Sinto uma tristeza imensa. Embora eu tivesse cometido suicídio e não estivesse fisicamente presente, agora me lembro de que, depois da morte de meu corpo, fui direto para o vale dos suicidas, onde sofri muito. Depois de muito tempo, voltei à Terra, e passei a instigar Marta, que era na época minha mãe, com pensamentos de ódio e vingança. — ela começou a chorar, nervosamente. — Agora me lembro claramente. Assim que desencarnei, soube que Alejandro estava noivo de Carmen e a culpei por nosso rompimento. Enlouqueci e me deixei levar pela obsessão de vingança.

Não deixei minha mãe em paz enquanto não encontrasse Carmen e vingasse a minha morte. Geraldine a interrompeu.

— Sabemos disso, minha querida. Estávamos lá, lembra-se? Teresa e eu tentamos fazê-la perceber que tinha que parar com aquilo.

Geraldine se levantou, enxugou as lágrimas de Rebecca, deu-lhe um beijo, um abraço e disse:

— Sabemos o que está sentindo agora. Está com vergonha. Mas não precisa se sentir assim. Lembre-se, aquilo aconteceu há centenas de anos. Tivemos a oportunidade de rever todos aqueles momentos por um motivo muito importante e elevado, e não para fazê-la se sentir constrangida.

Linda continuou:

— Geraldine tem razão. Deus só nos permitiu rever essas cenas para nos ajudar a evoluir e progredir. Vamos analisar o que aconteceu para aprender com essas experiências?

Rebecca, sentindo-se mais aliviada, concordou. Tinha muitas perguntas a fazer. A primeira foi sobre o que aconteceu com cada um depois de sua morte, ao que Geraldine corrigiu, lembrando-a de que não existe morte, apenas uma transição.

— Enrique desencarnou após muitos anos na prisão. Assim que se livrou do corpo, passou a atormentar Marta, enviando-lhe vibrações negativas até seu desencarne. Marta, sofrendo as consequências de seus atos, contraiu lepra, o que afetou seus nervos, órgãos e, o que foi mais trágico para ela: a pele. Para uma mulher extremamente vaidosa e materialista, a doença foi algo terrível. As pessoas nas ruas riam dela e às vezes lhe atiravam pedras. Quando desencarnou, ela estava sozinha e muito deprimida. De volta ao mundo espiritual, ela encontrou Filomena e Fortunada nas regiões escuras e, juntas, começaram a procurar Carmen, Sophia e Enrique. Nesse meio tempo, torturaram e causaram muito mal a diversos espíritos vulneráveis, encarnados e desencarnados.

— E elas os encontraram? — perguntou Rebecca, curiosa.

— Não. — respondeu Geraldine. — Assim que Sophia e Carmen desencarnaram daquela maneira horrível, com seus corpos queimados vivos, Teresa, eu e outros amigos espirituais as trouxemos para um hospital de recuperação aqui na colônia. Enrique passou muitos anos atormentando Marta enquanto ela ainda estava viva, mas um dia, depois de muitas tentativas, conseguimos convencê-lo a ir para uma colônia onde poderia estudar e deixar para trás os sentimentos de ódio e de vingança.

— Marta nunca os viu porque não tinha acesso a eles. — explicou Geraldine.

— Então... — disse Rebecca. — foi porque elas estavam em níveis de evolução e de energia diferentes? Como Sophia e Carmen eram mais iluminadas, Marta e suas irmãs não podiam vê-las ou chegar até elas?

— Mais ou menos isso. Como você sabe, quanto mais pura a pessoa se torna, mais perto de Deus ela está. Como Marta estava cheia de ódio e de outros sentimentos negativos e retrógrados, ficou parada nas regiões escuras durante séculos, recusando-se a evoluir.

— Sophia, Carmen e eu fomos falar com ela diversas vezes, mas ela ainda estava cega pela maldade. Não conseguia ver a luz e receber ajuda. — disse Linda.

— E quanto à fogueira e as coisas terríveis que aconteceram a todos? Por que Deus permitiu tamanho sofrimento?

— Deus não pune, apenas ensina. Somente passamos pelas dificuldades que podem nos ajudar a progredir. Carmen e o resto de nós naquela encarnação passamos pelo que passamos porque, em algum momento de nossa existência, causamos a mesma dor a outros seres. Sempre recebemos de volta todo o bem e todo o mal que fazemos. Naquela encarnação foi a nossa vez de aprender isso. — disse Linda.

— Minha memória astral está completamente recuperada agora. Lembro-me de ter sofrido muito no vale dos suicidas, sempre obcecada com minha aparência e achando que a vida era um eterno pesadelo. Depois de um longo tempo de sofrimento, fui levada temporariamente por um espírito de um grupo de resgate até uma colônia e depois para a reencarnação. Foi então que encarnei em Londres, na Inglaterra. Mas novamente deixei de ver a beleza e as coisas boas da vida e continuei a atrair somente angústia e depressão. Decidi mais uma vez me suicidar, sem dar valor ao dom da vida. — disse Rebecca, olhando para as três com um sorriso de gratidão. — E também me lembro de vocês estarem sempre perto de mim, de quantas vezes vocês três e também Sophia, que agora é Dolores, e Carmen, que agora é Katie, cuidaram de mim e tentaram me mostrar como a vida é maravilhosa.

Ela pegou as mãos delas e agradeceu por todo o amor e carinho que sempre lhe deram.

As duas sorriram e abraçaram Rebecca. Geraldine olhou para ela e disse:

— Agora você está pronta para a próxima experiência, minha querida.

Rebecca levantou a cabeça e disse:

— Sim. Sinto-me pronta para colocar em prática tudo que aprendi até agora.

— Sabe que não será fácil, certo? Depois de tantos anos rejeitando as bênçãos da vida e destruindo seus corpos físicos, você irá reencarnar em um corpo bastante frágil e isso será seu maior desafio. Seu espírito também estará bastante limitado pelo fato de estar envolvido por um corpo e um cérebro com deficiências.

— Estou determinada e consciente de que ter meu espírito envolvido por um corpo com limitações será uma maneira de colocar em prática tudo que aprendi sobre a fé e o reconhecimento do presente que Deus nos deu: o presente da vida.

Linda segurou a mão de Rebecca e disse, emocionada:

— Você sabe que irá reencarnar como filha de Roy e Penélope e terá novamente Marta e Enrique como pais, não?

Rebecca fez um gesto com a cabeça, concordando, e Linda continuou.

— Sua chegada será um presente de Deus para iluminar a vida dos dois. Esperamos que sua encarnação traga paz e felicidade à família e que ajude Penélope e Roy a perceberem todos os erros que vêm cometendo.

— Será uma encarnação penosa, com momentos difíceis, mas também reparadora, pois irá ajudar a fortalecer não apenas o seu espírito, mas também os daqueles que a amam. — disse Teresa.

28

Sophia

MESES mais tarde, na Terra, Katie estava bastante apegada a Dolores e a seu filho Ricky. Dolores lhe dava muito amor e carinho e se mostrava uma grande amiga, com a qual ela podia contar em momentos difíceis. Katie estava tão feliz na companhia deles que voltou a sorrir e a se divertir como uma criança saudável. Ricky era agora seu melhor amigo, e os dois passavam muito tempo juntos, estudando e brincando. Muito criativo e cheio de energia, o menino estava sempre brincando e tentando fazer Katie rir e se esquecer dos momentos de tristeza. Em pouco tempo, ela estava falando espanhol fluentemente, o que ajudou a estreitar a amizade entre ela, Dolores e Ricky. Embora sentisse falta do pai, que mais uma vez havia se tornado ausente em sua educação, e também dos avós, recebia muito amor e atenção dos novos amigos e protetores.

Dolores era uma bela mulher. Nascida na Colômbia, tinha se mudado para os Estados Unidos alguns anos antes de seu filho nascer. Lá, conheceu um homem de Porto Rico por quem se apaixonou. Mas ele a abandonou assim que ela engravidou. Sozinha e grávida em Nova Iorque, ela teve muita dificuldade para arranjar emprego. Um dia, quando já estava praticamente sem dinheiro, esbarrou acidentalmente em um homem bem vestido que vinha correndo, apressado, pela rua. O esbarrão foi tão forte que ela caiu no chão. Preocupado, ele a ajudou a se levantar e a levou até um restaurante próximo, que era de sua propriedade. Quando ele se apresentou, ela percebeu que se tratava de um dos maiores milionários da cidade, Bobby Green, pai de Penélope. Os dois conversaram um pouco e Bobby, compadecido da situação da moça, ofereceu-lhe um emprego de governanta na casa de sua filha. Dolores aceitou imediatamente e, desde então, sempre foi grata a ele. Bobby lhe pagava um bom salário e havia se comprometido a arcar com todas as despesas de educação de Ricky até que ele terminasse a faculdade. E ele cumpriu o que prometeu. Deixou em seu testamento um valor suficiente para isso em nome de Dolores. Após o desencarne de Bobby, Penélope passou a maltratar Dolores ainda mais. Com o tempo, os insultos e a falta de respeito de Penélope se agravaram tanto, que Dolores estava prestes a pedir demissão. Na mesma época em que Dolores pensava em pedir demissão, Roy veio morar na casa com Katie e, a partir daí, ela estabeleceu uma conexão tão forte com a menina, que decidiu ficar e ajudá-la a superar todo o sofrimento.

Toda manhã a primeira coisa que Dolores fazia era uma prece, agradecendo por mais um dia de vida. E também pedia a Deus que abençoasse Ricky, Katie e todos os que estivessem necessitando de ajuda. Enchia uma garrafa com água e pedia a Deus que a abençoasse e que todos que bebessem daquela água tivessem paz, tranquilidade e boa saúde. Depois das orações, ela ligava o rádio e ouvia salsa, a música latina que a ajudava a ter alegria. A cozinha se enchia de bons fluídos e felicidade. Então ela ia acordar as crianças, prepará-las para ir à escola e servia o café da manhã, sempre cantando ao som da salsa no rádio. Sempre tinha sido uma pessoa religiosa e havia conhecido a Doutrina Espírita depois da morte da mãe. Estudava todas as noites "O Evangelho Segundo o Espiritismo" antes de se deitar. Ensinou Ricky e Katie a orarem também, todas as manhãs, agradecendo a Deus por todas as bênçãos que Ele havia lhes dado e pelas que ainda viria lhes oferecer. Passava bastante tempo com Katie, ensinando a ela que os momentos difíceis da vida, que pareciam injustos e intermináveis, eram apenas coisas passageiras. Ensinou-lhe também a manter sempre a fé e a acreditar que tempos melhores viriam. E a cultivar o amor dentro de si e para com todas as pessoas. Em vários momentos, Dolores estava sendo inspirada por Linda, que a usava como médium para enviar a Katie mensagens de otimismo e lhe assegurar que não estava sozinha, e que aquela fase difícil terminaria um dia, trazendo um futuro de paz e alegria.

Alguns meses antes de reencarnar, Rebecca começou a visitar Penélope, Katie e Roy com mais frequência para estudar a dinâmica da família em que estava para entrar. Isso a ajudaria a entender melhor como seria sua missão.

Em uma dessas visitas, dessa vez a Dolores e Ricky, estava acompanhada de um espírito de luz chamado Peter, que a guiava. Peter disse:

— O jovem, que naquela encarnação, no Reino de Navarra, viveu como Alejandro, está encarnado agora como Ricky.

— Nossa! Quer dizer que o homem por quem já fui obcecada é o pequeno Ricky?

— Sim, ele mesmo.

Os dois observavam o menino sentado à mesa da cozinha com Katie e Dolores. Peter continuou:

— Dolores, como você sabe, era Sophia, mãe de Carmen. Quando soubemos que Marta iria reencarnar, ela concordou em retornar à Terra como Dolores para estar perto dela e ajudá-la em sua evolução.

Rebecca disse, surpresa:

— O destino, então, colocou Sophia, Carmen, Enrique, Alejandro e Marta juntos novamente!

— Sim. Ninguém na vida cruza nosso caminho sem que isso esteja nos planos de Deus. Todos os encontros ocorrem por algum motivo. E agora é o momento de todos vocês se reunirem novamente.

Dolores lia agora, em voz alta, "O Evangelho Segundo o Espiritismo" em espanhol para Katie e Ricky. Era o trecho de "Bem-aventurados os aflitos" (Mateus, 5:5, 6 e 10). Ricky era um menino normal, cheio de energia e que se distraía facilmente. Já Katie sempre prestava atenção e fazia muitas perguntas, pois aprender sobre o Espiritismo a ajudava a entender que sua mãe não havia morrido e desaparecido para sempre, mas apenas retornado ao mundo espiritual. E que um dia elas iriam se reencontrar.

Ao terminar a explicação, Dolores liberou as crianças para brincar. Peter se aproximou dela e orou, transmitindo-lhe vibrações positivas e benéficas.

— Peço-lhe que continue dando a Katie seu amor. Ela está recuperando as forças para continuar a viver. Em breve Roy e Penélope também se beneficiarão do seu carinho. — ele disse.

Peter então convidou Rebecca para ir com ele à sala de estudos, onde Roy estava lendo um livro. Peter apontou para ele e explicou:

— Enrique veio como Roy por diversos motivos: primeiro, para deixar de colocar as coisas materiais acima das espirituais. Nesta encarnação ele se entregou mais uma vez à tentação de uma vida luxuosa e até agora fechou os olhos para as coisas importantes na vida, como cuidar de sua filha, que precisa desesperadamente de seu amor. Por causa dessa ambição, ele até traiu a esposa, Linda, tendo um caso com Penélope.

— Ele continua cometendo os mesmos erros do passado... — Rebecca disse, pensando em voz alta.

— Exatamente! — exclamou Peter. — E isso acontece com muita frequência.

— Entendi. — disse Rebecca, sorrindo. — Enrique até agora não superou seus erros. Sucumbiu mais uma vez à tentação de viver no luxo e ostentação, esquecendo-se de dar atenção às coisas que realmente importam.

Os dois continuaram a observar Roy e a ler alguns de seus pensamentos. Em determinado momento, ele começou a pensar em Linda e a comparar a vida que tinha com ela e à que tinha agora, com Penélope. Linda era muito carinhosa e, apesar de os dois viverem de maneira simples, sem luxo, ele tinha vivido grandes momentos de alegria ao seu lado. Já com Penélope, ocorria o contrário: ela não era mais a mulher intrigante e sensual de antes. Agia sempre de maneira agressiva, sarcástica e amarga e não respeitava as pessoas. Suas oscilações de humor estavam tornando o clima doméstico insustentável, e Roy já começava a se perguntar se havia tomado a decisão mais certa ao se mudar para a casa dela. Lembrou-se do sorriso caloroso de Linda e lágrimas correram em seu rosto. O remorso por tê-la traído atormentava sua alma.

— Roy, não deixe que pensamentos depressivos tomem conta de sua mente. Você tem uma filha linda e carinhosa que precisa de você. Concentre-se em ser feliz ao lado dela. Dinheiro, carros caros e um apartamento luxuoso como este são irrelevantes se você não estiver feliz. Coisas materiais não ajudam se você não tiver amor e não estiver bem consigo mesmo. O amor incondicional deve ser o foco de sua existência. — disse Peter.

Roy captou imediatamente as vibrações de Peter, começou a pensar em Katie e seu humor melhorou. Levantou-se da cadeira e foi em direção às escadas, procurando por ela. Ouviu, então, a voz dela e de Ricky vindo da cozinha, e foi para lá. Para sua surpresa, encontrou os dois conversando em espanhol. "Onde tenho estado que não percebi sequer que minha filha aprendeu a falar em espanhol tão bem?", ele pensou.

— Papai! — ela exclamou, surpresa ao ver o pai. Correu até ele e o abraçou.

— Katie... Você estava falando em espanhol?

Ela ficou em silêncio, tímida, e respondeu apenas com um gesto de cabeça.

Roy sorriu.

— Não fique com vergonha. Isso é incrível, meu amor! Como aprendeu tão rápido... quero dizer... quem a ensinou? — ele disse, ainda confuso, sem saber direito que palavras usar.

— Estou aprendendo com Dolores e Ricky. Pedi a eles, e agora os dois só falam em espanhol comigo, assim eu tenho que tentar entender e responder. Não tive a menor dificuldade, papai. E é muito bom, pois, na escola, quando não quero que alguém entenda o que estou dizendo, falo em espanhol com o Ricky — ela disse, rindo.

Roy sorriu e a abraçou novamente. Pela primeira vez, percebeu que a filha estava crescendo rápido e que ele estava perdendo a oportunidade de acompanhar. Enquanto a abraçava, sentiu seu calor e uma vibração de amor que não sentia há muito tempo. Peter e Rebecca sorriram com a cena e voltaram à colônia de Rebecca, Domus Deus.

— Ainda estou um pouco preocupada com o fato de não saber como Penélope irá me receber. De todos ali, ela é a única que parece não ter aprendido muito, ainda.

— O importante agora é você se concentrar em sua missão. Seu principal objetivo é aprender a amar a si mesma e a reconhecer as bênçãos da vida, apesar de todos os obstáculos que sua nova encarnação trará. Precisa manter a fé em Deus e não deixar que as dificuldades a levem à depressão. Um dia Penélope irá aprender uma das lições mais belas e importantes que Jesus deixou para a humanidade: amai-vos uns aos outros. Até lá, é nossa missão continuar a ajudá-la até ela descobrir o caminho de volta para Deus.

29

A borboleta: uma chance de recomeçar

MESES depois...

O dia da reclusão de Rebecca havia chegado. Era mais um belo dia na colônia espiritual Domus Deus. Linda, Geraldine e os novos amigos espirituais de Rebecca estavam presentes do lado de fora do templo, para desejar a ela que tudo corresse bem em sua nova encarnação, e lhe dar forças e motivação. Teresa também estava presente. Havia conseguido autorização para tirar um momento de férias do seu trabalho nas câmaras e ir à colônia Domus Deus participar daquele momento especial para Rebecca e os seus queridos amigos na Terra.

Linda estava muito emocionada com a partida de Rebecca. Olhou para ela e se lembrou dos momentos que as duas tinham passado juntas. Abraçou-a e disse:

— Estou muito feliz por você, amiga. Vou lhe enviar sempre muito amor e vibrações de incentivo, para que você tenha muito sucesso em sua nova missão. Agora me prometa ser forte e tentar ver sempre o lado belo da vida. E também não sucumbir diante das situações difíceis e nem deixar que sua mente seja invadida por pensamentos negativos. Promete? — pediu Linda.

— Prometo. — disse Rebecca.

Seus olhos estavam cheios de lágrimas e, embora quisesse dizer à amiga o quanto estava grata por todo o tempo que ela tinha passado ao seu lado, ensinando-a e mostrando a ela as belezas da vida, as emoções tomaram conta e ela só conseguiu dizer "obrigada", entre soluços e lágrimas.

Linda a abraçou mais forte e afagou seus cabelos.

— Lembre-se de que você tem sempre o poder de decidir o que se passa em sua mente: pensamentos bons ou ruins, alegres ou tristes. Só cabe a você decidir. Escolha sempre o lado positivo. Escolha a felicidade, minha querida.

Geraldine se aproximou e fez uma brincadeira:

— Vocês estão demorando tanto a se despedir que, quando terminarem, já estará na hora de ela retornar ao mundo espiritual. Não se preocupe, querida. Vá e mostre ao mundo o ser maravilhoso que você é!

Rebecca parou de chorar e riu também. Antes de entrar no templo da reencarnação, ela se aproximou de Geraldine e segurou suas mãos, dizendo:

— Você tem sempre palavras de sabedoria e me ajuda muito... Estou com medo do que vai acontecer quando eu entrar ali.

Geraldine respondeu:

— Não há o que temer.

Ela ergueu as mãos ao ar, com as palmas para cima, fechou os olhos e mentalizou um pequeno ovo. A imagem se materializou, pairando sobre suas mãos. O ovo se partiu e dele saiu uma pequena lagarta verde, se movendo com certa dificuldade. Mas a lagarta logo cresceu e foi envolvida por um casulo.

Todos ao redor, especialmente Rebecca, prestavam atenção, curiosos. O casulo foi escurecendo e secando, então se quebrou e dele saiu uma bela borboleta alaranjada, que voou ao redor de Rebecca e depois saiu pela colônia. Rebecca estava fascinada e os amigos sorriam.

— Agora imagine que o processo pelo qual você está prestes a passar é igual ao dessa borboleta. Mesmo sabendo que irá passar por mudanças desconhecidas, a lagarta enfrenta os momentos de transformação com fé e coragem, pois sabe que, ao final de um período de desafios, chegará uma nova oportunidade de vida, cheia de renovação e oportunidades.

Após o conselho de Geraldine, todos se despediram e ela foi para o templo.

PARTE II

30

Um bebê muito especial

SETE meses depois, Rebecca reencarnava na Terra, mais precisamente na cidade de Nova Iorque, como filha de Penélope e Roy.

Nasceu prematura após Penélope ter um desmaio e ser levada às pressas para o hospital, onde chegou ainda inconsciente. No momento do parto, Penélope sofreu um choque anafilático. Sua pressão caiu rapidamente e ela entrou em coma. Os médicos tentaram de tudo para salvá-la, mas sua condição era crítica. No mundo espiritual, os espíritos malévolos celebravam o estado dela, torcendo para que desencarnasse.

Enquanto isso, na sala de espera, Roy andava de um lado para o outro, impaciente, esperando notícias. Penélope estava lá dentro há horas e ninguém vinha lhe dizer o que estava acontecendo. Katie, que tinha ido com o pai, estava adormecida no sofá. Depois de várias horas, um médico veio falar com ele.

— O senhor é o marido de Penélope Green?

— Sim, sou eu... Como ela está? Como está o bebê?

— Lamento a demora em trazer notícias. Tivemos que fazer uma cesariana, pois o bebê corria riscos. Foi uma cirurgia difícil. Sua esposa teve complicações e estivemos até agora tentando mantê-la viva.

— Ah, meu Deus! Mantê-la viva? O que está acontecendo, doutor? Como ela está?

— Saiu do coma há cerca de uma hora e ainda está sedada.

Percebendo que Katie tinha acordado e estava ouvindo a conversa, o médico chamou uma enfermeira para ficar com ela e levou Roy para outra sala.

— Tenho que lhe dar algumas notícias sobre sua esposa e o bebê. — disse ele, pedindo a Roy que se sentasse. — Sua esposa teve um grande sangramento e um choque anafilático, o que causou ruptura de um aneurisma. Está tudo sob controle agora, mas ainda não sabemos que sequelas ou efeitos secundários o aneurisma pode ter causado. Infelizmente teremos que esperar até saírem os resultados dos exames.

— E quanto ao bebê?

— Na verdade, eu deveria deixar que o pediatra viesse falar com o senhor, mas achei melhor que soubesse antes de sua esposa.

Roy agora suava. Pressentia que mais más notícias viriam.

— O bebê apresenta todos os traços de trissomia 21. Pedimos também alguns exames e... — ele colocou a mão no ombro de Roy. — sua filha é portadora da síndrome de Down.

— O quê? — perguntou Roy, surpreso e chocado. — Penélope fez todos os exames durante a gravidez... como pode ser? Tem certeza...?

— Não há dúvidas. Todos os testes confirmaram. Ela é portadora de síndrome de Down.

O médico sorriu, então, tentando animá-lo.

— Mas não há com o que se preocupar. Ela está bem e é uma linda menina, senhor Green.

— Taylor. Meu nome é Roy Taylor. Não sou Green. Penélope decidiu manter o nome de solteira quando nos casamos. — falou confuso e sentindo-se perdido. — Nem sei por que estou dizendo isso. Não importa agora, não é? — ele sentia como se tivesse levado um soco no estômago. Estava completamente confuso e não sabia o que dizer ou como reagir à notícia.

— Lamento mesmo, senhor Roy. Sei que é muito difícil receber esse tipo de notícia. É um choque no início, mas garanto que, ao olhar para aquele rostinho lindo, o senhor verá que ela é exatamente como qualquer outra criança.

O médico foi até a porta e sugeriu que ele fosse ver a filha.

— Agora quero me concentrar na recuperação de sua esposa. Já falei com a pediatra que acompanhou a gestação, Dra. Kapoor, e ela virá para lhe explicar um pouco mais sobre trissomia 21 e os cuidados que sua filha exigirá.

O médico pediu licença e foi ver Penélope. O barulho da porta se fechando atrás dele pareceu um estouro na cabeça de Roy. Naquele momento, ele se sentiu o homem mais sozinho e perdido do planeta.

Naquela noite, depois de uma longa conversa com a Dra. Kapoor, que lhe explicou todos os detalhes sobre um bebê com síndrome de Down, Roy foi até o berçário para ver sua filha pela primeira vez. Ela era bem pequena e estava dormindo, o que a fazia parecer ainda mais vulnerável. As palavras do médico lhe vieram então à mente: "Garanto que, ao olhar para aquele rostinho lindo, o senhor verá que ela é exatamente como qualquer outra criança." E ele estava certo. Bastou olhar para o rostinho da menina para seu coração se acelerar e ele se sentir envolvido por uma energia imensa, chamada amor incondicional. Uma corrente de adrenalina percorreu todo o seu corpo, e ele finalmente deixou que aflorassem todas as emoções que estavam guardadas. Caiu em prantos. Mas não eram lágrimas de tristeza, e sim uma mistura de medo de não conseguir dar à sua nova filha todo o amor e os cuidados de que ela precisava, de alegria e de amor por aquela pequena e graciosa criatura que tinha acabado de nascer.

Ao seu lado, no mundo espiritual, estava Linda, sorrindo e contente ao ver que a reencarnação de Rebecca já tinha tocado o coração de Roy e desencadeado nele sentimentos puros e divinos. Ela se aproximou e, colocando as duas mãos para cima, orou e lhe enviou vibrações de amor e conforto. Roy sentiu as vibrações e todo o amor que ela lhe estava transmitindo. Colocou as mãos sobre a incubadora e disse, entre lágrimas:

— Bem-vinda ao mundo, minha menininha. Bem-vinda! Você é linda e eu prometo que irei amá-la e cuidar muito bem de você... sempre. O papai estará sempre ao seu lado!

Uma enfermeira entrou no berçário trazendo Katie pela mão. Levou-a até a incubadora e a apresentou à sua nova irmã. Roy pegou a mão dela e os dois ficaram admirando o bebê.

Sorrindo, maravilhada, Katie disse:

— Ela é tão linda, não é, papai?

Roy beijou Katie e respondeu:

— Sim, é, meu amor. Você disse o certo, ela é simplesmente linda.

31

A lição de Penélope

PENÉLOPE ficou no hospital por muitas semanas se recuperando. O lado esquerdo da sua face estava completamente paralisado. Embora ela tenha sido cuidada pelos melhores médicos especialistas do mundo, eles não conseguiram encontrar nenhum tratamento que conseguisse devolver os movimentos do seu lado esquerdo. Do seu olho esquerdo até abaixo dos ombros, Penélope ficara toda paralisada. A pálpebra do seu olho esquerdo já não abria mais por completo, e ela tinha muitas dificuldades em movimentar seus lábios. Além da dificuldade em mover os músculos do lado esquerdo, Penélope perdera a visão do olho esquerdo.

Após acordar do coma e descobrir as sequelas do aneurisma, Penélope tornara-se agressiva e amarga. No hospital, ela tratava todos os enfermeiros e toda a equipe que trabalhava lá com muita agressividade.

Roy, com muita paciência, tentou falar com ela e, com muita ternura, tentou confortá-la, pedindo que mudasse seu jeito de tratar as pessoas que cuidavam dela no hospital. Não havia jeito, todas as palavras de Roy pareciam ser em vão.

Penélope piorou em sua raiva e amargura assim que descobriu que sua filha havia nascido com síndrome de Down. Ela recusou conhecer a filha. Não queria sequer olhar para ela. Aos berros, dizia a todos que culpava o nascimento da bebê por tudo de ruim que havia acontecido a ela. Penélope ordenou a Roy que mantivesse a bebê bem longe dela e deixou bem claro que ela não queria chegar perto do bebê-monstro. — como ela resolveu chamar sua filha.

— Ela é uma aberração. Um monstro! Um pequeno monstro que veio a este mundo para acabar com a minha vida. Veja o que ela fez comigo, Roy. Veja! — ela gritou com Roy, enquanto ele, cuidadosamente, tentava pedir a ela que conhecesse a filha.

Respeitando o desejo da mulher, Roy fez o quarto da bebê no mesmo andar onde ficava o quarto de Katie, perto do quarto dos empregados. Dessa forma, Penélope não teria que ver ou ter nenhum contato com a filha.

****

Quando Penélope retornou ao apartamento, vinda do hospital, foi direto ao seu quarto, evitando contato com todo mundo, inclusive com a filha. Ela recebia apenas Roy em seu quarto e, mesmo assim, o tratava muito mal. Sempre irritada e sem paciência, vivia aos berros. Muito paciente, Roy tentava, com muita calma e de todos os jeitos, acalmá-la e fazer todos os seus caprichos. Ele acreditava que ela estava passando por uma depressão pós-parto e queria muito ajudá-la.

Penélope sentia-se muito feia e totalmente enojada com a propria aparência. Ela guardava em cima de seu criado-mudo, ao lado de sua cama, um espelho que, a cada meia hora, segurava e observava o rosto para checar se havia tido alguma melhora em sua aparência. Nervosa, olhava no espelho desesperada por alguma mudança, procurava por algum sinal de melhora. E sempre que constatava que não havia tido nenhuma melhoria, ela então berrava e blasfemava, culpando Deus e todos à sua volta pelo seu estado. Para alguém tão materialista e superficial como Penélope, ter perdido sua beleza era como se tivesse perdido tudo na vida.

Se por um lado Penélope tornara-se mais agressiva e cheia de raiva, por outro Roy mudara para melhor. A cada dia que passava, Roy tornara-se um pai mais dedicado e cuidadoso. No início, até encontrar uma babá de confiança, Roy tomou conta de Victoria e Katie, sozinho. Fazia todos os seus deveres da empresa em casa, onde podia, ao mesmo tempo, cuidar de Katie e Victoria. Ele tornara-se muito cuidadoso com Victoria e fazia o possível para que ela tivesse os melhores cuidados e atenção. Dolores, muito dedicada, o ajudava a cuidar das duas e, assim, unidos na tarefa de olhar pelas crianças, os dois começaram a se aproximar.

Katie foi, desde o dia da chegada de sua nova irmãzinha, muito amorosa e cuidadosa. Embora ela não entendesse nada sobre a síndrome de Down, sabia que sua irmã era muito especial. Katie dizia a todos — Minha irmãzinha é muito especial, porque ela necessita receber muito, muito amor — e todos os dias, quando Katie retornava da escola, corria e ia direto ao quarto da irmã para fazer-lhe carinho. Todas as tardes, após terminar seus deveres da escola, Katie retornava ao quarto para ajudar a nova babá, Lauren, a cuidar da irmã.

Em uma tarde, voltando da escola, Katie correu com Ricky e entraram no quarto de Victoria; encontraram-na dormindo, calma e tranquila, nos braços de Roy, que havia retornado mais cedo do trabalho e dispensado a babá.

Katie então disse, sorrindo:

— Ela é tão linda, papai.

Ricky disse:

— Sim... ela é. E olha os pezinhos, que lindinhos.

— Você a ama? — perguntou Roy, sorrindo.

— Muito... muito... muito. — respondeu Katie.

— Eu também a amo, Sr. Taylor. — disse Ricky, que tentava alcançá-la para lhe dar um beijo.

32

Mente perigosa

As cortinas no quarto de Penélope estavam fechadas bloqueando os raios de sol, deixando o quarto extremamente escuro. Muitos espíritos malévolos cercavam Penélope. Aquelas entidades emitiam e vibravam a Penélope pensamentos perturbadores. Sem perceber a presença das entidades ao seu redor, Penélope tornava-se cada vez mais nervosa, deixando a raiva e o ódio tomarem conta de seu ser.

Dias se passaram e Penélope estava cada vez mais obcecada. Sua perturbação era tanta, que ela até chegou a cogitar sufocar sua filha enquanto ela dormia. Assim, ela não teria que viver sob o mesmo teto que o bebê-monstro. — como ela chamava sua filha Victoria.

Filomena e Fortunada estavam sempre à sua volta. Elas debochavam de Penélope e se deliciavam ao ver que ela estava cada vez mais entregue à insanidade. As duas ordenaram aos outros espíritos malévolos que continuassem perturbando Penélope com vibrações de ódio e ira.

Certa tarde, enquanto Roy estava no trabalho, aproveitando que a babá tinha dado uma saída de perto de Victoria, Penélope foi até o quarto de sua filha e a viu pela primeira vez. Coração batento forte, Penélope caminhou bem devagar em direção ao berço onde sua filha dormia. Ela caminhou tão devagar e com tanto asco que parecia estar indo ao encontro de um ser de outro planeta. Depois de muito esforço, finalmente, aproximou-se do berço e viu sua filha pela primeira vez. Seu coração acelerou, e ela foi tomada por uma onda de diferentes emoções.

Vestida com roupinhas cor-de-rosa, Victoria dormia, tranquila e em paz. A bebê estava com os bracinhos levantados para o ar e tinha uma aparência totalmente frágil.

Penélope aproximou-se dela e a observou de perto, admirando seus delicados trejeitos. Pela primeira vez, após o parto, Penélope sorriu. Uma lágrima escorreu pelo seu rosto enquanto admirava a filha dormindo. A bebê, então, moveu suas pequenas mãos, ao que Penélope sorriu novamente e disse a si mesma:

— "Minha bebê. Minha bebezinha... Ela é a minha bebezinha".

Os espíritos malévolos que estavam próximos de Penélope estavam às gargalhadas, debochando do bebê. Com muito sarcasmo, eles incitavam Penélope contra a filha:

— Olha esta criatura. Ela é tão feia quanto você, Penélope. Não se esqueça do que ela fez a você! Foi graças a ela que você ficou feia... graças a ela, você perdeu sua beleza e juventude.

Um outro espírito gritou no ouvido de Penélope:

— Você agora está horrenda e é tudo culpa dela!

Conectada aos pensamentos daqueles espíritos, Penélope parou de sorrir e imediatamente mudou seus pensamentos, deixando a ira e o ódio tomarem conta de seu ser mais uma vez.

— Eu te odeio! Veja o que você fez para mim. Você destruiu minha beleza e toda a minha vida. Eu te odeio! — ela disse com agressividade em sua voz.

Naquele momento, Penélope, tomada pelo ódio, colocou sua mão direita sobre o nariz e boca de Victoria.

Sem ar, a bebê acordou e olhou direto nos olhos de Penélope, que a sufocava. O rosto da bebê logo mudou de cor, tornando-se avermelhado. Com frieza, Penélope a encarava com raiva em seus olhos, assistindo a filha sufocar sem ar. Victoria começou a mover-se de um lado para o outro, porém Penélope não a soltou.

— Morre, monstro. Morre! — disse Penélope, apertando o rosto da menina ainda mais forte.

Naquele momento, Penélope ouviu a maçaneta da porta abrir. Ela imediatamente tirou sua mão do rosto de Victoria. A bebê recuperou o ar e começou a chorar bem alto.

— Meu Deus, Senhora Green, você me assustou. Eu não esperava te encontrar por aqui. — disse Dolores, assustada com a presença de Penélope no quarto de Victoria. Sem saber o que falar com Penélope, Dolores olhou para o berço e, ouvindo Victoria chorar, institivamente correu para acudi-la.

— Meu amorzinho, o que aconteceu com você? Você parece estar tão assustada... e... Meu Deus, como você está vermelha!

Dolores pegou Victoria no colo e tentou acalmá-la. Beijando seu rosto com carinho, ela pedia a Victoria que se acalmasse.

— Ela está bem, Dolores. Está vermelha porque berra de tanto chorar. Isso aí é manha, pirraça, só pode. — disse Penélope, enquanto caminhava em direção a porta do quarto. Antes de sair, ela perguntou rispidamente:

— E onde está aquela babá incompetente? Ela deveria estar aqui e evitar que esta criatura chore deste jeito, não é? Diga a ela que eu não quero ouvir esta criatura chorando assim novamente. Após dizer o que disse, Penélope saiu batendo a porta do quarto fortemente.

Sentindo a energia negativa do ambiente e a presença dos espíritos malévolos no quarto, Dolores passou a orar em silêncio, pedindo a Deus proteção. Cobrindo Victoria de beijos, Dolores disse à bebê, em espanhol, o quanto ela a amava e o quanto todos a amavam. Ela também disse a Victoria que ela era um bebê e um ser lindo, que havia trazido muita alegria e amor para a família.

Logo após Penélope sair do quarto, Katie e Ricky entraram correndo, alegres e sorrindo, trazendo muita alegria e felicidade com eles. Naquele mesmo instante, Linda, que estava presente, mas invisível a todos, sorriu agradecendo a Deus por ter protegido Victoria de Penélope. Linda estava muito contente ao ver que Carmen, Alejandro e Sophia estavam ali, como Katie, Ricky e Dolores olhando e cuidando de Maria, agora encarnada como Victoria. Eles, com certeza, iriam lhe dar muito amor e a iriam ensinar a amar a si própria e a ter fé em Deus.

Influenciada pela presença de Linda, Katie relembrou momentos felizes que viveu com sua mãe. Ela, então, olhou sua irmã com carinho e disse:

— É uma pena que você não conhecerá minha mãe, Victoria. Ela é... era uma mulher muito linda e muito bondosa. Ela iria ser a melhor mãe do mundo para você. Eu sinto muito a falta dela...

Roy olhou para a filha com ternura, e ela continuou:

— A Dolores me ensinou que ela ainda está viva lá no céu e que um dia eu vou estar com ela novamente. Por enquanto, eu preciso ser uma menina boa e amorosa com todos e então, um dia, papai do céu irá nos reunir novamente. Quem sabe você também não vai conhecer ela... — A garota beijou a cabecinha da irmã com muito carinho e disse por final:

— Eu vou cuidar de você para sempre, minha irmã linda! Para sempre!

Naquele momento, Linda terminou suas preces e, após soprar um beijo a toda a família, deixou o quarto no plano terrestre e retornou para a colônia espiritual, Lunas.

*****

Quando Linda chegou à colônia Lunas, Geraldine estava à sua espera. Linda estava pensativa.

Geraldine perguntou contente:

— Então, como foi sua visita?

— Penélope tem feito muita maldade a Katie e agora a Victoria também.

— Penélope está cada vez mais se deixando levar por seus pensamentos negativos de ódio e raiva, que têm atraído mais e mais espíritos malévolos ao seu redor.

Geraldine continuou:

— Antes eram apenas Filomena e Fortunada atormentando e obsediando Penélope, porém, agora, são muitos os espíritos malévolos em volta dela. Penélope não está saindo da escuridão, está, na verdade, atraindo ainda mais escuridão para si. Sua mente está cada vez mais doente, isto é muitíssimo prejudicial a ela e a todos a sua volta.

— Sim, é verdade. Hoje ela tentou assassinar Victoria. Não fosse Dolores que, seguindo a inspiração de espíritos protetores, entrou no quarto bem na hora em que Penélope a sufocava com sua mão, Victoria teria desencarnado. — disse Linda.

Geraldine e Linda oraram, com fervor, pelos amados na Terra.

33

O plano maligno

EM UM lugar bem sombrio e tenebroso das regiões escuras, Fortunada e Filomena estavam juntas com um grupo de quatro espíritos imperfeitos e malévolos. Eles acabavam de vir do apartamento de Penélope; tinham transmitido a ela muitas vibrações negativas. Todos eles estavam frustrados e raivosos por terem falhado em seus planos. A ideia era que Marta, seguindo suas inspirações de assassinato, matasse a pequena Victoria. No entanto, seus planos foram interrompidos pelos espíritos de luz e protetores.

Três dos espíritos malignos tinham a aparência de sombras. O outro, era bem alto e tinha a aparência de um ser, metade humano, metade esqueleto. Ele se apelidara Dinamite.

Dinamite havia tido uma experiência encarnado na Terra no século XV, no Reino de Navarra. Na mesma época em que Marta, Carmen e Sophia viveram. Naquela experiência de vida, Dinamite, então Juan Martinéz, caíra nos encantos de Marta e tornara-se seu amante. Juntos, eles tiveram muitos momentos de luxúria e paixão, sem que Enrique soubesse. Juan também fora um dos vários capangas de Marta. Seguindo ordens dela, ele matara muitos que cruzaram o caminho de sua amada. Marta, sem nenhuma piedade, confabulava as piores formas de matar seus inimigos e ordenava a Juan que a obedecesse. Cego de tanta paixão por ela, Juan nunca a questionava. Destemido, cumpria suas ordens e acabou cometendo muitos assassinatos.

Totalmente obcecado por Marta, Juan passou a pressioná-la a deixar Enrique e ficar com ele. O que ele não sabia era que Marta não o amava e, ao contrário, apenas o usava, assim como usava tantos outros capangas, para satisfazer seu apetite sexual e para cometer crimes a seu favor.

Após ser muito pressionada, Marta começou a perder a paciência com Juan e suas conversas de amor eterno e paixão. E, quando Juan ameaçou contar a Enrique sobre os inúmeros encontros sexuais que tiveram, ela começou a planejar seu assassinato. Marta planejou com seus outros capangas a morte do amante. Juan esperava a escuridão da noite chegar para encontrar Marta e, assim, fugirem juntos rumo à França. Ele fora então surpreendido por três homens, também capangas de Marta, que o cercaram em uma emboscada e o assassinaram a facadas.

Já desencarnado e, de volta ao mundo espiritual, Juan descobriu que fora Marta quem planejara seu assassinato. Movido pelo seu ódio e sentimento de vingança, ele jurou revanche a ela. Juan passou, então, a formar um grupo de vingadores. Ele reuniu espíritos que Marta havia maltratado no passado. Anos depois, quando as irmãs, Filomena e Fortunada desencarnaram, ele as procurou e propôs um acordo de revanche. Juan apelidou-se então de Dinamite e, junto com as irmãs Filomena e Fortunada e o grupo que conseguira reunir, passou a perseguir Marta e a fazer de tudo para tornar sua existência insuportável.

Olhando para Filomena, Dinamite disse, com raiva no tom de sua voz:

— Nós temos que intensificar nossos ataques a ela. Nós temos que ver sangue e... muito sangue! Vamos aproveitar que Penélope está ficando com a mente cada vez mais debilitada e atormentá-la ainda mais.

— Eu também quero ver tragédia... sangue, mas primeiro a gente tem que se livrar daquela Dolores. Não é a primeira vez que ela atrapalha nossos planos. Todas as manhãs, ela faz preces pedindo proteção, e então aquele apartamento passa a ficar cheio, lotado daqueles espíritos que se dizem iluminados.

Fortunada, sentada em um barril perto de Filomena, estava calada e pensativa.

Arrumando os poucos fios de cabelo que tinha, Filomena disse, em voz alta, à sua irmã:

— Nós temos que nos livrar dela!

— Ei, você, seu incompetente! Você fez a pesquisa que eu lhe pedi? — Dinamite gritou com um dos espíritos do grupo.

— Eu fiz sim, senhor. — o espírito com aparência de sombra respondeu, tremendo de medo de Dinamite. — Eu já sei qual substância devemos usar, e também já sei onde conseguir. A substância é fatal. Se um humano ingerir, é morte na certa! Eu pensei no seguinte plano: aquele encarnado, assistente da Penélope, Nigel, conhece muitos traficantes de drogas e pessoas que mexem com substâncias tóxicas.

Notando que Dinamite estava gostando de seu plano, o espírito, que apelidara-se Petro, continuou narrando seu plano:

— A gente pode inspirar pensamentos obsessivos e de ciúmes em Penélope e fazer com que ela se torne ciumenta. Faremos ela sentir muito ciúmes de Dolores. Então, assim que ela estiver muito ciumenta, achando que ela e Roy estão tendo um caso, nós então poderemos... — ele pausou.

— Vai, criatura inútil, continua. Eu estou gostando do seu plano até agora. Vai, anda... — ordenou Dinamite.

— Então... a gente pode deixar ela, Marta... digo... Penélope com muito ciúmes de Dolores. Assim que ela ficar insana de tanto ciúmes, nós podemos, então, inspirar-lhe pensamentos assassinos e fazer com que ela queira assassinar a empregada Dolores. — Petro riu sarcasticamente e finalizou, dizendo:

— A gente transmite a ela, por pensamentos, a ideia de usar a substância venenosa para envenenar Dolores. Algumas gotinhas da substância na bebida de Dolores e... BUM! A empregada sairá do nosso caminho. Tchau, tchau, Dolores.

Dinamite riu alto por muito tempo. Depois de muito rir, disse:

— Eu adorei o plano! ADOREI! Para te dizer a verdade, até que você não é um total incompetente como eu pensava. Parabéns pelo plano. Gostei de tudo, porém só mais um detalhe: eu não quero que Penélope seja culpada pela morte da empregada e vá para a prisão. Prisão é pouco para ela. Eu quero que ela sofra muito, mas de outras maneiras.

— Concordo! — gritou Filomena, excitada com o plano de Petro — Nós temos que fazê-la sofrer muito enquanto está encarnada. Vamos continuar a atormentá-la até que fique totalmente insana. E aí, assim que ela ficar totalmente louca, nós acabamos com ela e terminamos com a vida dela na Terra.

— A gente tem que escolher um momento em que a babá, aquela tal de Lauren, não esteja por perto e, então, causar o assassinato de Dolores. Chega daquela empregada no nosso caminho! É hora de mostrar àqueles iluminados do que somos capazes. — disse Dinamite com sua voz rouca e mórbida.

— Eu não vejo a hora de colocar este plano em prática. — disse Filomena com ares de alegria.

De repente, Filomena olhou para o canto e viu que Fortunada estava quieta, olhando os céus. Ela estranhou sua quietude e o fato de não estar participando da conversa e dos planos contra Penélope.

Naquele instante, Fortunada estava nostálgica, pensando nos espíritos que viveram como seus pais, no reino de Navarra. Ela os amava muito, porém, assim como Filomena, ela se fez distante deles por causa de sua insistência em querer o mal dos outros. Os espíritos que um dia foram seus pais reencarnaram muitas vezes, buscando evoluir e purificar.

Nos últimos tempos, Fortunada vinha sentindo muito a falta deles. Sentia saudades do carinho e amor que eles lhe davam e também sentia falta das palavras de conforto e fé. Pela primeira vez em toda sua existência, Fortunada sentiu dúvidas sobre o caminho que havia escolhido. Já não tinha certeza sobre passar toda a sua existência focada em Marta e em fazer mal a ela. "Quantos anos desperdiçados focando em Marta e sentindo inveja dela... quantos séculos se passaram e eu fiquei aqui estacionada no tempo...", pensou enquanto lágrimas escorreram por seu rosto.

Os pensamentos de Fortunada foram interrompidos por Filomena, que berrava ao seu lado.

— Fortunada! O que está acontecendo com você? Nós estamos aqui, discutindo um plano maravilhoso para destruir Marta e nos divertir com o sofrimento dela e você está sentada aí, quieta, olhando para o nada. Qual o seu problema, sua babaca?

— Desculpe... — disse Fortunada, enquanto enxugava as lágrimas.

— Você pedindo desculpas? O que está acontecendo com você, mulher? Está ficando doida?— perguntou Filomena, surpresa com o jeito da irmã.

Naquele instante, dezenas de espíritos inferiores e malévolos apareceram, atendendo ao chamado de Dinamite. O chefe do grupo pediu a todos que formassem um grande círculo. Assim que todos se juntaram em um grande círculo, Dinamite passou a contar os planos contra Penélope e a dar ordens.

34

O Evangelho no lar

Roy entrou na cozinha e encontrou Dolores, Katie e Ricky sentados em volta da mesa. Dolores estava lendo para eles um trecho de "O Evangelho Segundo o Espiritismo".

— O que você está fazendo? — ele perguntou a Dolores, intrigado.

Surpresa com sua aparição na cozinha, Dolores explicou:

— Desculpe-me, senhor Taylor. Eu costumo ler capítulos do Evangelho para as crianças, todas as noites, com o intuito de ensinar-lhes o que Jesus nos ensinou.

O rosto de Roy ficou vermelho, com raiva. Roy pegou no braço de Katie e disse nervoso a Dolores:

— Pare já com isso! O que é isso de você querer ensinar minha filha sobre essas coisas de feitiçaria? — ele olhou para Katie e disse com firmeza em sua voz: — Querida, vá brincar no seu quarto.

Katie protestou e tentou pedir para ficar.

— Sem mais nem menos. — disse Roy a Katie, sem tirar os olhos de Dolores. — Por favor, vá para o seu quarto. Dolores e eu temos que conversar.

— Vamos, Ricky. Vamos comigo, por favor. — pediu Katie.

Com medo da reação de Roy, Ricky saiu correndo da cozinha, puxando Katie pelo braço.

Assim que as crianças saíram, Roy olhou para Dolores e se desculpou pela maneira como falou com ela na frente das crianças. Dolores ficou calada, ao que Roy continuou:

— Como você sabe, eu não sou religioso. Não acredito em Deus e não quero que minha filha acredite em nada dessas... você sabe... dessas coisas de espíritos.

— Me desculpe, senhor Taylor, eu deveria ter pedido sua permissão para ensinar Katie sobre o mundo espiritual. Eu confesso que, como sabia que o senhor não aprovaria, tomei a decisão de ensinar a ela mesmo assim. Penso que é muito importante para ela, que ainda é tão pequena e sofre tanto com o desencarne da mãe, saber que sua mãe não morreu. Ela vive no mundo espiritual. Eu quero ensiná-la que nós não morremos, nunca. Nós somos espíritos e, como espíritos que somos, vivemos para todo o sempre. Ora aqui encarnados, ora na pátria espiritual.

Com um brilho no olhar, passando muita ternura enquanto falava, Dolores resumiu:

— Mais importante, eu quero ensiná-la a ter fé!

— Em primeiro lugar, não me chame de senhor Taylor. Você já é como se fosse parte de nossa família e pode me chamar de Roy. Além do mais, nós devemos ter praticamente a mesma idade, não precisa me chamar de senhor. — Roy, por um breve instante, parou para admirar a beleza dela. Acostumado a vê-la sempre de uniforme, pela primeira vez notara como ela era bonita. Roy retomou os pensamentos anteriores e continuou: — Em segundo lugar, sim, eu estou muito bravo por você estar ensinando minha filha, que ainda é tão pequena, sobre religião. Uma religião na qual eu, pai dela, não acredito. Eu deixei de acreditar em Deus quando minha mulher morreu e, desde então, não gosto de ouvir nada sobre religião. De qualquer maneira, sabe-se lá que loucuras você vem colocando na cabecinha da minha filha...

Roy falava com muita irritação e sem pensar antes nas palavras que estava dizendo. Naquele instante, Dolores deu passos para trás e ficou de boca aberta, sentida com o que acabara de ouvir.

— O que foi que você acabou de dizer?

Roy arrependera-se do que acabara de dizer. Baixando o tom de sua voz, ele tentou desculpar-se:

— Eu não quis dizer que você está colocando loucuras na cabeça de Katie... digo...

A face de Dolores avermelhara-se. Suas mãos tremiam. Com firmeza em sua voz, ela disse:

— Tenha respeito, senhor Taylor. Katie foi abandonada aqui nesta casa por você e sua esposa, a senhora Green. Ninguém parece se preocupar com ela. Para piorar tudo, sua esposa tem feito muitas maldad... — Dolores parou naquele momento. Ela não queria fazer nenhuma acusação contra Penélope. Ela tinha muito medo de perder o emprego e ter de sair da casa e não poder fazer mais parte das vidas de Katie e Victoria.

— Minha esposa tem feito o quê?

— Nada. Esquece o que eu falei. Estou nervosa e não estou dizendo coisa com coisa. O que eu quero dizer é que o senhor e sua esposa abandonaram a menina aqui e, tudo o que eu venho tentando fazer é olhar por ela. Cuidar dela com amor e carinho.

Dolores estava gritando, alto. Roy tentou falar, mas ela não o deixou. Ela continuou a dizer:

— Sua filha está passando por momentos muito difíceis. Ela perdeu a mãe e depois foi separada dos avós, a quem ela tanto ama. Quando chegou aqui, neste apartamento, ela sequer falava. Todas as noites eu entrava em seu quarto para dar-lhe boa noite, e ela estava lá, chorando na cama abraçada à manta que a mãe tricotou para ela.

Apontando a Roy:

— E você, todo deslumbrado com todo o luxo e riqueza que você encontrou aqui em Nova Iorque, sequer notava que sua filha estava deprimida. Agora o senhor vem dizer para mim que sabe qual a melhor maneira de educar a sua filha?

Dolores parou por um instante e não acreditou que acabara de falar com seu patrão naquele tom de voz. Embora ela tenha se arrependido do jeito como acabara de falar com ele, sabia que ele precisava ouvir tudo aquilo. Lágrimas apareceram em seus olhos e, sem tentar conter suas emoções, Dolores chorou, tentando colocar para fora todos os sentimentos ruins que sentia.

Roy se aproximou bem perto dela e tentou acalmá-la.

— Eu sei que cometi muitos erros. O nascimento de Victoria me ensinou muito. Na verdade, hoje eu entendo muitas coisas que antes não queria entender.

Seus corpos estavam bem próximos que chegaram a se tocar. Movido por um sentimento muito forte, Roy a abraçou com força e muito carinho. Em seguida, ele segurou sua nuca delicadamente e acariciou seus cabelos como quem quer dizer que tudo ficará bem.

O que os dois não notaram foi que, naquele instante, Penélope, intrigada com os gritos de Dolores, fora até a cozinha e estava ali, atrás da porta, espiando os dois. Penélope havia chegado justamente no momento em que Roy abraçara Dolores. Ao ver os dois ali, abraçados um ao outro e Roy acariciando-lhe os cabelos, Penélope foi tomada por uma grande fúria. Ela saiu de trás da porta, sem que os dois dessem conta de sua presença, e voltou ao seu quarto espumando de raiva.

Ainda acariciando os cabelos de Dolores, Roy disse-lhe ao pé do ouvido:

— Desculpe-me por ferir seus sentimentos. Eu não posso negar que não tenho sido um ótimo pai a Katie. Entendo o porquê de você ter tomado a liberdade de ensinar a Katie sem conversar comigo antes.

Sentindo-se muito triste, Roy pausou e respirou fundo. Dolores soltou-se de seus braços, e os dois deram passos para trás, envergonhados pelo momento intímo que acabaram de vivenciar.

— Como você disse, movido pela ilusão de todo este luxo, negligenciei minha própria filha e a deixei de lado. Durante muito tempo, você e o Ricky foram os únicos na vida dela a olhar por ela. Entendo que você fez o que fez pensando no melhor para ela...

Dolores tentou dizer a ele que não era preciso se desculpar mais, porém Roy pôs-se a chorar. Sem deixar ela falar, continuou:

— Eu agora me arrependo de muitas coisas, mas meu maior arrependimento é o de ter deixado minha filha de lado. Fui egoísta durante todo esse tempo e coloquei meus sentimentos e caprichos em primeiro plano, sem me preocupar com minha filha, que tanto precisava do meu apoio. No outro dia, quando descobri que Katie fala espanhol fluentemente, me senti tão orgulhoso dela, porém, ao mesmo tempo, me senti muito mal.

Mais e mais lágrimas corriam no rosto de Roy. Linda, invisível aos dois, estava ali presente, assistindo à cena. Ele continuou:

— Eu me sinto mal por ter sido um pai tão ausente. Eu a deixei de lado quando ela mais precisava de mim.

— Nós todos cometemos erros, mas devemos aprender com eles e não cometê-los novamente no futuro. Ainda é tempo de você reparar os erros cometidos com sua filha e fazê-la sentir-se amada e protegida. E agora você tem uma nova filha, que precisa ainda mais do seu amor e da sua dedicação, Roy. — Linda disse a Roy suavemente. — Roy, aprenda com o passado para que você possa fazer um futuro melhor, mais feliz.

Embora Roy não pudesse ouvi-la, sua alma pôde senti-la e captar tudo o que dissera. Logo após Linda dizer aquelas palavras, Roy acalmou-se. Ele sentou-se em uma cadeira próxima, que estava ao lado da mesa.

Dolores foi até a geladeira e pegou uma jarra com água. A jarra continha a água que Dolores fluidificara de manhã. Todas as manhãs, uma das primeiras coisas que Dolores fazia, após despertar, era encher a jarra com água. Após enchê-la, Dolores colocava as duas mãos sobre a jarra e orava a Deus e aos espíritos protetores. Ela encheu um copo com a água e, então, ofereceu a Roy, dizendo:

— Todas as manhãs, encho esta jarra com água e oro, com fervor, a Deus todo poderoso pedindo que abençoe este líquido. Peço a Ele que encha o corações de todos aqueles que beberem desta água com todo o seu amor e que assim tenham paz, encorajamento e amor. Por favor, beba desta água e tenho certeza de que logo irá se sentir melhor.

Roy segurou o copo por instantes, sem beber, e depois o colocou sobre a mesa. Ele ainda se sentia muito triste.

Dolores abaixou-se e, ficando frente a frente com Roy, o abraçou. Os dois ficaram abraçados por alguns instantes. Quando Roy sentiu-se mais calmo, Dolores pegou o copo com a água fluidificada que Roy colocara em cima da mesa e deu novamente a ele.

Roy bebeu da água e, no mesmo instante, foi tomado por um sentimento diferente.

— O que aconteceu? — perguntou Dolores.

— De repente me senti como se já tivesse vivenciado esta cena antes.

— Que cena?

— É como se eu já tivesse vivenciado exatamente o mesmo momento. Eu aqui sentado na cozinha, não me sentindo bem e sendo amparado. Até a cena de tomar um copo de água abençoada...

— Fluidificada. — Dolores o corrigiu gentilmente.

— Perdão, digo, fluidificada. Até esta cena de receber o copo com água me veio à mente como se eu já a tivesse vivenciado antes. Não consigo explicar...

Roy estava certo. Seu subconsciente acabara de recordar, brevemente, da experiência que vivenciou no Reino de Navarra, no século XV. Na ocasião, Roy, que vivera como Enrique, agoniado, recebera água fluidificada de sua filha, Carmen, seguida de um abraço carinhoso.

— Você está certo. Quando presenciamos momentos que chamamos de "déjà vu", estamos, na verdade, relembrando acontecimentos de vidas anteriores.

— Não entendo. Você quer dizer que o que acaba de acontecer já tinha acontecido antes?

— Pode ser que sim. Pode ser que você já tenha vivido uma experiência igual em algum outro momento de sua vida. Se não nesta encarnação atual, em outra. Pense que nós somos todos espíritos e estamos vivos há milhares de anos. Estamos em um contínuo processo de evolução e, então, encarnamos e desencarnamos muitas vezes na Terra para nossa evolução.

Roy, calado, pensava no que Dolores acabara de lhe dizer.

Dolores continuou:

— Já é tempo de você deixar de se preocupar tanto com as coisas materiais e passar a viver sua vida focado no amor e na sua evolução espiritual. Foque coisas boas e positivas, Roy, especialmente agora, foque no que você tem de mais importante em sua vida, que é o amor de suas filhas.

— Desculpe-me, não consigo acreditar que minha esposa morta está viva em algum mundo espiritual, ou pensar que os mortos estão vivos como espíritos, como você acredita... É tudo muito surreal para mim. Para mim os mortos estão mortos e ponto final.

Roy levantou-se da cadeira e seguiu até a porta da cozinha. Ele desejou a ela uma boa noite e, antes que deixasse a cozinha, Dolores pegou um dos livros que estava na mesa e entregou a ele, dizendo:

— Eu entendo que é tudo muito novo para você, e talvez muito confuso. Por favor, peço que dê a si mesmo uma chance e leia este livro. Este livro chama-se "O livro dos espíritos", por Allan Kardec, e explica muito sobre tudo o que acabei de lhe dizer e explica muito mais. Neste livro, você irá aprender muito sobre o mundo espiritual e sobre os estudos que Allan Kardec fez nos anos 1800 e, então, perceber que está errado em acreditar que nossa vida termina com a morte do nosso corpo físico. Sua esposa não está morta, simplesmente porque nós nunca morremos, Roy. Nós somos espíritos e, como espíritos, somos infinitos.

Roy aceitou o livro de Dolores e agradeceu. Dolores aproveitou aquele momento para convidá-lo a visitar a casa espírita que ela frequentava. Ela disse a ele que a próxima reunião seria na próxima segunda-feira e que gostaria muito que ele a acompanhasse.

— Vou pensar no assunto. Por enquanto, gostaria de pedir a você mais uma vez que dê um tempo com suas lições espirituais a Katie. Eu não quero ser mal-educado com você ou desrespeitoso. Porém, por enquanto, gostaria de poder estudar um pouco e entender mais deste assunto antes que minha filha aprenda mais... você entende...

Notando que Roy tentava ser educado e não ferir seus sentimentos, Dolores não se sentiu insultada, ao contrário, disse a ele que entendia seu pedido e iria respeitá-lo. Com muita delicadeza e carinho em sua voz, ela pediu mais uma vez que ele considerasse o seu convite de visitar a casa espírita com ela. Dolores ainda pediu para que ele convidasse Penélope.

Ela tinha um jeito tão gracioso e gentil, que Roy não conseguia dizer não. Ele, então, respondeu com um tom calmo em sua voz:

— Eu não acredito que Penélope irá aceitar, mas, quanto a mim, prometo pensar com muito carinho em seu convite.

*****

Depois de ver Roy abraçando Dolores, Penélope correu até seu quarto e lá ficou trancada. Na penumbra do quarto, Penélope alimentava sua raiva com a memória da cena que presenciara momentos antes.

— Isso não pode estar acontecendo. Não... não é possível — ela dizia a si mesma. — Ela é apenas uma empregada doméstica. Roy não ousaria me trair com uma empregadinha...

Filomena, ao lado de Penélope, atormentava seus pensamentos com gargalhadas e deboches.

— Você está muito feia, Penélope. Roy não te deseja mais. Ninguém nunca mais irá te desejar. Agora ele está apaixonado pela empregada. Ela, sim, é linda. Tem a pele bonita, morena, é jovem e esbelta. Olhe para você! — debochou. — Você perdeu toda a sua beleza. Você já era!

Naquele mesmo instante, Penélope correu para o banheiro em seu quarto e, com suas mãos tremendo, abriu um pote de creme hidratante para o rosto e colocou quase todo o conteúdo de creme que tinha no pote no rosto. Ela massageou o creme no rosto com força. Esfregava sem parar o creme em todo o rosto, querendo mudar sua imagem. Logo em seguida, Penélope começou a se maquiar usando todos os produtos de maquiagem que tinha dentro do armário do banheiro. Encarando-se no espelho do banheiro, ela segurou o lado esquerdo do rosto e puxou para cima, tentando fixar o rosto de volta como era antes de ter sofrido o aneurisma. Cada vez mais frustrada, segurava a pele, que continuava a cair toda vez que ela soltava. Ao seu lado, invisível a ela, os espíritos malévolos riam alto e a insultavam. Penélope foi rapidamente tomada pela ira.

— Eu não posso deixar ele me trair deste jeito. Eu não posso deixar que isso aconteça. O que vai ocorrer comigo se isso acontecer? Imagina o que os outros irão falar se descobrirem que eu fui largada por ele?

Penélope pegou o pote de hidradante que estava sobre a pia do banheiro e arremessou com extrema violência contra a parede. O pote, que era feito de vidro, estilhaçou-se em vários pedaços. Ela sentou-se no chão, em volta aos cacos de vidro do pote de hidratante, chorando, desesperada, puxou os cabelos com força enquanto as entidades que a cercavam riam alto, saboreando o seu desespero.

Filomena abaixou-se, ficando no mesmo nível que Penélope, e então disse a ela:

— Você tem que dar um jeito de livrar-se de Dolores... livre-se de Dolores...Você tem que matá-la. Esta será a única maneira de você segurar o Roy do teu lado. Mate-a!

35

O amor floresce

DIAS se passaram na Terra. Roy estava cada vez mais focado em cuidar de suas filhas, Katie e Victoria. Ele continuava a se esforçar para ser um pai dedicado e amoroso. Passou a sair do trabalho mais cedo para poder chegar em casa e passar mais tempo com as filhas. Todas as tardes, quando chegava do trabalho, Roy liberava a babá Lauren e, com a ajuda de Dolores, cuidava de Victoria e Katie. Com dedicação e paciência, ajudava Katie nos deveres de casa que trazia da escola e até arrumava tempo para brincar com ela e Ricky. A alegria que sentia quando estava ao lado das crianças alimentava sua alma com uma energia que lhe dava ainda mais forças e motivação.

Quando Roy começou a passar mais tempo com as crianças, automaticamente ele passou a ficar mais ao lado de Dolores. Juntos, Dolores e Roy devotavam muito tempo às crianças, e dedicavam momentos ainda mais especiais à bebê Victoria, dando a ela muito amor e fazendo com que ela se sentisse amada e protegida a todo tempo.

Roy parou de comer sozinho na mesa de jantar, já que Penélope, quem antes o acompanhava, insistia em não sair do seu quarto, e passou a juntar-se a Dolores e às crianças na mesa da cozinha.

Aos fins de semana, todos iam ao Central Park, onde faziam animados piqueniques e jogavam jogos.

A princípio, Roy não entendia o que estava acontecendo com seus sentimentos. A cada dia que passava, ele simplesmente não conseguia deixar de pensar em Dolores. Admirava o jeito carinhoso e amoroso com o qual ela cuidava das crianças. Também admirava sua graciosidade e a positividade com a qual levava a vida. Sorrindo, Dolores estava sempre animada e carregando consigo uma alegria especial que contagiava todos à sua volta. Muitas vezes, ele a surpreendeu enquanto dançava, sozinha, contente e alegre pela casa. Sem saber que era vigiada, Roy a admirava com muito brilho em seu olhar.

Em uma noite, sentado em sua poltrona de couro favorita, com um livro nas mãos, ele encontrava muita dificuldade em concentrar-se na leitura. Dolores não saía de sua mente. O seu sorriso, sua voz alegre e sua fisionomia não saíam de seu pensamento. Naquele momento, ele descobriu que estava completamente apaixonado por ela.

36

A casa espírita

ROY passou a estudar as obras de Allan Kardec todas as noites. Após colocar as crianças para dormir, Roy aconchegava-se em sua poltrona no escritório do apartamento com uma xícara de chá ao lado, lia página por página dos livros de Kardec com muito interesse. Ao seu lado, invisíveis a ele, espíritos de luz o inspiravam com pensamentos e o guiavam a ler determinadas páginas que o ajudariam com palavras de conforto e alento para seus problemas atuais.

Depois de algumas semanas, Roy finalmente aceitou o convite de Dolores para visitar a casa espiríta que ela frequentava. Sua decisão fora em parte pelo fato de querer conhecer mais sobre a doutrina espírita, porém sua maior vontade era a de passar mais tempo ao lado de Dolores e a conhecer melhor.

Quando chegaram em frente à porta da casa, eles logo foram recebidos por uma senhora muito alegre, que os cumprimentou com um sorriso enorme e muita cordialidade. Ela deu um forte abraço em Dolores e, logo em seguida, cumprimentou Roy.

— Olá, meu nome é Amelie.

— Olá Amelie, meu nome é Roy, prazer.

— Muito prazer, Roy, seja muito bem-vindo à nossa casa.

Eles entraram na casa e foram logo convidados a sentar-se. A sala onde estavam tinha móveis bem neutros. Os frequentadores da casa já estavam sentados. Roy e Dolores tomaram seus lugares.

Amelie iniciou a reunião pontualmente. Com um leve sotaque francês, ela deu boas-vindas a todos e, pedindo que os presentes elevassem seus pensamentos a Deus, deu início à reunião com uma prece.

Todas as semanas, enquanto as reuniões espíritas aconteciam na casa de Amelie, espíritos benfeitores trabalhavam, atendendo não apenas os encarnados que ali estavam, mas também os espíritos sofredores que vagavam pela crosta terrestre.

Invisível aos humanos, uma longa fila composta por espíritos sofredores se formou do lado de fora da casa. Os espíritos eram atendidos um por um. O primeiro espírito a ser atendido naquela noite foi um espírito com a fisionomia de uma jovem garota. Ela se aproximou do espírito benfeitor à sua frente e contou sua história:

— Perdão, senhor. Meu nome é Gabrielle e resolvi procurá-los aqui neste centro espírita porque coisas estranhas estão acontecendo comigo. Meus pais e eu sofremos um acidente de carro e eu me recordo que sofri ferimentos muito graves. Quando acordei, estava em um hospital, rodeada de enfermeiras e doutores. Eu acordei com uma forte dor de cabeça e me sentindo muito confusa. Os enfermeiros tentaram me acalmar, mas eu fiquei muito nervosa porque não queria ficar naquele lugar. Tudo o que eu queria era sair daquele lugar e ir para junto dos meus pais. Eu então saí do hospital correndo e corri bem rápido, sem parar, para bem longe de lá, desesperada para encontrar meus pais. O problema é que não consegui encontrá-los.

Gabrielle passou a falar bem baixo para que ninguém ao seu redor pudesse escutá-la e continuou:

— Acho que eles estão mortos e... agora eu posso escutá-los. Consigo ouvir minha mãe chorando o tempo todo e chamando meu nome. Ela soa tão triste... e, toda vez que ela chora, eu fico muito triste e começo a chorar também. Fico tão frustrada por não poder vê-la. Eu conversei com uma mulher que encontrei hoje pela manhã sobre minha situação e ela, então, me indicou esta casa espírita.

Marcos, o espírito benfeitor que atendia Gabrielle, a olhou com muita ternura e, com um tom de voz bem suave, disse:

— Gabrielle, minha querida. Você tem vagado pela Terra por muitos anos, mas continua se escondendo da verdade. Você sabe, na verdade, o que aconteceu no dia daquele acidente de carro que você e seus pais sofreram. Seu pai e sua mãe foram os únicos a sobreviver ao acidente. O seu corpo físico morreu naquele mesmo instante e você, então, retornou à sua pátria espiritual.

Marcos notou que ela estava prestes a chorar. Segurando suas mãos, ele continuou:

— Não se sinta mal. Não existe nada de errado com você, você não está morta, Gabrielle. Você vive como sempre viveu desde o momento de sua criação. Agora, você tem que aceitar que precisa deixar a Terra e ir para uma colônia espiritual. Lá você irá reencontrar seus avós e outros amigos queridos a quem você não vê há muito tempo. Lá você receberá lições sobre o mundo espiritual e entenderá melhor sobre a sua nova condição. Não tente se esconder da verdade, pois isto apenas irá atrasar o seu progresso e causar a você ainda mais sofrimento.

Gabrielle pôs-se a chorar desesperadamente e perguntou:

— Por que minha mãe chora tanto, chamando meu nome? Eu sinto tanta pena dela...

— Sua mãe chora porque ela não quer acreditar na vida após a morte do corpo físico. Para ela, você não existe mais, está morta.

E, por pensar assim, ela sente muita dor. Se ela soubesse da verdade, de que nós nunca morremos, mas sim passamos para um outro plano, ela não chamaria por você. Pois, assim, ela entenderia que, toda vez que chora, chamando o seu nome, isso te faz mal. Venha comigo. Vou te levar para uma colônia espiritual. Lá você irá receber toda a assistência e ajuda de que necessita.

— Eu tenho medo. — disse Gabrielle ainda chorosa. — Tenho medo de ir para a colônia e ficar presa lá, perdendo minha liberdade e não podendo retornar mais.

— Lá será, temporarimante, o seu novo lar e não uma prisão. Nós somos todos livres. Todos gozamos do livre arbítrio. Mas tenho certeza de que, assim que conhecer a colônia, você irá se sentir rodeada de muita paz e harmonia. Irá se sentir envolvida por vibrações de amor e nunca mais vai querer deixar a colônia.

Após ouvir as palavras finais de Marcos, Gabrielle fez um sinal com a cabeça concordando com ele. Ela já se sentia fragilizada demais, depois de passar tanto tempo vagando pela Terra. Marcos segurou sua outra mão e, naquele mesmo instante, a levou para uma colônia espiritual onde os avós dela a aguardavam.

Os outros espíritos benfeitores continuaram atendendo os espíritos sofredores que faziam fila. Depois de quase uma hora atendendo todos os espíritos, quando a sessão já estava quase ao fim, o espírito benfeitor Nathaniel chamou a última da fila.

— Olá, irmã. Meu nome é Nathaniel. Como posso ajudá-la?

Era Fortunada quem o procurava. Ela tremia muito. Tinha medo de que fosse vista por alguém do bando de Dinamite.

— Meu nome é Fortunada. Tenho que ser rápida antes que eles descubram que estou aqui. Primeiro eu queria dizer que eu não sou má.... eu juro que não sou uma mulher má... — ela disse rápido.

— Por favor, irmã, acalme-se! — pediu Nathaniel. Com um tom suave, ele falou: — Por favor, me diga como posso ajudá-la.

Ela estava muito agitada. Continuava olhando para os lados com medo.

— Eu tenho muito medos deles, sabe? Tenho muito medo, mas decidi que não posso mais viver deste jeito.

— Vou ajudá-la. Por favor, acalme-se e me diga, claramente, o que está acontecendo.

— Eles estão planejando matar Dolores. Irão acabar com a vida dela aqui na Terra apenas para poderem continuar a atormentar Marta. Sabe, eles têm muita inveja da Marta. Confesso que também tive muita inveja dela no passado. Dediquei toda a minha existência a fazer mal a Marta. Sentia prazer em fazê-la sofrer. Toda vez que algo de ruim acontecia a ela, eu ficava feliz, como se fosse uma vitória para mim. Mas... isso já passou. Não sinto mais este prazer. Hoje eu olho para trás e percebo que não atingi nada com isso. Tudo o que eu fiz na minha vida até hoje foi focar nela, focar na vida dela. Eu passei toda a minha existência obcecada por ela.

Fortunada respirou fundo. Com lágrimas escorrendo em seu rosto, ela continuou:

— Hoje eu sei que toda essa obsessão por ela, todo o mal que eu fiz e também desejei a ela, apenas atrasaram a minha evolução espiritual. Eu quero mudar minha vida. Quero fugir de perto deles... Filomena, Dinamite e todo o bando. — ajoelhou-se. — Por favor, me leva com você.

— Não posso levar você agora, mas prometo te dar toda a assistência necessária para te ajudar a sair desta situação que você criou para si mesma.

— Você está me negando ajuda? Por que não me leva agora?

— Não estou negando ajuda a você, Fortunada. Pelo contrário, eu estou te dizendo que vou te ajudar, assistindo e trabalhando com você para encontrar um jeito de sair desta situação. Suas próprias ações criaram o universo onde você vive agora. Primeiro você tem que mudar em si mesma a forma como pensa e age. Mude suas ações para com os outros à sua volta, mentalize o bem e pratique-o e, então, as portas para uma vida de felicidades se abrirão para você.

Fortunada manteve a cabeça baixa, refletindo sobre tudo o que Nathaniel dizia. Ele continuou:

— Continue orando com muita fé, pois, assim, você irá iluminar o teu caminho até sair da escuridão que criou para si mesma. Eu estarei ao seu lado. Juntos, temos que ajudar Dolores e todos aqueles que podem vir a ser vítimas de Dinamite, Filomena e seu bando. Por favor, me conte mais sobre o plano deles...

— Eu tenho muito medo deles. — ela disse, enquanto caminhava para trás preparando-se para fugir.

— Eu sei que você tem medo deles, Fortunada, mas precisa ter coragem para lutar pelo bem. Ore a Deus, peça a Ele que proteja Dolores e todos aqueles que estão prestes a se tornar vítimas daqueles espíritos perversos.

Fortunada pôs-se a correr. Ansiosa e com muito medo, ela disse em voz alta:

— Tenho que ir, me desculpe.

— Ore com fé e logo você será iluminada em seu caminho, para deixar as trevas em que se encontra. — Nathaniel disse a ela.

Naquele mesmo momento, dentro da casa, Amelie encerrava a reunião daquela noite. Ela já havia agradecido aos espíritos mentores da casa pela proteção e pelas boas vibrações durante a sessão daquela noite. Todos os presentes levantaram-se e foram socializar uns com os outros, além de conversar sobre os ensinamentos aprendidos naquela sessão.

Amelie se aproximou de Dolores e Roy, que estavam sentados no sofá. Os dois estavam apreciando o chá de ervas que um dos voluntários que trabalhavam com Amelie tinha preparado.

— Olá, Roy. Gostaria de me apresentar propriamente. Quando vocês chegaram, nós já estávamos prontos para começar a sessão e, então, não pude me apresentar apropriadamente.

— Não se preocupe, senhora Amelie. Dolores já tinha me falado muito sobre a senhora e sobre a casa. Obrigado por me receber aqui com tanto carinho.

— Imagina, o prazer é nosso. A nossa casa está aberta a todos.

— Amelie, por favor, conte a sua história para Roy. Eu acho tão bonita e inspiradora. Tenho certeza de que fará bem a ele conhecer a sua história de superação e fé.

— Claro, querida. — Amelie respondeu. Ela ajeitou a armação dos óculos, que cismava em correr pelo nariz e então narrou sua história: — Eu estudo as obras de Allan Kardec desde que era uma jovem adolescente. Ainda vivia no Sul da França quando descobri seus livros e seus estudos. Na mesma época, conheci o amor da minha vida, John, quem viria a ser meu marido anos depois. John era americano, nascido em Nova Iorque. Alguns anos depois de nos casarmos, decidimos nos mudar para sua terra natal. Assim que chegamos em Nova Iorque e montamos nossa casa, descobri que estava grávida. Nós tivemos um filho, a quem chamamos de Philip. Nosso lar tinha muita harmonia e amor. Éramos muito felizes, sabe?

Naquele momento, seus olhos encheram-se de lágrimas. Amelie logo enxugou-as e continuou narrando:

— Meu marido, John, trabalhava em Downtown[2] como porteiro de um daqueles arranha-céus, bem altos da cidade. Eu costumava trabalhar dando aulas particulares de francês para ganhar um dinheiro extra e poder ajudar nas despesas da casa. Nós nunca fomos ricos, mas tínhamos muito amor e sempre nos bastou. Certo dia, John deu de presente de aniversário ao nosso filho, Philip, ingressoss para assistir ao jogo de beisebol. Philip era, assim como o pai, muito fã dos Yankees e sempre quis ir assistir ao seu time

---

[2] Em cidades norte-americanas e canadenses, Downtown refere-se ao coração de uma cidade, onde geralmente situa-se o centro financeiro da cidade. O significado do termo deve-se à analogia com o traçado da cidade de Nova Iorque, em que Downtown foi inicialmente usado para fazer menção à cidade original situada na ponta Sul da ilha de Manhattan.

jogar. Quando Philip fez oito anos de idade, demos a ele de presente ingressos para assistir ao jogo. John e Philip, então, saíram, durante a tarde de sábado, para assistir ao jogo.

Mais lágrimas escorreram pelo seu rosto, mas, como tinha feito anteriormente, ela logo tratou de enxugá-las.

— Depois de terminado o jogo, quando eles estavam no caminho de volta para casa, foram abordados por um rapaz. O rapaz estava totalmente fora de si, intoxicado com drogas pesadas, queria dinheiro e, então, os assaltou. Pelo que sei, John, meu marido, foi pegar a carteira dentro do bolso, e o rapaz, alucinado, sacou uma faca. Ele, provavelmente, pensou que meu marido estava sacando uma arma, não sei ao certo. Só sabemos que o rapaz esfaqueou, ali no meio da rua, meu marido e meu filho. Meu pequeno Philip desencarnou ali mesmo, na hora. John foi levado a um hospital, mas acabou desencarnando algumas horas depois. Há vinte e cinco anos, eu perdi os dois grandes amores da minha vida. Meu mundo desabou. Eu perdera minha família sem aviso prévio, em questão de horas, meus dois grandes amores se foram e eu fiquei só. Embora eu conhecesse a doutrina espírita e acreditasse na vida após a morte do corpo físico, aquele tinha sido um golpe duro demais para mim. Sofri muito. Eu simplesmente não sabia como lidar com a perda dos meus amores. Philip era uma criança, tinha apenas oito anos de idade. Eu pensava ser uma grande injustiça ter de sofrer, como mãe, a perda de um filho tão pequeno, mas também, como esposa, a perda do meu companheiro.

Dessa vez ela deixara as lágrimas correrem pela face. Naquele momento, ela pensou em John e Philip. Com amor, ela enviou a eles pensamentos de amor, dizendo que os amava, mas que estava bem, que não se preocupassem com ela. Após o curto momento em silêncio, ela continuou:

— Demorou alguns anos para retornar a minha vontade de viver. Voltei à universidade e fiz o curso de Secretariado. Me dediquei muito aos estudos. Eu me formei e, então, arrumei um trabalho como secretária bilíngue. Consegui um trabalho durante a noite como voluntária em um orfanato. Durante o dia, me dedicava ao trabalho como secretária e, durante a noite, trabalhava no orfanato cuidando de crianças abandonadas. De repente, o trabalho diário ajudou a preencher aquele espaço em meu coração que eu julgava vazio. Na mesma época, retomei meus estudos sobre a doutrina espírita. Voltei a ter amor pela vida. Todo o vazio que eu antes sentia por não ter John e Philip perto de mim foi preenchido por muito amor. Quanto mais me doei àqueles que precisavam de ajuda e, quanto mais caridade eu fazia, mais me sentia tomada por um amor intenso.

Invisível a eles, Linda conversava com Peter, que lhe contava o que Fortunada lhe havia dito momentos antes.

— Podemos inspirar Amelie e passar-lhe a mensagem para que avise Roy e Dolores?

— Não podemos. Neste momento não nos foi dada permissão para que os avisemos. Seja lá o que esteja por vir, é porque está nos planos de Deus. As únicas mensagens do plano espiritual permitidas a chegarem aos encarnados são aquelas que não irão desviá-los de suas provações e desenvolvimento. O que parece um castigo ou uma situação de sofrimento é apenas uma lição, necessária para o aprendizado do encarnado.

37

Atormentada

NO APARTAMENTO de Penélope, as irmãs, Filomena e Fortunada, junto com os outros espíritos malévolos e Dinamite, estavam em volta de Penélope. Com exceção de Fortunada, todos os espíritos passaram a intensificar as vibrações obsessivas a Penélope. Formando um círculo ao seu redor, eles diziam a ela:

— Você realmente acredita que Roy e Dolores foram a uma casa espírita, sua boba? Não seja ingênua, Penélope. Já é tarde da noite e, com certeza, eles estão se amando em algum lugar da cidade. Estão te traindo pelas costas.

Filomena gargalhava perto do ouvido dela enquanto dizia:

— Olhe no espelho. Veja como você está feia. Você acha que algum homem irá te amar agora que você perdeu sua beleza e está com o rosto todo deformado? Roy está lá com Dolores, ambos rindo da sua feiura pelas suas costas. Dolores é esbelta e linda, sua pele é morena, do jeito que Roy gosta. Você não tem chances de competir com ela.

Eles continuaram emanando pensamentos malévolos a ela, alimentando sua desconfiança e sua ira.

"Eu tenho que me livrar daquela empregada." — pensou Penélope, enquanto socava o colchão.

— Sim. — disseram os espíritos à sua volta. — Você tem que se livrar dela. Ela está, pouco a pouco, se apoderando da sua vida. Ela começou com as crianças e agora está tomando o seu marido.

— Eu vou matar aquela mulher! — ela pensou em voz alta com uma aparência muito perturbada.

Penélope alcançou a sua bolsa de maquiagem que estava ao lado da cama. Tentou, então, se maquiar com muita dificuldade. O seu lado esquerdo estava cada vez mais paralisado, tornando cada vez mais difícil para ela mover seu braço esquerdo. Penélope chorava de ódio. Sua mão tremia muito enquanto tentava aplicar o batom vermelho nos lábios. De repente, sua mão tremeu ainda mais, escorregou e ela acabou aplicando o batom no queixo e em parte do pescoço.

Com raiva, ela rabiscou o rosto todo com o batom e, ao final, jogou o batom longe. Filomena, Dinamite e os outros espíritos gargalhavam ao seu redor. Com muito sarcasmo, continuavam incentivando-a a assassinar Dolores.

— Eu vou matá-la! Matar! ...Vou matar aquela empregadinha que quer me fazer de otária! — Penélope não conseguia conter seu ódio e não conseguia pensar em algo mais que não fosse assassinar Dolores.

— Nigel... peça ao Nigel para te ajudar. Ele conhece alguém que poderá lhe fornecer um veneno para você matar a empregadinha. — Filomena disse a Penélope. Ela a inspirava, por meio de pensamentos, um plano de assassinato.

*****

Dias se passaram. Roy e Dolores se tornaram ainda mais próximos, causando muito mais ciúmes em Penélope. Durante todo aquele tempo, os espíritos malévolos intensificaram as ideias obsessivas de Penelélope. Eles a atormentavam vinte e quatro horas por dia.

Certa noite, trancada em seu quarto escuro, Penélope dormia um sono profundo. No mundo espiritual, Dinamite a pertubara em um encontro que, para ela, parecia ser um pesadelo. No encontro, Dinamite vestia um capuz negro e dizia a ela para que ligasse a televisão no noticiário. Ele repetiu a mesma frase até que ela acordou e retornou à realidade. Imediatamente após acordar, Penélope pegou o controle remoto da televisão e ligou a televisão do quarto. Naquele momento o noticiário mostrava o caso de uma famosa atriz mexicana, que teve as suas refeições e as refeições de seu marido e filhos envenenadas por sua assistente. A atriz e seus familiares foram parar no hospital com grave intoxicação e queimadura no estômago e quase morreram. Depois de muito investigarem, os policiais descobriram que a assistente pessoal da atriz envenenava toda a família pouco a pouco, todos os dias. A assistente confessou o crime e entendeu-se que o motivo que a levou a cometer tal crime foi a inveja que sentia da patroa.

Filomena e os outros espíritos, naquele momento, disseram a Penélope que copiasse o plano da assistente. Embora ela não os pudesse ver ou ouvir, seus pensamentos assimilaram as vibrações dos espíritos e ela passou a formular o plano.

Penélope não perdeu tempo. Naquele mesmo instante, telefonou para Nigel e pediu que ele a visitasse no dia seguinte. Ela disse a ele que a procurasse no horário de sempre, logo após Roy sair para o trabalho. Ela iria, então, pedir a ele que conseguisse a substância venenosa que precisava para seu plano.

*****

Dias depois, Nigel chegou cedo ao apartamento de Penélope. Como era de costume, ele esperou Roy deixar o prédio rumo ao trabalho para subir até o apartamento. Com medo de que ele fosse visto, Penélope esperava por Nigel já na porta de entrada, para levá-lo apressadamente até o seu quarto. Após trancar a porta do quarto, ordenou que ele entregasse o pequeno pacote que tinha em suas mãos. Ela até tentou tomar de suas mãos, porém ele foi mais rápido e desviou-se dela.

— Ei... vai com calma... não tão rápido. — ele disse enquanto enfiava o pequeno pacote de volta ao bolso do seu paletó. — Antes que eu te passe a substância, você tem que me dar o dinheiro.

Penélope abriu a gaveta de sua penteadeira e, de dentro, retirou um envelope com o dinheiro prometido. Ela, então, tremendo de euforia, estendeu o braço na direção dele e entregou-lhe o envelope.

"Meu Deus... parece que ela está cada vez mais louca. Olha o estado dela! Como pode alguém se deteriorar tão rápido?", ele pensou, enquanto recebia o envelope. Ele abriu o envelope e contou todo o dinheiro para conferir o valor total. Após certificar-se com relação ao valor pago, Nigel retirou o pacote do bolso do paletó e entregou a ela.

Penélope beijou o pacote e rapidamente tratou de abri-lo, encontrando pequenos tubos de ensaio que continham a substância dentro.

Nigel chegou bem perto dela e passou a beijar-lhe o pescoço. Sussurrando em seus ouvidos, ele perguntou:

— Posso saber o que você irá fazer com isso? — no mesmo instante em que ele beijava seu pescoço, pensava dissimuladamente: "Espero que você ingira cada um destes frascos e morra, sua idiota!"

— Decidi que vou matá-la! Vou matar aquela empregada que está tentando se apoderar da minha vida. — sem tirar seus olhos dos frascos com a substância, ela continuou: — Tudo o que eu quero é destruir ela!

Sem levar a sério, Nigel perguntou com sarcasmo em seu tom de voz:

— E eu posso saber como você planeja fazer isso? Por acaso você pensa em forçar garganta abaixo?

— Não seja estúpido. Ninguém irá saber que fui eu. — com um certo ar de loucura, ela passou a falar bem baixo: — Eu sei que ela bebe de uma garrafa de água que ela guarda dentro da geladeira. Parece que ela faz uma oração e depois bebe da água. É como se fosse uma água benzida, sei lá. O meu plano é envenenar a água da garrafa sem que ninguém me veja.

— E como você irá fazer para que ninguém a veja, posso saber?

— Eu já pensei em tudo. Em primeiro lugar, tenho que fazer com que Roy tenha que viajar a trabalho para algum lugar bem longe. Então, depois que ele tiver viajado, com cuidado, envenenarei a garrafa.

Fingindo estar interessado, Nigel a ouviu contar seus planos com detalhes e, após ela terminar, ele disse:

— Você pode contar comigo. Hoje, assim que chegar na empresa, irei organizar uma reunião em nosso escritório em São Francisco, na Califórnia, com todos os acionistas. Como Roy está representando você, que está afastada da empresa, terá, então, que viajar até lá para participar da reunião.

— Perfeito! Agora vá correndo ao escritório e trate de arranjar uma desculpa para agendar essa reunião o mais rápido possível. — Penélope começou a sentir uma forte tontura e, imediatamente, foi até o cofre que estava localizado atrás de um quadro na parede e colocou o pacote com os frascos dentro do cofre. Logo em seguida, sentou-se na cama e disse:

— Meus comprimidos para dormir estão fazendo efeito. É melhor você ir, pois eu já estou quase dormindo. Vai... vai, embora.

Nigel, que estava perto da porta do quarto, pronto para sair, tirou do bolso um maço de papéis que estava dobrado e uma caneta. Desdobrando o maço de papéis, Nigel pediu a ela que assinasse os documentos.

Quase não conseguindo falar, Penélope perguntou a ele do que se tratavam os papéis.

— Estes são alguns contratos de renovação de aluguel... nada importante. Sabe aquelas propriedades antigas que seu pai deixou em Nova Jersey? Aquela burocracia de sempre...

Com as mãos bastante trêmulas, Penélope assinou os papéis com bastante dificuldade e, antes de cair em um sono profundo, ela disse:

— Eu me recordo que você me deu alguns contratos na última vez que esteve aqui...

— Ah, não. Estes são documentos de outras propriedades. — e assim que ele certificou-se de que ela havia caído em sono profundo, mostrou o dedo do meio a ela.

— Sua idiota! — conferindo as assinaturas. — As assinaturas estão um pouco trêmulas, mas está bem. — ele disse a si mesmo em voz alta, antes de deixar o quarto.

Depois que Nigel deixou o apartamento, os espíritos malignos se reuniram na zonas trevosas para contar a Dinamite a novidade. Em êxtase, eles contaram a ele que Nigel havia entregado o veneno a Penélope, que, em breve, iria finalizar o plano e envenenar Dolores. Dinamite ordenou a eles que prestassem atenção em todos detalhes, pois nada poderia dar errado no plano.

Filomena estava muito contente. Dedicara toda sua existência a causar mal a Marta, que agora vivia como Penélope, e, cada plano maligno, com intuito de causar sofrimento e infelicidade a ela, era motivo de celebração e felicidade.

Dinamite ordenou que o grupo se separasse. As irmãs Filomena e Fortunada deveriam ficar a todo momento ao lado de Penélope, atormentando os seus pensamentos, e os outros espíritos foram ordenados a seguir Nigel e fazer com que ele seguisse os planos sem nenhum erro.

38

O envenenamento

TUDO estava indo de acordo com o planejado. Como Penélope havia requisitado, Nigel organizou a reunião com os acionistas na cidade de São Francisco, na Califórnia, aonde Roy precisou ir como representante de Penélope. Roy tentou mandar outra pessoa em seu lugar, pois não queria viajar e ficar longe das crianças, porém Penélope insistiu, dizendo que era uma reunião muito importante e ele deveria ir. Embora contra a sua vontade, Roy acabou acatando o seu pedido e aceitando viajar milhares de quilômetros até São Francisco.

Penélope tinha preparado tudo com muito cuidado. No dia que Roy viajou, ela acordou bem cedo, colocou luvas de látex para que não ficassem impressões digitais nos frascos que continham o veneno e espreitou por detrás de uma das portas que davam para a cozinha. Ela, então, assistiu a cada passo de Dolores, que primeiro encheu uma jarra de vidro com a água filtrada, enquanto cantava uma música religiosa em espanhol e, logo em seguida, após encher a jarra inteira com a água, ela colocou-a sobre a mesa e orou, pedindo a Deus que abençoasse o líquido.

Penélope assistiu a toda aquela cena com desprezo, principalmente a parte em que Dolores pediu a Deus que abençoasse todos aqueles que bebessem daquela água com paz, harmonia e amor.

"Vamos ver quanta paz, harmonia e amor Deus lhe dará depois que você beber dessa água envenenada, sua idiota", Penélope pensou, olhando Dolores pela fresta da porta. Ela esperou Dolores preparar o café da manhã das crianças e, logo em seguida, a campainha da porta tocou. Dolores deixou a cozinha para abrir a porta para a babá das crianças, Lauren. Naquele momento Penélope encontrou a oportunidade que procurava: a cozinha vazia. Ela entrou correndo na cozinha e colocou algumas gotas da substância dentro da jarra.

— Mais... mais... coloque mais, disse Filomena a Penélope. — Você precisa matá-la.

Penélope verificou para ter certeza de que Dolores não estava se aproximando e, depois de checar as três diferentes entradas para a cozinha, retornou à mesa e colocou mais veneno dentro da jarra. Nervosa e em pânico, correndo para não ser pega, ela acabou se atrapalhando e derrubando os frascos sobre o avental de cozinha de Dolores que estava em cima da mesa. Ela recolheu os frascos rapidamente e saiu da cozinha com pressa, antes que Dolores retornasse. Completamente tomada por seu ciúmes e sua ira, ela não parou nenhum instante para pensar no que havia feito. Penélope retornou para o seu quarto e ficou lá escondida, esperando que Dolores saísse do apartamento para levar Katie e Ricky à escola. Invisível para Penélope, Dinamite estava, naquele momento, junto com muitos espíritos malévolos à sua volta. Juntos, eles emanavam pensamentos de ira e maldade.

Na cozinha, Dolores serviu o café da manhã para as crianças e as preparou para a escola. Antes de deixar o apartamento, Katie e Ricky foram até o quarto de Victoria correndo e, eufóricos, deram-lhe um beijo. Como de costume, Dolores e as crianças deixaram o apartamento muito alegres e cantando alto. Assim que eles deixaram o apartamento, Penélope correu até o quarto de Dolores e escondeu os frascos vazios entre as coisas dela.

*****

Horas depois, nas zonas trevosas, Dinamite estava furioso. Gritando bem alto e falando palavrões, ele segurava um de seus seguidores com força. Seus olhos, vermelhos, demonstravam a raiva que estava sentindo. Com violência, ele chacoalhou o espírito e disse a ele, gritando:

— Como foi que você pôde deixar isso acontecer? Eu o enviei para que a vigiasse e se certificasse de que ela tomasse da água envenenada!

— Perdão, senhor... Os nossos planos foram descobertos pelos espíritos iluminados e eles estavam ali presentes, esperando por mim. Eu não consegui seguir a empregada. Eles eram em muitos e eu não consegui sequer chegar perto da cozinha... — gaguejando de tanto medo que sentia de Dinamite, o espírito disse rapidamente. — Eu apenas consegui ver que a garrafa foi ao chão e se estilhaçou em pedaços.

— Seu incompetente! Você estragou nossos planos! — Com muita raiva, Dinamite o jogou no chão.

Naquele mesmo momento, as irmãs chegaram. Filomena parecia muito feliz. Com um sorriso, ela disse a Dinamite:

— Conseguimos... Conseguimos! — sentindo-se feliz pela desgraça que acabara de presenciar, ela continuou. — A garrafa se espatifou no chão, porém, antes de se espatifar, a babá tinha enchido a garrafa de água da bebê Victoria com a água envenenada.

Gargalhando alto, Filomena continuou:

— A babá deu a mamadeira para Victoria beber. A bebê foi levada para o hospital e está agora hospitalizada. — ela então gritou. — Ela vai morrer!

Com um ar triunfante, Filomena disse:

— Eu guiei Penélope, com os meus pensamentos para que ela escondesse os frascos vazios entre as coisas de Dolores, e também a instruí para que jogasse algumas gotas do veneno no avental de Dolores. Agora nós temos muitas evidências para incriminar a empregada.

— Você é muito esperta, Filomena! Bravo! Bravo! — exclamou Dinamite.

— Eu pensei neste plano B muito rapidamente para que, caso algo desse errado em nosso plano, a empregada pudesse ser responsabilizada pelo acontecido. Tudo o que temos que fazer agora é esperar até que os policiais encontrem todas as evidências que incriminam Dolores.

Os espíritos malévolos comemoraram a notícia com muita algazarra, sentindo-se felizes em saber que a bebê de Penélope estava prestes a desencarnar. Dinamite se aproximou do espírito que ele havia jogado no chão anteriormente e, apontando seu bastão a ele, disse:

— Escute aqui, seu incompetente: eu vou lhe dar uma nova chance. Eu ordeno que você volte lá e dê um jeito de os policiais irem até o apartamento de Penélope e encontrarem o avental de Dolores e também os frascos vazios no quarto dela. Assim, eles logo terão provas de que foi ela quem envenenou a bebê e irão prendê-la por assassinato.

Dinamite dirigiu seu olhar a Filomena e disse:

— Vem comigo. Quero ir até o hospital onde a bebê Victoria está. Quero vê-la sofrendo e, assim, renovar minhas energias.

39

Corações aflitos

Penélope estava no hospital. Ela estava preocupada com o estado de Victoria. Era a primeira vez que ela havia deixado o apartamento desde que retornara do hospital após o nascimento da bebê e o tratamento do aneurisma que sofrera. Usava óculos escuros e um lenço cobrindo sua cabeça e a maior parte do seu rosto, tentava ao máximo esconder suas deformidades.

Lágrimas escorriam por seu rosto enquanto ela se lembrava do momento em que a babá, Lauren, bateu à sua porta, gritando horrorizada. Lauren estava segurando Victoria em seus braços. O corpo da pequena bebê estava imóvel e queimando de febre. A babá estava muito nervosa enquanto dizia repetidamente a Penélope:

— Algo muito errado está acontecendo com a Victoria... ela não está nada bem, senhora Green.

Naquele mesmo instante, a bebê teve uma convulsão. Penélope empalideceu e ficou chocada, ao perceber que possivelmente Victoria havia bebido da água envenenada. Dolores logo chegou ao apartamento e, ouvindo os gritos de pavor da babá, correu para ver o que estava acontecendo. Assim que chegou no quarto de Penélope, encontrou ambas, Penélope e a babá, em pânico enquanto Victoria sofria com a convulsão.

De repente, um médico aproximou-se de Penélope, fazendo-a acordar de seu devaneio. O doutor pediu que ela o acompanhasse até uma sala privada e, assim que entraram, ele trancou a porta e disse:

— Senhora Green, eu sinto muito, porém... — tomando cuidado com as palavras, ele pausou por alguns instantes e após breve silêncio, continuou — Nós fizemos muitos exames na sua filha, e tudo indica que ela sofreu uma forte intoxicação. Nós encontramos no organismo dela um alto nível de uma substância letal...

Naquele momento Penélope recuou para trás esbarrando em uma cadeira e gemeu alto. O médico continuou:

— Nós estamos fazendo o possível para tentar salvá-la, mas eu preciso ser sincero e dizer que o estado dela é muito grave. Estamos agora contando apenas com um milagre.

De repente, eles ouviram uma batida na porta. O médico abriu a porta e lá estava: o hospital havia notificado à polícia, e um policial, então, chegara para interrogar Penélope. O médico deixou a sala para que o policial pudesse conversar com Penélope. A sós, o policial passou a interrogá-la com muitas perguntas para tentar colher dados e informações que pudessem ajudar na investigação.

— A senhora consegue pensar em alguém que teria algum motivo para envenenar sua filha, desconfia de alguém, senhora Green?

Dissimulada, Penélope respondeu que não conseguia pensar em ninguém que fosse capaz de tal crueldade contra uma bebezinha tão pequena. Dinamite, que estava presente na sala, invisível aos dois, assistia à cena com muito prazer. Ele aproximou-se do policial e disse:

— A empregada é a assassina. Vá até o apartamento e faça uma vistoria. Lá você encontrará toda as evidências de que necessita. — Dinamite repetiu várias vezes, até que o policial assimilou suas ideias e seus pensamentos.

— Tem alguém no seu apartamento agora, senhora Green? — perguntou o policial.

— Sim. Minha enteada, filha do meu marido, está no apartamento. — ela soou muito nervosa enquanto respondia ao policial. — E também minha empregada, Dolores, e o filho dela, Ricky.

— E o seu marido, onde ele está? Por que ele não está aqui com a senhora?

— Ele está em São Francisco, na Califórnia. Foi a trabalho. Teve que viajar para me representar em uma reunião da empresa.

O policial deixou a sala rapidamente e correu para telefonar para a delegacia, informando sobre o crime e pedindo que sua equipe fosse imediatamente até o apartamento para fazer uma busca. O mesmo policial levou Penélope e a babá Lauren até a delegacia para continuar a investigação. Em instantes uma equipe de policiais chegou no apartamento de Penélope e começaram a fazer uma busca intensa. Não demorou muito e eles encontraram os frascos vazios que estavam escondidos em uma gaveta no quarto de Dolores. Surpresa com a situação, Dolores tentou se defender e dizer a eles que as crianças de Roy eram como filhas dela, e que ela nunca faria mal para nenhuma delas, porém suas explicações foram em vão. Os policiais a prenderam e a levaram para a delegacia; ela ficou temporariamente em uma cela.

— Eu sou inocente. Eu nunca seria capaz de cometer uma monstruosidade contra uma criança, nunca! Vocês devem acreditar em mim. A pessoa que cometeu este crime está solta por aí e pode atacar de novo. — dizia Dolores desesperada atrás das grades, enquanto era cercada por outras detentas.

Agarrada às barras de ferro da cela, Dolores gritava e chorava, suplicando para que os policiais a liberassem.

*****

Assim que Roy foi notificado sobre o ocorrido, pela equipe do hospital onde Victoria estava, ordenou que o seu piloto o levasse de volta à cidade de Nova Iorque o mais rápido possível. Ele chegou quando já era tarde da noite e foi direto ao hospital. Quando entrou na UTI, foi levado por uma enfermeira até Victoria, que estava entubada e cheia de aparelhos. Roy fora tomado por uma forte emoção quando viu sua bebê, tão pequena, ali lutando para sobreviver. Victoria respirava com muita dificuldade e precisava da ajuda de aparelhos para conseguir respirar.

Após conversar com os médicos, Roy sentiu-se desolado sabendo que sua filha tinha pouquíssimas chances de sobreviver. Ele sentou-se no chão do corredor do hospital e pôs-se a chorar. Naquele momento, arrependeu-se de não ter escutado o seu coração, que dizia para ele não viajar para São Francisco.

— Senhor Taylor? — disse um policial que se aproximou dele.

Roy ergueu sua cabeça e permaneceu mudo. O policial se apresentou e explicou que ele era o investigador que estava cuidando do caso de Victoria. Roy levantou-se e seguiu o policial até um local mais tranquilo. O policial foi logo dizendo tudo o que havia acontecido momentos antes e finalizou contando que Dolores tinha sido presa, acusada de tentativa de assassinato. A princípio Roy não quis acreditar que Dolores havia sido a culpada pelo envenenamento, porém teve que se conformar com a ideia após ouvir do policial que os frascos vazios haviam sido encontrados no quarto de Dolores, além de resquícios da substância, encontrados no avental de cozinha dela.

— Dolores! — Roy exclamou, ao mesmo tempo em que empalideceu e quase foi ao chão. — Eu não posso acreditar...

— Você está bem, senhor Taylor? Quer que eu lhe traga um copo d'água? — disse o policial, enquanto olhava para os lados, tentando encontrar uma enfermeira que pudesse acudir Roy.

— Não... não se preocupe. Eu estou bem. Obrigado, mas eu preciso ficar só... preciso ficar forte para poder ajudar minhas filhas, que agora precisam de mim.

Roy retirou um cartão de visitas de sua carteira e entregou ao policial, dizendo que o procurasse caso tivesse alguma novidade ou precisasse de alguma informação. Logo em seguida, saiu da sala e deixou o hospital em busca de um ar fresco.

"Como eu pude ser tão ingênuo? Ela estava planejando este crime durante todo esse tempo e eu não percebi."ele pensou com profunda tristeza, enquanto estava sentado no banco traseiro do táxi a caminho do apartamento. "Eu cheguei a sentir amor por ela... Como ela pôde ter feito esta crueldade com minha Victoria? Por quê? Como ela pôde ser tão perversa?"

Quando Roy chegou ao apartamento, Penélope começou a gritar com ele, fazendo uma cena dramática.

— Nossa bebê... nossa bebê está morta, Roy! E é tudo culpa daquela empregada.

— Victoria não está morta, Penélope. Ela está lutando, bravamente, para sobreviver; e eu tenho muita fé que ela irá lutar contra o veneno que está em seu organismo e sobreviverá. — ele disse firmemente, enquanto caminhava em direção ao quarto de Katie.

— Ei, espera. Aonde você acha que vai? Nós temos que conversar sobre o que aconteceu... conversar sobre esta empregada que matou... quero dizer, tentou matar nossa filha.

— Me solta, Penélope. Eu vou até o quarto de Katie ver como ela está. E não, nós não temos nada para conversar. Você nunca sequer se preocupou com Victoria, e eu não vejo o porquê de ter que perder meu tempo aqui com você, enquanto as minhas duas filhas precisam tanto de mim. Vou verificar se Katie está bem e se precisa de algo, depois voltarei ao hospital e ficarei lá até que Victoria melhore.

Penélope continuou a gritar com Roy, que a ignorou e foi até o quarto de Katie.

— Katie, minha querida. — ele disse, assim que entrou no quarto e a encontrou deitada em sua cama. — Você está bem, querida?

Assim que ouviu a voz de seu pai, Katie pulou da cama e abriu seus braços para o abraçar. Os dois se abraçaram com força e ficaram enlaçados em um abraço de ternura e amor por um longo momento. Os dois choravam em silêncio e, mais uma vez, pai e filha estavam ligados por dor e tristeza. A mesma dor e tristeza que, tempos atrás, sentiram juntos quando Linda desencarnara. Naquele momento, os dois sentiram muito medo de perder alguém que amavam muito. Depois de um longo tempo abraçados, Roy quebrou o silêncio ao dizer a Katie:

— Eu vou até o hospital agora para ficar com a Victoria. Você quer vir comigo? Se quiser, eu posso te levar lá agora, mas vai ser cansativo, pois iremos passar a noite toda no hospital.

Katie respondeu com a cabeça que sim, queria ir com ele. Roy disse que iria tomar um banho rápido e estaria pronto em dez minutos.

— Vá se trocando também, em dez minutos nós saímos para ir até o hospital. — Roy beijou a testa de Katie e perguntou se ela estava bem. Ela respondeu, então, com um ar muito triste:

— Não, pai, não estou. Eu vi uma mulher estranha entrar aqui hoje à tarde e, junto com um policial, levou Ricky com ela. O que aconteceu? Para onde eles levaram o Ricky?

Roy gentilmente acariciou sua face e respondeu:

— A mulher que você viu hoje à tarde é uma assistente social. Ela teve que levar o Ricky para um lugar onde irão cuidar dele até que encontrem uma nova família para ele. Eu sei que é triste, filha, mas, por favor, vamos focar na recuperação de nossa Victoria, está bem? Ela precisa de nós agora. Prometo que amanhã de manhã conversarei com os policiais e pedirei mais informações sobre o Ricky para saber para onde o levaram.

40

Lutando para sobreviver

TARDE da noite no hospital, Victoria ainda estava em estado crítico e com muita dificuldade para respirar. Linda, Geraldine e outros amigos espirituais de Rebecca — agora encarnada como Victoria — estavam perto dela, orando com muito fervor pela sua recuperação.

— Ela irá desencarnar, Geraldine? — perguntou Linda.

— Eu não sei, minha querida... eu não sei. O corpo físico dela está muito debilitado e pode morrer a qualquer momento.

Naquele momento, Roy e Katie chegaram à UTI onde Victoria estava. Katie correu para próximo de Victoria e pôs-se a chorar quando viu a irmã ali rodeada de tubos e aparelhos médicos.

"Mãe, por favor, olhe pela minha irmãzinha Victoria. Não deixe ela morrer, por favor. Ela é tudo o que eu tenho e eu prometo que irei sempre olhar por ela, mas, por favor, não deixe ela morrer. Eu imploro." pediu Katie em pensamento.

Linda estava ao lado de Katie. Ela abraçou Katie com muito amor e enviou a ela, através de pensamentos, muitas vibrações de encorajamento e fé.

— Eu estou aqui com você, minha princesinha. Eu e outros amigos espirituais que amam muito você e sua irmã. Vamos orar com muita fé em nossos corações. Nosso amor irá ajudar na recuperação dela. — disse Linda para Katie que, embora não pudesse ouvi-la, sua alma captou todas as palavras e as transformou em sentimentos que foram sentidos pelo seu cérebro.

Inspirada pelos pensamentos e vibrações de Linda, Katie olhou para Roy e disse:

— Vamos fazer uma prece para Deus, papai, e pedir a Ele que cure a nossa Victoria. Tenho certeza de que Ele irá curá-la.

Roy segurou a mão de Katie e, juntos, os dois ficaram em silêncio, cada um fazendo a sua prece pela melhora de Victoria.

*****

Horas depois, Roy e Katie estavam adormecidos no sofá da sala de espera do hospital. Suas almas haviam sido levadas por espíritos benfeitores até Lunas, onde Linda os aguardava. Assim que viu Linda, Roy correu ao seu encontro chamando seu nome.

— Linda... Linda, minha amada, você está viva!

— Eu estou, Roy. Respondeu Linda, ao mesmo tempo em que segurou as mãos de Katie. Olhando nos olhos de Katie, ela disse a Roy:

— Katie sabe que eu estou viva, não é mesmo, minha princesa?

— Sim, eu sei. — respondeu Katie. Olhando para seu pai, ela disse: — Mamãe sempre me traz aqui quando meu corpo está dormindo. Mas, quando eu acordo de manhã, esqueço do nosso encontro.

Geraldine chegou e convidou Katie a um passeio para que Linda e Roy pudessem conversar. Assim que elas se foram, Roy disse a Linda:

— Eu me sinto tão envergonhado pelo que fiz com você. Me desculpe... não mereço o seu perdão.

— Está tudo bem, Roy. Eu já desculpei você. Na verdade, eu o desculpei muito tempo atrás. Já sabia de você e Penélope, e também não estou aqui para te julgar e te fazer sentir-se mal pelo erro que cometeu no passado. Estou aqui para conversar com você sobre Dolores. Ela é inocente e você deve acreditar nela. Você tem que ajudá-la. Ela não é culpada do que aconteceu com Victoria.

— Gostaria muito de acreditar que ela é inocente, mas os policiais encontraram muitas provas contra ela. Muitas provas, como os frascos que continham o veneno e até resquícios do veneno no avental de cozinha dela. Gostaria muito de pensar que ela não é culpada, mas não posso, as evidências provam o contrário.

— Eu estou lhe dizendo, Roy. Ela não foi a responsável pelo que aconteceu.

— Quem foi que fez isso a Victoria? Quem teria sido capaz de tamanha crueldade?

— Infelizmente, uma alma que ainda está errando muito e que tem se intoxicado com seus próprios pensamentos sombrios.

— E a minha bebezinha, ela irá ficar bem?

— Faça preces, Roy, e ore com muita fé. Victoria cometeu suicídio em suas últimas encarnações. Ela reencarnou com um corpo físico frágil e com limitações. Ela precisa de muito amor e apoio. Diga a ela o quanto você a ama, diga a ela o quanto você desejou que ela nascesse como sua filha. Ela precisa de todo o amor e carinho que você puder dar.

Sentindo que era hora de Roy retornar à Terra, ela se aproximou bem perto dele, dizendo:

— Não se esqueça: Dolores não é culpada... Dolores não é culpada... Dolores não...

— Dolores não é culpada. — disse Roy em voz alta, assim que despertou. Ainda deitado no sofá do hospital, ele olhou ao redor sentindo-se confuso e logo se lembrou de que estava na sala de espera do hospital.

Com cuidado para não acordar Katie, Roy levantou-se e a ajeitou no sofá em uma posição mais confortável. Ele então caminhou até a janela e, olhando para a neve que começara a cair, pensou em Dolores e no sonho que tivera. Por que será que eu acordei dizendo que Dolores não é culpada? — ele pensou. — Eles encontraram os frascos com resquícios do veneno na gaveta dela. Não tem como negar que tenha sido ela...

Por um breve momento, o nome de Penélope passou pelos seus pensamentos.

— Quem mais poderia ter sido capaz de tamanha crueldade? Penélope está muito diferente... diria até que... — perguntou-se em voz alta. — Não, não é possível. Penélope não seria capaz de tamanha monstruosidade contra sua própria filha.

41

Ação e reação

NA MANHÃ seguinte, Nigel apareceu, de surpresa, no apartamento de Penélope. Assim que o viu, Penélope fez questão de deixar claro que não estava feliz com a sua visita surpresa.

— Olá, Penélope. — com um sorriso cínico. — Fiquei sabendo que você falhou no seu plano e acabou envenenando sua própria filha...

— Fique quieto! Alguém pode ouvir o que você está dizendo. — ordenou Penélope, olhando ao redor certificando-se de que não havia alguém por perto.

Nigel tinha um olhar sarcástico e repetiu a ela no mesmo tom:

— Fique quieto? Como assim fique quieto? Por que você quer que eu me cale, por acaso é medo? Por acaso você não tinha pensado antes nas possíveis consequências em envenenar uma garrafa com água da qual toda a família costuma beber, sua burra? Você teve sorte, poderia ter matado todos que vivem nesta casa.

Ainda com medo que ele fosse ouvido por alguém no apartamento, Penélope pediu para que ele se calasse, porém Nigel não se calou. Ele tirou de sua maleta uma pasta e, de dentro, um calhamaço de papel que chacoalhou na cara de Penélope. Logo em seguida, jogou o calhamaço na cama dela, e os papéis se espalharam pela cama.

— O que é isto? — ela perguntou, correndo para examinar os papéis que ele jogou sobre a cama. — Penélope passou a ler os papéis um por um. Sua expressão mudara e logo fora tomada por um ar de pânico.

— Nigel, me explica. O que é isto? — naquele momento, Penélope sentiu um frio na espinha e um súbito mal-estar.

Com um enorme sorriso no rosto, Nigel viu Penélope sendo tomada por sentimentos de pânico e medo. Ela então voou no pescoço dele com ambas as mãos. Apertou o pescoço dele com força, mas Nigel a empurrou com tanta violência, que ela acabou caindo no chão perto da cama.

— É tudo meu. Tudo que você tem, agora, me pertence. Eu roubei tudo que você tem. Bom, na verdade eu não roubei. Como você mesma pode ver nos documentos, foi você quem passou tudo para mim. Suas propriedades, suas empresas e negócios, seus investimentos, tudo meu!

— Você é um cachorro, Nigel. Quero que pare com esta brincadeira agora. — ela disse enquanto recolhia os documentos que estavam esparramados pela cama. Com raiva, começou a rasgar os papéis um por um. — Pare com esta brincadeira idiota agora mesmo.

Rindo alto, Nigel se ajoelhou, aproximou-se dela e a agarrou pelos cabelos, trazendo o rosto dela bem próximo do dele.

— Isto não é uma brincadeira, minha querida. Você assinou todos os documentos necessários e passou tudo para o meu nome. Você perdeu absolutamente tudo! — Nigel tirou os papéis das mãos dela e os esfregou em seu rosto com força. — Você pode rasgar todos os papéis que quiser. Estas são apenas fotocópias dos documentos originais. Você acha que eu seria idiota em lhe dar os originais? Eu não sou burro como você, Penélope.

Com lágrimas de desespero em seu rosto, Penélope perguntou:

— Como foi que você conseguiu minhas assinaturas?

— Foi fácil... muito fácil. Primeiro eu tive que tomar muito cuidado para que você não me pegasse. Esperei muito tempo para que meu plano se completasse. Fui lhe dando algumas procurações bem devagar, uma a uma, para assinar. Você ficou tão obcecada pelo Roy, que nunca notou nada, sequer suspeitou. No entanto, aqueles documentos eram de algumas propriedades bem chinfrinhas, nada especial. Foi, então, depois que a sua linda filha Victoria nasceu...

Naquele momento, Nigel abriu seus braços e levantou no ar, dizendo: — Ah... a sua linda filha Victoria. Eu a amo tanto, sabia? Você sabe por que eu a amo tanto?

Penélope estava sentada no chão tentando chutar as pernas de Nigel, porém ele a segurou com força, novamente pelos cabelos, e continuou:

— Eu amo aquela bebê porque, após o seu nascimento, você, Penélope, passou a se destruir sem eu ter que fazer nada. Você ficou tão focada na sua tristeza, passou tanto tempo nutrindo esses pensamentos negativos, que deixou de ver o que estava acontecendo no mundo ao seu redor. Toda vez que eu te visitava, você estava sempre dopada com seus medicamentos e pílulas para dormir. Eu passei a lhe entregar os documentos para que você assinasse e você os assinou. Assim, fácil, fácil.

Filomena e Fortunada estavam presentes, mas invísiveis aos humanos, e surpresas com a revelação de Nigel.

— Por essa eu não esperava. — disse Fortunada de boca aberta.

Dinamite chegou ao local, acompanhado de seus seguidores. Com ar triunfante, disse a elas:

— Essa é uma pequena surpresinha. Venho trabalhando neste plano há muitos anos. Há anos que venho inspirando este idiota do Nigel com essas ideias... Olha, tenho que admitir que o rapaz até que é bom no negócio. Ele fez tudo direitinho. Copiou certinho meus pensamentos.

— Você me roubou tudo? — perguntou Penélope, aflita.

— Tudo, tudo, ainda não... — ele caminhou até o outro canto do quarto e pegou um porta-retrato que continha uma foto de Penélope e Roy abraçados e o atirou no chão. Logo em seguida, ele pisou no porta-retrato, estilhaçando o vidro. — Eu ainda preciso acabar com sua família e, aí sim... aí sim, terei roubado tudo de você.

— Nigel, por favor... — ela se arrastou no chão até ele e agarrou suas pernas. Implorando, ela disse: — Por favor, não faça isso comigo. É a mim que você quer, não é? Você quer se casar comigo, não é? E quer que eu termine com o Roy... Eu faço isto! Eu me divorcio dele e me caso com você!

— Oh, por favor, Penélope! — desvencilhando os braços dela de suas pernas. — Você realmente pensa que eu quero me casar com você? Olhe para você! Você perdeu a sua beleza, você agora está horrenda. Eu ainda diria que você está parecendo um monstro, de tão feia. Na verdade, nunca gostei de você. Sempre te vi como uma mulher vulgar e grosseira. Eu só queria o seu dinheiro, o seu poder. Claro que eu pensava que, para obter isto, eu tinha que, primeiro, te bajular para conseguir a sua confiança e depois me casar com você. Entretanto, você fez as coisas tão simples para mim. Bom, na verdade, aquela bebezinha linda chamada Victoria foi quem facilitou minha vida e meus planos. Graças a ela, eu agora tenho tudo o que era seu, e nem tive que me casar com você. Olha, que maravilha!

Nigel se dirigiu até a porta do quarto e, antes de sair, disse:

— Você é um monstro, Penélope. Um monstro e também está muito feia. Agora você, além de ser um monstro e muito feia, também está pobre.

— Espera! Aonde você vai?

— Eu tenho uma agenda lotada de coisas importantes para fazer... incluindo terminar de arruinar o seu casamento e destruir sua vida completamente. Por enquanto, quero te deixar aqui sofrendo e se perguntando, o que será que eu irei fazer agora?

Nigel bateu a porta e deixou o apartamento, se sentindo vitorioso.

42

Aceitando a verdade

ROY aceitou o pedido de Dolores e foi visitá-la na delegacia onde estava presa. Ele tinha dentro de si a esperença de ouvir algo que comprovasse que ela não era culpada. Logo após Roy chegar à sala de visitas, onde era vigiado por vários guardas, Dolores adentrou a sala, sendo escoltada por dois policiais. Assim que viu que ela estava algemada, Roy sentiu um certo sentimento de pena. Ela tinha olheiras bem profundas e seu rosto demonstrava muito cansaço e tristeza.

— Por que você fez isso? Como você pôde trair a minha confiança e cometer tamanha crueldade? — perguntou Roy, sem conter sua raiva. — Como você pôde atentar contra Victoria? Me explique, pois quero tentar entender quais foram seus motivos...

Dolores estava pálida e fraca. Não havia dormido nada e, naquele momento, seu coração entristecera ainda mais ao perceber que Roy também a culpava. Lágrimas rolaram de seus olhos. Tamanha era sua tristeza, que ela não conseguiu dizer nada além de perguntar:

— Como ela está?

— E você agora se preocupa com o estado dela? — Roy perguntou, já se sentindo agitado. — Como ousa perguntar dela? Saiba que eu apenas vim até aqui porque você me implorou. Pensei que você talvez tivesse algo para me dizer, algo que comprovasse que não tivesse sido você, mas vejo que me enganei.

Roy não conseguiu segurar o choro, e as lágrimas rolaram soltas. Chorando profundamente, ele perguntou repetidamente a Dolores como foi que ela havia criado coragem para tamanha maldade. Naquele momento, Roy passou a chorar de soluçar. Ele deixou sua cabeça cair sobre a mesa enquanto a imagem de Victoria no hospital não saía de sua mente.

— Eu estou tão triste quanto você, Roy. Eu não cometi este crime, esteja certo disso. — ela disse com lágrimas molhando seu rosto. — Como ousa duvidar de mim e pensar que eu tenha sido capaz de tentar assassinar alguém? Pensei que você vindo aqui, nós dois poderíamos tentar pensar melhor e descobrir juntos quem foi o culpado.

Estando apaixonado por Dolores como estava, Roy queria muito acreditar na sua inocência, porém ele não conseguia. Todas as evidências apontavam para ela como sendo a culpada.

— Eles encontraram todos aqueles frascos vazios que continham resquícios do veneno em seu quarto. Até mesmo o seu avental tinha respingos da substância usada no envenenamento. Ele disse olhando nos olhos dela. — Quem mais poderia ter cometido tal crime? Por acaso você está tentando culpar Lauren, a babá?

— Não, Lauren não! Lauren colocou a água da jarra dentro da garrafinha de Victoria, mas tenho certeza de que não foi intencional.

Não aguentando mais conter seus sentimentos, Dolores respirou fundo e disse de uma só vez:

— Tenho certeza de que foi sua esposa... sim, sua esposa. Não tenho nenhuma prova contra ela, porém ela era a única naquele apartamento além de mim e das crianças. Ela estava com muito címes de nós dois. A todo momento pensando que nós estávamos tendo um caso ou algo assim. Na mente dela, eu tenho certeza de que ela pensava que eu estava tentando tomar você dela. Acredito que aquela água preparada com o veneno era para mim e não para Victoria. Você deve acreditar em mim, Roy. Você e Katie também correm perigo.

Roy levantou-se da cadeira rapidamente e, sentindo-se furioso com as acusações de Dolores, esmurrou a mesa:

— Chega! Você não pode culpar Penélope. Ela é uma mãe, e uma mãe nunca iria ser capaz de matar a própria filha.

— Você tem que acreditar em mim, Roy. Eu nunca cometeria essa crueldade, nunca. Eu estou aqui preocupada com meu filho. Não sei para onde levaram Ricky e quem está cuidando dele, se é que está sendo cuidado. Você sinceramente acredita que eu seria capaz de cometer este crime, ainda mais contra uma bebê como Victoria? Uma bebê que eu aprendi a amar como se fosse minha própria filha? Eu a amo e amo também Katie, como se fossem minhas próprias filhas.

Roy permanceu calado e pensativo enquanto Dolores falava.

— Desde que você e Katie chegaram naquele apartamento, Penélope vem tratando Katie de uma forma horrível. Muitas vezes, encontrei Katie chorando depois de ter sido maltratada por Penélope.

— A Penélope é jovem, ela apenas não sabe como educar uma criança...

— Você realmente pensa assim? Você nunca se perguntou o porquê de Katie ter tanto medo de Penélope? O porquê de ela sempre evitar estar perto de Penélope? Você já viu alguma vez Penélope tratando a Katie bem e sendo carinhosa para com ela?

— Chega de acusar Penélope! — disse Roy com o tom de voz bem alto. A imagem de Victoria no hospital retornara à sua mente, e seu instinto paternal estava aflorado, fazendo com que ele sentisse muita raiva de Dolores. Olhando fundo nos olhos dela, ele disse com muita raiva: — Espero que você apodreça na prisão para pagar o que fez à minha bebê. Logo em seguida, retirou-se da sala de visitas.

Dolores fechou os olhos. Antes que os policiais a levassem para dentro da cela, ela fez uma prece a Deus, pedindo ajuda. O seu guia espiritual, Peter, que havia estado ao seu lado o tempo todo, também fez uma prece, enviando a ela vibrações de luz e fé. Junto a Dolores, Peter pediu em sua prece que Deus desse a ela forças para enfrentar aquela situação.

*****

Mais tarde, naquela noite, depois que retornou do hospital, Roy foi ao quarto de Katie e a encontrou dormindo. Ela estava dormindo agarrada ao cobertorzinho de Victoria. Ao assistir àquela cena, algo mudou em sua mente. Naquele momento Roy pensou em seu casamento com Penélope e, então, entendeu ter tomado a decisão errada ao se casar com ela. Vendo Katie dormindo, ele ficou se questionando sobre várias coisas, como: Onde estava Penélope agora que ele e Katie mais precisavam dela? Onde estava Penélope quando Victoria mais precisava dela? Roy deixou o quarto de Katie, ainda com várias indagações, e se dirigiu ao segundo andar do apartamento. Ele se aproximou da porta do quarto onde Penélope estava, porém sentiu náuseas em apenas pensar em vê-la. Ficou ali parado do lado de fora do quarto, segurando a maçaneta da porta sem se mover. Roy optou por não entrar. Ao final, decidiu ir até o escritório do apartamento e lá deixou-se cair na sua poltrona de couro. Ali sentado, ele pensou em Dolores e nos muitos momentos felizes em que eles passaram juntos. Ela, sim, tinha todos os atributos que ele procurava em uma esposa e na mãe para suas filhas, ele pensou. Ele pensou na alegria que ela havia trazido para a vida de Katie, e em como cuidara de Katie e Victoria com imenso carinho e dedicação, de um jeito que Penélope nunca havia feito.

"Você está certo, Roy. Ela tem sido muito dedicada e amorosa com as crianças. Deixe para trás essa raiva que está te cegando para a realidade e vá à procura da verdade. A verdade está aí, bem clara para você enxergá-la." — disse Linda a ele.

Sem poder enxergar ou ouvir Linda, Roy continuou sentado relembrando todos os momentos em que ele presenciara Penélope sendo grosseira com as pessoas e a falta de respeito com que ela tratava todos. As palavras de Dolores na delegacia lhe vieram à cabeça, e ele, então, percebeu que ela estava certa. Quanto mais próximo ele se tornara de sua filha Katie, mais percebia que a pequena tinha muito medo de Penélope. Apenas mencionar o nome de Penélope era o suficiente para a pequena se tornar calada e introspectiva. Roy, então, parou para analisar e percebeu que ele nunca havia visto Penélope tendo algum gesto de carinho para com Katie, ou sequer demonstrado que ela se preocupava com sua filha. De repente, as palavras de Dolores se tornaram mais vivas em seus pensamentos;

"Tenho certeza de que foi sua esposa... sim, sua esposa. Não tenho nenhuma prova contra ela, porém ela era a única naquele apartamento além de mim e das crianças."

Seu coração começou a bater forte e acelerado. Quanto mais ele recordava as palavras de Dolores, mais acelerado seu coração batia.

"(...) Acredito que aquela água preparada com o veneno era para mim e não para Victoria. Você deve acreditar em mim, Roy. Você e Katie também correm perigo."

Linda, ainda ao seu lado, continuou a dizer-lhe que Dolores era inocente e lhe pedia para que fosse em busca da verdade. Roy finalmente começou a captar as vibrações de Linda e mais e mais as palavras de Dolores se tornavam vivas em seus pensamentos.

"Tenho certeza de que foi sua esposa... sim, sua esposa. Não tenho nenhuma prova contra ela, porém ela era a única naquele apartamento além de mim e das crianças. Ela estava

com muito ciúmes de nós dois. A todo momento pensando que nós estavamos tendo um caso ou algo assim. Na mente dela, eu tenho certeza de que ela pensava que eu estava tentando tomar você dela. Eu acredito que aquela água preparada com o veneno era para mim e não para Victoria. Você deve acreditar em mim, Roy. Você e Katie também correm perigo."

— Meu Deus, o que faço? E se ela estiver certa? E se foi Penélope quem envenenou a água? — Roy se perguntou, sentindo-se aflito.

— Penélope não seria capaz de matar a própria filha, seria? Talvez Dolores esteja certa. Talvez Penélope tenha envenenado a água para que Dolores bebesse e, por um trágico acidente, Victoria tenha bebido da água.

Roy levantou-se da poltrona correndo e foi rapidamente até o quarto de Katie para checar se ela estava bem. Assim que entrou no quarto, encontrou Katie dormindo na mesma posição de antes. Roy estava aflito e preocupado. Seu coração lhe dizia para tomar cuidado.

— E se Dolores for mesmo inocente? Caso tenha sido Penélope a culpada, isso quer dizer que Katie corre perigo. Penélope pode atentar contra ela a qualquer momento... Roy se sentia muito confuso e aflito. Inspirado por Linda, lembrou-se dos livros espíritas que lera e, naquele mesmo instante, fechou os olhos e fez uma prece.

— Deus todo poderoso, por favor, me mostre a luz. Mostre a verdade e me diga, quem cometeu esta monstruosidade contra a minha filha?

De repente, Roy ouviu a voz de Penélope vindo do andar superior. Ela chamava por ele com uma voz chorosa. Roy se arrepiou inteiro e sentiu um frio na espinha.

— Talvez seja esta a resposta para a minha prece? — ele disse para si mesmo.

— Roy, você está em casa, querido? Eu preciso conversar com você — dizia Penélope do topo da escada.

Roy não respondeu. Ele sentiu náusea só de ouvir a voz de Penélope.

43

Os primeiros passos para a liberdade

NA MANHÃ seguinte, Roy foi acordado por Katie, que estava indo para a escola.

— Lauren está me levando para a escola, pai. Você tem certeza de que não posso ir ao hospital com você?

— Desculpe-me, querida, mas você já perdeu muitas aulas. Eu vou ao escritório rapidinho ver como as coisas estão no trabalho e depois já vou ao hospital visitar a nossa Victoria.

— Você diz a ela que eu a amo demais... e também que estou morrendo de saudades dela? Você jura que diz?

— É claro, querida. Roy deu um beijo na testa da menina e, segurando sua mão, foram até a porta onde a babá, Lauren, a esperava.

— Bom dia, senhor Taylor. — disse Lauren.

— Bom dia, Lauren. Tome muito cuidado com a minha princesinha. — disse Roy, após beijar a bochecha de Katie.

Assim que Lauren e Katie deixaram o apartamento, Roy olhou em direção ao andar de cima, tomando coragem para conversar com Penélope. Depois de muito pensar e refletir, decidiu que o melhor seria a separação. Ele sabia que Penélope não iria facilitar, porém estava determinado a recomeçar sua vida com Katie e Victoria.

Após um banho rápido e um copo de leite, Roy foi até o quarto onde Penélope dormia.

— Roy... é você? — perguntou Penélope, ainda se sentindo confusa devido aos efeitos dos medicamentos que tomara para dormir, assim que Roy entrou no quarto.

Escolhendo as palavras com muito cuidado, Roy disse a ela que tinha pensado muito e havia decidido separar-se dela. Explicou que sabia que Katie não estava feliz e queria dar a ela uma nova vida.

Penélope não queria acreditar no que estava ouvindo. Ela arregalou os olhos e, sentindo-se furiosa, jogou-se na direção dele, atacando-o com seu punho fechado.

— Quem você pensa que é para me dizer isso? Você não é ninguém sem mim, Roy. Ninguém!

Roy se esquivou de Penélope, o que fez com que ela perdesse o equilíbrio e caísse no chão. Ele tentou levantá-la, mas ela recusou sua ajuda e o empurrou para trás. Aos berros, Penélope o acusou de ter sido violento e agressivo contra ela. Com medo de sua reação, Roy se dirigiu até a porta, com intenção de deixar o quarto. Ainda no chão, Penélope se arrastou até ele e o segurou pela perna.

— Me deixe, Penélope. Você está fora de si. É melhor que esfrie a cabeça e conversamos depois que estiver mais calma.

— Você não vai me deixar, Roy. Eu lhe dei tudo o que você tem nessa vida. Seu emprego, suas roupas, todo o luxo em que você vive... Você é quem é porque eu o fiz assim. Sem mim, você não será nada, não será ninguém. Ela disse com uma mistura de tristeza e raiva em seu tom de voz.

Roy tentou deixar o quarto, entretanto, mais uma vez, ela o impediu, dessa vez segurando sua outra perna.

— Me deixe em paz! Eu vou ao hospital visitar Victoria. Vamos continuar esta conversa depois que eu voltar do hospital. Agora, por favor, me solte.

Roy se esquivou novamente dela e deixou o quarto. Sentada no chão, Penélope passou a dar murros no piso enquanto gritava:

— Aquele idiota! Quem pensa que é para dizer que irá me deixar? Ele não pode me deixar... não pode!

Com muita dificuldade, ela levantou-se do chão e pegou um quadro da parede e o quebrou contra um móvel de madeira.

— A Katie não está feliz! E desde quando ele se preocupa com aquela filha caipira dele? Eu vou acabar com ela! Ah, vou...

*****

Roy desceu as escadas com pressa, pegou seu casaco e deixou o apartamento. Sentia que precisava sair daquele lugar o mais rápido possível. Aquela conversa com Penélope o deixara atordoado e com náuseas. Teve que segurar para não vomitar assim que entrou no elevador. Invísivel, Linda dizia a ele: — Dolores não é culpada. Ela está dizendo a verdade. Nossa Katie está em perigo. Penélope está cada vez mais insana e obcecada. Ela irá tentar algo contra nossa Katie, ela pode ser muito perigosa.

O elevador chegou ao térreo. Roy correu até a rua e pegou um táxi em direção à empresa. Fazia dias que não comparecia ao escritório. Minutos depois, o táxi o deixou na porta do prédio em que a empresa era situada. Roy foi logo até o 58º andar, onde ficavam as salas da diretoria e da presidência. A recepcionista, de aparência jovial e sempre tão alegre, sequer o olhou nos olhos. Roy estranhou sua atitude, porém, com pressa para ir ao hospital, ele caminhou apressado até sua sala. Enquanto caminhava pelo longo corredor, notou que todos os diretores o encaravam de maneira estranha. Alguns até saíram de suas salas para o olhar enquanto se dirigia à sua sala. Quando abriu a porta, teve, então, uma surpresa. Encontrou Nigel sentado em sua cadeira de couro. Nigel estava de costas para a porta, olhando em direção à grande parede de vidro, que proporcionava uma ampla visão da cidade.

— O que é isto, Nigel? Por que está sentando na minha cadeira? O que faz na minha sala? — ele perguntou enquanto notava as duas grandes caixas de papelão que estavam em cima de sua mesa de trabalho. Roy olhou as caixas com atenção e notou que seus objetos de trabalho estavam todos dentro delas.

— Por que minhas coisas estão dentro de caixas? Esta deve ser mais uma de suas brincadeiras sem graça... Olhando ao redor da sala, ele então notou que toda a decoração estava diferente.

Nigel girou na cadeira e, frente e frente com Roy, disse:

— Dê uma olhada ao seu redor, meu caro. Olhe com bastante atenção antes de se despedir do seu antigo local de trabalho.

— Pare com esta piada, Nigel. Eu não estou com paciência para suas brincadeiras de mau gosto. Ainda tenho que telefonar para o hospital para saber notícias de Victoria. Não estou com tempo algum para suas brincadeiras sarcásticas. Roy se dirigiu ao telefone de disco, tirou o telefone do gancho e teclou o número do hospital.

No mesmo instante, Nigel colocou o dedo indicador no gancho do telefone, interrompendo a ligação.

— Bom, meu caro, na verdade esta não é mais uma de minhas piadas. Isto é a pura realidade. — Naquele momento, Nigel usou o intercomunicador e solicitou à sua secretária que pedisse para o doutor Dawson, que era um dos advogados da companhia, ir até sua sala. Enquanto esperava que o advogado chegasse à sala, Nigel retirou de dentro da gaveta um calhamaço de documentos e colocou-o sobre a mesa em frente a Roy. Apontando para o calhamaço, Nigel disse a Roy que lesse os documentos.

Roy folheou os papéis e não acreditou no que estava lendo. Penélope havia assinado todos os documentos e passado tudo o que tinha — as empresas, os investimentos, as propriedades, os aviões privados — tudo para Nigel.

— Isto não é possível! — disse Roy, não acreditando no que lhe havia sido apresentado. — Você não pode fazer isso. Tenho certeza de que isso não é legal.

O advogado, doutor Dawson, que havia ajudado Nigel no plano, entrou na sala do escritório. Ele fechou a porta com cuidado e, após checar que não havia ninguém por perto, mentiu, dizendo:

— Oh, sim, Roy. Eu estava presente e testemunhei tudo. Como você pode ver, todos os contratos foram assinados também por mim, como testemunha. Eu testemunhei Penélope assinando todos os documentos. Posso afirmar que ela assinou tudo com a mais boa vontade. Seu desejo é de que Nigel agora tome conta de tudo o que é... digo, tudo que era seu.

— Eu não acredito. Penélope nunca faria tal coisa. Eu também não acredito que você tenha testemunhado algo.

— Bom, você está certo, tecnicamente eu não testemunhei nada, porém... quem precisa saber, não é mesmo? Respondeu o advogado com um sorriso irônico no rosto.

Roy estava em choque. Olhando para Nigel e o doutor Dawson, ambos lado a lado, estava claro que os dois tinham enganado Penélope e estavam dando um golpe, aproveitando-se de sua fragilidade. Ele tentou discutir, mas fora surpreendido por dois seguranças que entraram na sala e o seguraram com força.

— Desculpe-me, mas é hora de você ir embora e nos deixar tomar conta dos nossos negócios. Como você sabe, nós temos muito o que fazer aqui. Temos muito dinheiro para administrar e também muito mais dinheiro para ser feito. Portanto, meu caro, peço que nos deixe, pois não temos tempo a perder.

Ainda sendo segurado pelos dois seguranças, Roy disse:

— Você é um porco, Nigel. Sempre soube que você não tinha boas intenções para com Penélope. Toda aquela sua obsessão por ela, sempre à volta dela oferecendo a sua amizade obsessiva, seus conselhos e serviços... tudo por interesse. Sempre soube que você não valia nada. Você nunca me enganou.

Nigel se aproximou de Roy e disse, com um grande sorriso no rosto:

— Se quer saber, eu te enganei muitas, mas, muitas vezes, seu otário. Fiz sexo com sua esposa muitas e muitas vezes pelas suas costas, seu otário. Fizemos sexo durante todo este tempo que vocês foram casados. Uma coisa que você deveria ter aprendido sobre a Penélope, meu caro: ela não respeita ninguém, e isso inclui você.

— Isso não é verdade. Penélope não faria isso comigo!

— Oh, mesmo? — Nigel soltou uma gargalhada e continuou — Pergunte à sua filha, Katie. Ela nos presenciou fazendo sexo na sua cama. Eu aposto que ela nunca irá esquecer a cena que viu naquele dia.

No mesmo instante, Roy cuspiu no rosto de Nigel e o xingou.

Antes que Roy pudesse continuar seu xingamento, Nigel deu um soco em seu estômago e disse:

— Eu odeio você e odeio a sua filha caipira. Agora vai... saia daqui antes que eu acabe com você. Vai embora! Quero ver vocês morando nas ruas, que é onde vocês merecem. Ou melhor, por que você não volta para aquele fim de mundo de onde saiu?

Nigel fez um sinal para os dois seguranças, dizendo que o levassem embora. Antes de deixarem a sala, Nigel disse:

— Pedirei que alguém jogue estas duas caixas com seus pertences na lixeira. Não quero nada seu aqui. E, a propósito, quero o apartamento livre para mim. Vocês têm até amanhã para deixar o apartamento. Do contrário, serão todos removidos pelos meus seguranças e jogados na rua.

Os seguranças, então, arrastaram Roy para fora da sala e o levaram até o elevador. Todos pararam para olhar a cena humilhante pela qual Roy estava passando. Quando chegaram na porta do elevador, Roy pediu aos brutamontes que o soltassem. Os dois atenderam ao pedido, mas o acompanharam até a porta do prédio. Seguindo ordens de Nigel, os dois seguranças ficaram na porta do prédio vigiando para que Roy não retornasse.

Sentindo muita vontade de vomitar, Roy correu pela calçada e virou rapidamente na esquina onde havia um beco. A tensão que estava vivendo nos últimos dias tinha acumulado e ele não conseguiu mais segurar. Ele parou perto de uma lata de lixo de rua e ali vomitou. Seu coração estava batendo muito acelerado e, em seguida, fora tomado por uma grande preocupação. Ele olhou para as ruas e, por alguns instantes, ficou em dúvida sobre o que fazer.

Linda, que estava invísivel ao seu lado, transmitia-lhe vibrações de fé e encorajamento. — Uma folha não cai de uma árvore se assim não for a escolha de Deus. Tudo nesta vida acontece por uma razão que serve à vontade Divina, Roy. — ela lhe dizia. — Agora você tem que se acalmar para poder ajudar Katie e Victoria, pois as duas estão correndo muito perigo.

Naquele mesmo momento, Roy capturou as vibrações positivas de Linda e se acalmou. Eu preciso me acalmar, minhas filhas precisam de mim. — ele pensou.

Linda, então, transmitiu a ele pensamentos que sugeriam que ele fosse procurar alguém que o pudesse ajudar. Imediatamente, Roy voltou às ruas e pegou um táxi.

— Por favor, preciso que me leve ao bairro do Queens. Ele disse ao motorista do táxi.

44

O sequestro

O TELEFONE em seu quarto estava tocando sem parar. Penélope atendeu ansiosa. Era Nigel, que rindo dela, disse-lhe tudo o que havia acontecido no escritório momentos antes. Ele contou a ela como havia humilhado Roy e também que havia contado a ele sobre o caso que eles tiveram durante todo aquele tempo. Para criar ainda mais pânico em sua mente, Nigel disse a Penélope que estava prestes a telefonar para a polícia e fazer uma denúncia anônima contando toda a verdade sobre o envenenamento de Victoria.

— Vou contar à polícia que foi você quem envenenou a água de sua filha. — disse Nigel antes de desligar o telefone.

— É o fim da linha, Penélope. Você será presa e irá morrer na prisão, que é o seu lugar! — disse Filomena, dando gargalhadas de prazer.

Os outros espíritos malévolos que estavam presentes no quarto se aproximaram cada vez mais de Penélope e fecharam um círculo ao redor dela. Sem parar, eles lhe incitavam ideias de crueldades e violência e assim o fizeram até que ela perdesse totalmente a cabeça. Filomena, com a aparência ainda mais deteriorada do que antes, lhe disse:

— Pegue Katie e dê o fora daqui. Leve-a para bem longe... faça uma loucura antes que a polícia te pegue e te prenda para sempre. Acabe com aquela caipira.

— Tenho que sair daqui antes que eles me encontrem. — Penélope dizia para si mesma em voz alta. Foi, então, até o banheiro e se maquiou com muita maquiagem. Suas mãos tremiam muito, o que fez com que seu rosto ficasse todo borrado com o excesso de cosméticos. Totalmente insana, Penélope falava alto consigo mesma e gesticulava muito, com as mãos e os braços. Ela estava totalmente fora de si. Voltou ao quarto e então recolheu todos os seus objetos de valor, como as joias e o dinheiro que estava dentro do cofre e colocou tudo em uma bolsa. Por fim, retirou do cofre um revólver banhado a ouro que estava no fundo e o enfiou na bolsa junto com os outros itens de valor. Os espíritos malévolos a guiaram, dizendo a ela que pegasse Katie e a levasse para bem longe. Em seus planos, eles queriam que ela assassinasse a garota para que assim fosse condenada à prisão perpétua.

Carregando a bolsa, Penélope desceu as escadas do apartamento e foi até o quarto de Katie. Katie, que estava fazendo os deveres da escola, deu um salto, assustada, assim que viu Penélope entrando em seu quarto. Katie tentou escapar, porém Penélope conseguiu segurá-la com força pelo braço e, com violência, a arrastou para fora do apartamento até a garagem do prédio.

— Você está me machucando. Me solta!

— Cale a boca, menina chata. Você irá comigo ao hospital visitar a sua irmã. A propósito, ela morreu... — disse Penélope, rindo em voz alta, enquanto prendia Katie ao banco de trás do carro com o cinto de segurança.

— O quê? O que aconteceu com a Victoria? Onde está meu pai?

Penélope havia perdido totalmente a cabeça. Ela começou a repetir sem parar:

— Morta! Morta! Morta...

— Pare de dizer isso. Disse Katie com lágrimas nos olhos, prestes a chorar. Você está me assustando. Onde está meu pai?

Penélope se ajeitou no banco do carro e ligou o motor, pisando fundo no acelerador.

— Seu pai morreu, a Victoria morreu... tua mãe está morta. Todo mundo morreu! Agora cala a boca, menina chata.

Katie a chamou de louca e pediu que parasse de dizer que todos tinham morrido. Penélope virou-se e lascou-lhe um bofetão no rosto com extrema violência. Katie começou a chorar bem alto e Penélope a esbofeteou mais uma vez, dessa vez lhe ameaçando bater com mais força, caso não parasse de chorar. Penélope deixou a garagem do prédio pisando forte no acelerador, a ponto de fazer os pneus cantarem.

45

A luta de um pai

AMELIE abriu a porta de sua casa e deu de cara com Roy, que a aguardava aflito. Ele estava pálido e com suor escorrendo-lhe pelo rosto.

— Olá, Amelie... não sei se você se lembra de mim... Vim aqui algumas semanas atrás com Dolores.

— Claro que me lembro de você, Roy. Que pergunta!

— Desculpe-me por vir sem lhe avisar antes. Por acaso podemos conversar?

— Não se preocupe. Por favor, entre, Roy.

Assim que entraram, Amelie pediu a Roy que sentasse no sofá. — mesmo sofá em que, algumas semanas antes, eles se sentaram acompanhados de Dolores.

— Você veio aqui por causa de Dolores, estou correta?

Roy explicou tudo o que havia acontecido. Enquanto Roy lhe falava, Peter, o mentor espiritual de Amelie, invisível aos dois, inspirava-lhe conselhos.

— Ela é inocente, Roy. Dolores é inocente e suas filhas estão correndo muito perigo. Você deve retornar para sua casa o mais rápido possível.

Roy sentiu, naquele momento, um frio correr-lhe pelas costas. — a mesma sensação que sentira no dia anterior, quando estava no escritório do apartamento pensando em Penélope. Ele, então, deu um salto do sofá e, movido pelo seu instinto, pediu para usar o telefone.

— Eu saí bem cedo hoje de casa e tanta coisa aconteceu que eu ainda não tive tempo de telefonar para o hospital e saber sobre o estado de minha filha.

— Sim, pode usar o telefone. — Amelie o levou até onde o telefone estava e disse que iria preparar-lhe um chá.

Assim que voltou da cozinha, Amelie encontrou Roy ao telefone com um ar muito nervoso e assustado.

— Minha bebê... minha bebezinha... — Roy dizia repetidamente a Amelie.

— Calma, o que está acontecendo? Parece que você está prestes a desmaiar. Você ligou para o hospital?

— Estou telefonando para casa, porém ninguém atende. — Disse Roy tremendo. Ele então colocou o telefone de volta ao gancho e voltou a discar o número de seu apartamento, porém, mais uma vez, ninguém atendeu.

Quase sem fôlego, Roy contou a Amelie que havia telefonado ao hospital e eles lhe disseram que Victoria tinha desaparecido. Penélope fora visitá-la uma hora antes e, quando as enfermeiras retornaram ao quarto de Victoria, ela já não estava mais lá. Disse que estava tentando telefonar para seu apartamento, mas ninguém atendia. Ele estava muito nervoso, tinha as duas mãos atrás da nuca aparentando estar à beira de um ataque nervoso.

— Eu tenho que ir... tenho que ir até o apartamento, tentar saber o que está acontecendo...

— Você não pode sair assim, nesse estado! Irá sofrer um ataque cardíaco. Calma... Fique tranquilo, eu vou com você. Tenho que desligar o bule que deixei fervendo no fogão e pegar o meu casaco. Por favor, espere por mim.

*****

Uma hora depois, Roy e Amelie chegaram ao apartamento localizado em Manhattan. Logo de cara levaram um susto quando viram carros de polícia estacionados em frente ao prédio. Roy correu até o elevador e, quando chegou até o apartamento na cobertura do prédio, encontrou a porta de entrada aberta e um policial parado. Roy pôde ver também que, dentro do apartamento, outros policiais vasculhavam o local.

— O que está acontecendo? Onde estão as minhas filhas?

— Você é o senhor Green?

— Taylor... meu sobrenome é Taylor. Sim, sou o marido de Penélope. O que está acontecendo? Onde estão minhas filhas? — Roy tentou adentrar, mas foi impedido pelo policial.

O policial explicou que eles haviam recebido uma ligação anônima acusando Penélope de ser a verdadeira culpada do envenenamento. Ele ainda disse que a pessoa que fez a ligação revelou também que a verdadeira intenção era a de matar a empregada. O policial disse que, minutos depois de receberem a ligação anônima, a delegacia fora contatada pelo hospital, avisando sobre o desaparecimento do bebê.

A babá, Lauren, se aproximou de Roy, chorando, e disse:

— Desculpe-me, senhor Taylor. Desculpe-me. Deixei Katie estudando no quarto, enquanto fui à cozinha preparar um sanduíche e, quando voltei, ela tinha desaparecido. Vasculhei todo o apartamento e, então, notei que a senhora Green havia desaparecido também.

— Por que você não me telefonou?

— Eu telefonei para o seu escritório, porém a secretária me disse que o senhor não trabalhava mais lá. Achei estranho, mas pensei que talvez a senhora Green tivesse levado Katie para dar um passeio... sei lá. Eu sei que eu fui burra... desculpe-me. Disse a babá aos prantos.

— O senhor tem alguma ideia de onde a sua esposa possa ter ido com a criança e a bebê? — perguntou o policial enquanto sacava uma caneta e um pequeno caderno do bolso.

Roy estava em choque e não respondeu para o policial. Ficou ali parado, inerte em seus pensamentos. Para ele, estava tudo muito claro e confirmado: havia sido Penélope quem tentara matar Victoria. Agora ela raptara Katie e Victoria.

— Senhor... pode responder à minha pergunta?

— Desculpe-me. Estou em pânico.

— A sua ajuda é muito importante neste momento. Primeiro nós precisamos fazer uma lista de todos os possíveis locais para os quais sua esposa possa ter fugido e levado as crianças. — o policial lhe entregou a caneta e o caderno de anotações, dizendo: — Por favor, lembre-se de que cada minuto que perdemos pode representar grande perigo para suas filhas. Precisamos agir rápido.

Roy tentou pensar em todos os locais possíveis, inclusive o aeroporto La Guardia, onde Penélope mantinha seus aviões particulares, e fez uma lista para o policial, que telefonou para a delegacia e passou a informação ao delegado. O policial então chamou a equipe que estava vasculhando o apartamento e seguiram para checar os locais que Roy havia apontado na lista. Roy correu para o quarto de Penélope para procurar pistas. Ele encontrou várias caixas de remédios para dormir e garrafas vazias de bebida pelo chão. Logo notou que o cofre tinha sido aberto e esvaziado.

— Ela levou toda as suas joias, o dinheiro que estava dentro e... o revólver! — ele disse para si mesmo.

Após vasculhar o quarto de Penélope, Roy correu para o quarto de Katie em busca de pistas. Ele olhou por todos os lados, porém não conseguiu encontrar nada de diferente. Sentou-se na cama dela e desabou a chorar, desesperado de preocupação com suas garotas.

Amelie, que havia procurado Roy por todo o apartamento, finalmente o encontrara. Ela entrou no quarto de Katie e foi logo para perto dele, sentando-se ao seu lado. Com um tom de voz muito calmo, Amelie pediu a Roy que se acalmasse. Disse-lhe que precisava manter a calma para poder pensar melhor e tentar descobrir o local para onde Penélope havia levado as crianças. Ela pediu a ele que fechasse os olhos e pedisse a resposta a Deus. Roy fechou os olhos e, muito emocionado, pediu que Deus o iluminasse com a resposta.

— Meu Deus, Todo poderoso, por favor, tenha piedade de nós. Eu preciso do Senhor. Por favor, me ajude a encontrar minhas filhas... Me guie, Senhor.

Inspirado por Linda, Geraldine e Peter, Roy imediatamente se lembrou do dia após a festa na casa da amiga de Penélope, em Hampton, quando ele acordou no quarto da casa de praia de Penélope. No mesmo instante, seu coração acelerou, batendo forte. Sentiu seu rosto aquecer, ao passo que as lembranças daquela manhã na casa de praia lhe vinham mais e mais vivas à mente. Os amigos espirituais ali presentes o inspiravam para que lembrasse mais, até que Roy lembrou de uma frase que Penélope disse a ele naquela manhã:

"(...) Este é o local que eu procuro toda a vez que eu preciso me sentir segura (...)"

Imediatamente, Roy saltou da cama e disse a Amelie:

— Em Hampton! Ela foi para a casa de praia em Hampton. Eu tenho certeza disso! Ela me disse uma vez que ela vai àquela casa sempre que está triste com algo ou precisa sentir-se segura.

Roy escreveu em um pedaço de papel o endereço da casa e uma explicação de como chegar lá e entregou a Amelie, dizendo:

— Aqui, por favor, avise à polícia e diga a eles que se dirijam para lá. Vou pegar meu carro na garagem e ir até lá imediatamente, tentarei chegar antes que seja tarde demais.

46

Revivendo uma tragédia do século XV

KATIE dormia na cama do quarto principal da casa de praia em Hampton. Penélope havia drogado a menina com uma pílula para dormir, para que ela não emitisse sons suspeitos. Ela estava amarrada ao dossel de madeira da cama. Na mesma cama em que Katie dormia, Penélope estava sentada na beirada, segurando Victoria em seus braços. Penélope parecia totalmente insana e atormentada. Suas mãos estavam machucadas e ensanguentadas por ter esmurrado o espelho do banheiro momentos antes. Segurava Victoria bem apertada contra o seu peito.

— Você não conseguirá escapar desta, Penélope. Você será presa. — sussurrava Filomena perto do ouvido de Penélope. A polícia está procurando você. Eles irão lhe culpar pelo sequestro das crianças e, o pior, irão te culpar por tentar matar a sua bebê.

Penélope, imediatamente, captou o que Filomena lhe dizia e sentiu-se ainda mais atormentada.

— A mamãe nunca tentaria matar você... você sabe disso, não sabe? — ela disse, pressionando Victoria ainda mais forte contra o seu peito. A mamãe estava um pouco triste com você pelo que aconteceu, mas eu já te perdoei. Eu te perdoo por ter me deixado feia. Lágrimas começaram a escorrer pelo rosto de Penélope naquele momento.

Sensitiva a toda má energia que pairava sobre o ambiente, trazida pelos espíritos que estavam obsediando Penélope, Victoria começou a chorar alto. Penélope colocou-a, imediatamente, sobre a cama e levantou-se, sentindo-se muito transtornada com o barulho do choro.

— Sem barulho! Barulho, não! Mamãe não pode ouvir barulho agora... — Penélope correu até a poltrona onde havia deixado sua bolsa e procurou o frasco com pílulas para dormir, mas não conseguiu encontrar. — Pare de chorar... eu não posso com esse barulho!

Penélope tapou os ouvidos com as mãos, tentando abafar o barulho do choro, mas a ação não surtiu efeito. A cada segundo, sentia-se mais irritada. Deixou o quarto e desceu as escadas até o andar de baixo. Filomena a seguiu, gritando:

— Você perdeu tudo! Você perdeu suas propriedades, seus carros velozes, suas empresas, aviões privativos... tudo! — gritando mais alto ainda: — Você perdeu sua beleza! Está horrível agora!

Penélope começou a berrar. Com uma forte dor de cabeça, ela passou a alucinar. De repente, se viu entre as mais abomináveis criaturas, algumas com a aparência bestial, algumas parecidas com sombras negras e outras que mais pareciam esqueletos que se moviam. Sua visão ficou embaçada e o mundo espiritual ficou totalmente visível a ela. Ela pôde ver Filomena e todos os espíritos malévolos que a obsediavam, todos ali, na frente dela. Tomada por pânico e medo, Penélope passou a dar golpes com seus braços, no intuito de atingi-los. Filomena, que estava se divertindo com toda aquela cena, apareceu bem na frente dela e celebrou, pois Penélope finalmente podia vê-la.

— Finalmente nos reunimos, Marta.

— Vai embora! Vai embora, sua criatura horripilante.

— Como você se sente agora que perdeu tudo que tinha, até mesmo a beleza? — perguntou Filomena, enquanto gargalhava de prazer.

— O que você quer de mim? Onde está minha casa? Para onde vocês me levaram?

— Você ainda está na sua casa, sua tonta. Bom, na verdade, agora esta é a casa de Nigel.

Os outros espíritos, com exceção de Fortunada, aproximaram-se mais e mais de Penélope, fazendo com que ela ficasse totalmente enlouquecida. Ela correu até o centro da sala de estar, tentando escapar deles. Assim que chegou ao centro da sala, sentiu o calor vindo da lareira, que havia sido acesa assim que chegou na casa. Ela teve uma ideia. Rapidamente alcançou a pinça de aço usada para pegar os troncos de lenha na lareira e, utilizando o instrumento, pegou um pedaço de madeira em chamas e deu golpes no ar tentando acertar os espíritos. No entanto, seus golpes eram em vão. Os espíritos malévolos se aproximaram ainda mais dela. Alguns dos espíritos eram inimigos de outras experiências de vidas passadas, espíritos que haviam desencarnado há muitos anos e haviam se juntado a Filomena e Fortunada; outros eram espíritos com a mesma vibração energética de Penélope, associados a ela pelo seu vício ao álcool e às drogas. Alguns berravam palavrões e ameaças, enquanto outros a incentivavam a consumir álcool e drogas.

No quarto, no andar superior da casa, Katie acordou sentindo-se confusa por conta do efeito da pílula de dormir que havia ingerido. Ela, então, viu que Victoria estava deitada ao seu lado, chorando sem parar e desesperadamente. Ela podia ouvir Penélope, no andar de baixo, gritando e xingando. Usando toda a sua força,

Katie tentou se desvencilhar dos nós feitos com lençóis que Penélope havia usado para prendê-la à cama, porém não conseguiu. Ela olhou novamente para Victoria e notou que a pele dela estava toda avermelhada. Moveu seu rosto em direção à sua irmã e, com muito esforço, conseguiu tocar a sua testa no rosto de Victoria.

— Você está muito quente, Victoria... Você não está bem!!! — ela gritou por ajuda. — Ajuda... ajuda! Nós precisamos de ajuda!

Assim que Katie começou a gritar por ajuda, Victoria chorou ainda mais alto. Penélope, que ainda estava na sala, dando golpes no ar com a pinça de aço que ainda segurava o pedaço de madeira em chamas, assim que ouviu os gritos de Katie e o choro de Victoria, acordou do transe em que se encontrava. A imagem dos espíritos malévolos desapareceram de sua vista e ela viu-se novamente na sala de estar de sua casa em Hampton. Atordoada com os gritos e o choro, lançou o pedaço de madeira ainda em chamas, que segurava com a pinça de aço, ao ar. O pedaço de madeira voou pela sala e caiu no chão. Penélope correu pelas escadas de volta ao andar superior.

— O que você está aprontando, sua caipira? — gritou Penélope, assim que entrou no quarto.

— Nada. — respondeu Katie quase chorando. Victoria não está nada bem. Ela está muito quente...

— Oh, fique quieta, sua mimada! — gritou Penélope, enquanto apertava os nós que prendiam Katie.

— Por que você está me machucando? Por que nos trouxe aqui?

— Cale-se, eu já disse! — Penélope lascou um bofetão no rosto de Katie. — Você me deixa louca com a sua voz, garotinha mimada.

Penélope se aproximou de Katie e colocou seu rosto em frente ao rosto dela. Encarando a garota bem fundo nos olhos, ela perguntou:

— Você quer saber por que eu te odeio, quer? Quer saber por que eu estou te machucando, quer?

Katie fechou seus olhos para não ter que vê-la. Penélope continuou com raiva em seu tom de voz:

— Eu te odeio porque você me lembra a sua mãe. Ela era uma caipira e você também é uma caipira. Você tem cheiro de caipira, você se parece com uma caipira e é por isso que eu te odeio.

Com seus olhos fechados, Katie pensou em sua mãe e pediu a ela que a protegesse.

— Por favor, mamãe, onde quer que você esteja, me ajude... — pediu Katie em seus pensamentos.

Penélope a chacoalhou com força, dizendo a ela que abrisse seus olhos.

— Eu quero que você olhe para mim... me encare. Você se recorda do quão bela eu era? Todos os homens me desejavam, todas as mulheres me invejavam. Meus amigos tinham inveja de mim. Todos eles queriam ser eu, estar no meu lugar. Eu adorava me sentir assim, desejada, invejada... agora, tudo mudou. Olha o que a sua... — furiosa, apontando para Victoria, ela continuou: — Olha o que o monstro da sua irmã fez comigo. Ela veio a este mundo para me destruir.

Penélope correu até a poltrona onde sua bolsa estava e a abriu. Sacou de dentro da bolsa as joias que tinha tirado do cofre, uma por uma: colares de diamantes, relógios, braceletes de ouro e diamantes. Assim que as sacava da bolsa, ela as foi colocando. Ela enfeitou seus braços com os braceletes de ouro, diamantes e brilhantes, relógios... adornou seus dedos com mais de duas dezenas de anéis de todos os tipos: anéis de brilhantes, anéis com pedras preciosas, anéis de ouro, platina e prata. Eram tantos os anéis em seus dedos que quase não conseguia movê-los. Katie abriu seus olhos e não conseguia acreditar no que estava vendo. Penélope, naquele momento, estava pondo dezenas de colares e correntes em seu pescoço. Por último, ela vestiu uma tiara feita de diamantes e outras pedras preciosas. Katie fechou os olhos novamente, e sentindo-se com muito medo da cena que estava presenciando, ela fez uma prece com fervor, pedindo a Deus que protegesse ela e sua irmãzinha. Assim que Penélope acabou de se adornar com todas as suas joias, ela sacou o último item da bolsa: o revólver dourado. Apontou o revólver para Katie e disse com firmeza em sua voz:

— Abra seus olhos e me encare!

Tremendo de medo, Katie atendeu à ordem e, assim que abriu os olhos, viu o revólver dourado apontado para ela. Seu corpo inteiro ficou gelado, tomado pelo pânico.

— Eu vou matar você! — Penélope contou: três... dois... um... — e puxou o gatilho.

O revólver fez um som de clique e Penélope soltou uma gargalhada. Gargalhando bem alto, ela disse:

— Deu medo, não deu? Não tem balas no revólver, sua mimada chata. Não se preocupe, eu não vou matar você assim, tão fácil... Eu quero que você sofra muito, Katie.

Linda estava invisível no quarto, assim como todos os outros espíritos ali presentes. Linda fez uma barreira de luz em frente a Katie, para protegê-la dos espíritos malévolos que insistiam em xingá-la.

Filomena encarou Linda nos olhos e, debochando dela, disse:

— Parece que nós vamos fazer com que Marta mate Carmen mais uma vez. Nós fizemos isso uma vez e agora vamos fazer de novo. Isto é para você ver como nós somos poderosos. Você, Justa, sempre se achou melhor que a gente, sempre se sentiu superior, mas olha o que aconteceu com você! Lá atrás, no século XV, nós conseguimos fazer com que você e o seu esposo, Ager, fossem sentenciados à prisão perpétua. E, agora, olha nós aqui novamente, prestes a matar mais três pessoas. E você, o que você pode contra nós? Nada!

Rindo alto, Filomena continuou:

— Onde está o seu Deus, me diz?

— Vocês não têm nenhum poder, assim como eu também não tenho. Apenas Deus tem todos os poderes. Linda respondeu com calma em seu tom de voz. Se Deus permitiu que isso acontecesse, foi porque estava em seus planos, e não porque vocês assim o que quiseram. Aprenda isso, Filomena. O mal não tem espaço no Universo, apenas o bem. Pare de focar a sua existência em fazer mal à Marta. Você só irá evoluir quando se voltar a Deus e aprender a amar o próximo.

Fortunada estava no canto do quarto, quieta, enquanto Filomena continuava a insultar Linda com palavrões.

— Você não percebe que o tempo que você gasta focada na vida dos outros e empenhada em fazer mal a Marta, e a muitas outras pessoas, só serve para te atrasar em sua evolução, só trouxe mais miséria para a sua existência? É a lei da ação e reação. Todo o mal que você tentou fazer para os outros só faz mal a você mesma.

Olhando para Katie e Victoria deitadas na cama, Linda continuou:

— O que você ganha tentando fazer os outros sofrerem? Todos aqueles que você maltratou estão seguindo com suas experiências, progredindo e evoluindo, enquanto você está aqui se afastando de Deus.

— Marta não está evoluindo, ela é nossa! — respondeu Filomena com raiva. Ela é má assim como nós somos, e nós nunca permitiremos que ela se junte a vocês, iluminados.

— Vocês não são maus. Deus não os criou para serem maus. Vocês escolheram este caminho, escolheram viver assim, porém não foi para isto que Deus os criou. É verdade que Marta não evoluiu, continua a atrasar seu progresso, porém não por causa de vocês mas, sim, por causa de suas más escolhas. Assim que ela decidir deixar para trás toda a raiva, o sentimento de maldade e optar por amar o próximo, ela, então, retornará para o caminho que a levará para a sua purificação, independente de suas ações, Filomena.

Linda aproximou-se de Filomena, com seus braços abertos:

— Não ignore a lei de ação e reação, Filomena. Toda a má vibração que você emana aos outros retorna a você múltiplas vezes. Pare agora, retorne para a pátria espiritual. Espíritos benfeitores podem te levar agora para uma colônia espiritual, onde você irá receber assistência. Assim, ao lado de Deus, você apenas encontrará paz e bênçãos.

Enquanto isso, Penélope estava puxando os próprios cabelos, sofrendo de uma terrível dor de cabeça. Ela sentou à beira da janela que tinha vista para o mar. Sua mente havia ficado ainda mais atormentada e insana.

— Chegou a hora, Penélope. Você está horrível... Ninguém nunca irá te desejar como antes. Mate a caipira mimada e a bebê que te transformou neste monstro. Mate elas e depois se mate. É o melhor que você pode fazer. — disse Filomena, ignorando os apelos de Linda.

De repente, Fortunada ajoelhou-se, chorando. Ela deitou no chão e curvou-se ficando em posição fetal, chorando com muita tristeza. No mesmo momento, um espírito guardião chegou ao quarto, próximo de Fortunada. O espírito iluminou todo o recinto ao seu redor. Os espíritos malévolos correram para um canto do quarto e lá ficaram, acuados.

— Anjo Gabriel, eu sempre fui sua devota... por favor... suplico por sua ajuda. Eu não posso viver mais assim. Tantos séculos desperdiçados. Tantas oportunidades de felicidade que eu deixei para trás. Não quero mais ter que desperdiçar minha vida focando em fazer maldades a Marta. Por favor, meu Deus, me perdoe por todo o mal que eu fiz.

O espírito de luz levantou Fortunada do chão e a abraçou, segurando-a bem forte; e, com a rapidez da luz, ele a levou para uma colônia espiritual onde ela receberia assistência, carinho, e aprenderia sobre todos os seus erros.

— Ela se foi. — disse Filomena, com um olhar perdido. Apontando o dedo a Linda, ela a acusou: — Você levou a minha irmã para longe de mim. Como ousas tamanha afronta?

— Ela foi para uma colônia espiritual onde irá aprender sobre todos os erros que cometeu até hoje, e lá receberá aulas e apoio para um novo recomeço. Assim como ela, você também deveria ir, e assim escapar desta vida de misérias e tristezas que você se encontra.

— Cala a sua boca. Eu não vou a lugar algum!

De repente, elas foram interrompidas por um barulho e um grito. Roy havia chegado e estava gritando pelo nome de Penélope.

— Penélope, onde você está? Onde estão minhas filhas?

Os vidros da janela da sala estouraram e estilhaços de vidros voaram por toda a sala. A pinça de aço com o pedaço de madeira em chamas, que Penélope havia lançado ao chão anteriormente, havia causado um incêndio. Boa parte da casa estava em chamas.

Gritando para Penélope, ele a advertiu:

— O que você fez? A casa está pegando fogo! — Roy não conseguiu entrar pela porta de entrada da casa, pois toda a sala de estar estava em chamas. Ele correu ao redor da casa até chegar à porta dos fundos. Com um chute, arrombou a porta do jardim que dava para o interior da casa, e entrou.

— Onde estão as minhas filhas? Penélope, responde, onde vocês estão?

— Vai embora, Roy. Vai embora ou você vai morrer também. — gritou Penélope.

— A gente está no quarto, pai. Corre. A Penélope está louca. Corre, pai, corre!

Roy ficou paralisado olhando as chamas, que haviam alcançado a ponta da escada, tomou fôlego e subiu a escada correndo.

— O que você fez? — ele perguntou a Penélope assim que entrou no quarto. — A casa está em chamas. O fogo está se espalhando. Por acaso você estava pensando em se matar e matar as meninas também?

Roy desfez os nós que amarravam Katie à cama e disse a Katie que saísse do quarto e deixasse a casa pela porta dos fundos.

Penélope, segurando Victoria em seus braços, caminhou para trás até a janela do quarto, dizendo:

— Vá embora, Roy. Vá embora ou eu mato ela!

Roy foi até a escada para checar se o fogo não havia tomado conta da escada e, assim que se certificou que o caminho estava livre, disse a Katie:

— Vai filha. Saia daqui. Vai para os fundos da casa e nos espere no jardim. Eu te encontro lá assim que pegar a Victoria. Vai filha, vai.

Katie ficou paralisada, não querendo deixar o quarto sem o pai e a irmã, porém Roy a empurrou dizendo que fosse a um lugar seguro. Assim que a filha deixou o quarto, Roy virou-se para Penélope e disse:

— Eu sei de tudo, Penélope. Eu sei do seu caso nojento com o Nigel. E, o pior, eu sei da sua tentativa de assassinato. Como você pôde tentar assassinar a sua própria filha?

Penélope estava tremendo, e lágrimas escorriam pelo seu rosto, sem parar.

— Você ficou totalmente louca. Como pude ser tão cego e não ver isso antes? — Roy se jogou na frente de Penélope com a intenção de tirar Victoria dos braços dela. — Me dá a Victoria. Nós temos que sair daqui antes que esta casa queime por completo.

Penélope apertou Victoria ainda mais forte contra o seu peito, recusando-se a entregá-la a Roy.

— Eu não tentei matá-la. Eu nunca tentaria matar minha filhinha...

— Agora não é tempo para mais uma de suas mentiras, Penélope. Me dê ela. — Roy tentou tirar a bebê de Penélope, mas, mais uma vez, foi empurrado para trás.

— Eu não estou mentindo. Eu assumo que eu envenenei a água daquela jarra... sim, eu envenenei. Mas eu queria matar a empregada. Eu queria que ela fosse embora de nossas vidas. Eu sentia que aquela empregada estava se aproximando de você para tirá-lo de mim. Ela tinha inveja de mim, queria ser eu. Acredite em mim, eu não queria fazer mal a nossa filha.

— Nós não temos tempo para isso, Penélope. Nós vamos morrer queimados se não sairmos daqui agora! Me dê a Victoria e vamos sair daqui.

Eles ouviram sons de sirenes, anunciando que carros de polícia haviam chegado lá fora da casa. Penélope correu até a poltrona onde havia deixado o revólver dourado e o pegou, apontando diretamente para a cabeça de Victoria.

— Eles não vão me levar para a prisão, Roy. Eu me recuso a perder tudo o que eu tenho. Eu me mato e mato a Victoria também, mas eles não me pegam.

A fumaça negra do incêndio alcançou o andar superior e começou a tomar conta do quarto.

— Eu não tentei envenená-la. Eu juro. Acredite em mim, Roy.

— Não é hora para esta conversa, Penélope. Nós temos que sair daqui depressa.

Penélope tremia, nervosa. Ao seu lado, Filomena lhe ordenava que atirasse na bebê.

— Eu queria odiá-la... Queria odiá-la por todo o mal que ela me fez. Entretanto, não consegui. Todos os dias, quando ninguém estava por perto, eu ia até o seu quarto e a admirava. Algumas vezes, eu até brincava com ela.

Lágrimas não paravam de rolar pelo seu rosto. As lágrimas rolavam e respingavam em Victoria. — Ela é tão linda, não é? Ela tem os meus olhos, mas tem o seu nariz e os seus lábios. Eu queria vê-la como um monstro, um monstro que arruinou minha vida, mas eu não consigo odiá-la.

— Vamos embora daqui. — Roy estava impaciente. Sabia que cada segundo que ficavam ali parados fazia com que se tornasse mais difícil escapar com vida daquela casa em chamas. Lá fora, a polícia gritava para que eles deixassem a casa imediatamente.

— Você acredita em mim, acredita, Roy? Você consegue acreditar que eu nunca quis matá-la?

A fumaça negra tornou-se mais intensa, enquanto as chamas do incêndio haviam tomado conta de parte da escada.

Roy tinha muito medo de que ela apertasse o gatilho do revólver e atirasse em Victoria. — Eu acredito, Penélope. Acredito em você, agora abaixe esse revólver e vamos embora daqui...

— Pai! — gritou Katie, que havia voltado ao quarto. — O revólver não tem bala. Ela me disse antes que não tem balas no revolver. Ela está mentindo!

Era tudo o que Roy precisava ouvir para ir para cima de Penélope e tirar Victoria dela. Ele deu uma cotovelada nela e fez com que o revólver caísse no chão. Em seguida, saiu correndo com Victoria em seus braços. Beijou sua testa, dizendo: "Você está a salvo agora, minha filha. Vamos sair daqui já."

Roy, segurando Victoria no colo, desceu a escada com muito cuidado, esquivando-se das chamas.

— Calma, minha querida, logo nós estaremos fora desta casa e a salvo. Papai te ama muito. — Ele dizia a Victoria enquanto descia as escadas.

Katie, agarrada às costas do pai, descia as escadas logo atrás de Roy. As chamas estavam tomando conta de quase toda a escada, e todo o ambiente estava tomado pela fumaça negra. Assim que eles chegaram ao térreo, Penélope, de repente, puxou Katie com força, fazendo com que ela se soltasse de Roy. Katie gritou alto, chamando o pai. Devido a todo o barulho vindo das sirenes de polícia, do incêndio e de Victoria, que estava chorando, Roy não ouviu Katie gritando. Roy se abaixou para fugir das chamas e correu até o fundo da casa, enfrentando a fumaça e o fogo. Ele foi perdendo o folêgo e respirando com muito esforço. Tossindo e com muita dificuldade para respirar, ele conseguiu chegar até a porta da cozinha, que dava para os jardins da casa.

Assim que chegou aos fundos da casa, encontrou muitos policiais e bombeiros no jardim. Paramédicos foram logo amparando ele e Victoria. Assim que Roy notou que Katie não tinha deixado a casa, empurrou o paramédico para trás e correu em direção ao interior da casa para resgatar sua filha. Os policiais e bombeiros tentaram impedi-lo, mas Roy foi os empurrando-os com força, até que conseguiu adentrar a casa, novamente.

Dentro da casa a fumaça negra havia tomado conta de tudo. Era quase impossível enxergar alguma coisa. A temperatura estava extremamente alta, e as chamas já estavam atingindo o teto do corredor que dava para os fundos da casa.

— Katie? Penélope? Onde vocês estão? Vocês têm que sair da casa agora mesmo!

Katie não tinha aguentado o calor e acabara desmaiando e estava caída no chão. Penélope, que estava ao lado de Katie, ria alto.

— Nós vamos morrer juntas! — dizia Penélope rindo alto.

Roy conseguiu ouvir a voz de Penélope e, assim, identificar sua localização. Gritando alto, ele pedia para que Penélope parasse com o que ele achava ser uma brincadeira e deixasse a casa imediatamente. Assim que chegou perto de onde as duas estavam, tentou se aproximar, mas, no mesmo instante, um pedaço enorme de madeira em chamas caiu do topo da escada. O barulho da queda do pedaço de madeira distraiu Penélope, e Roy, aproveitando-se da situação, empurrou-a para trás e conseguiu, enfim, pegar Katie do chão. Penélope caiu para trás, perto dos escombros e da escada em chamas. Roy foi em sua direção para dar-lhe a mão, porém mais um pedaço de madeira em chamas caiu entre eles. A casa já havia sido tomada totalmente pelas chamas, que rapidamente aumentavam sua intensidade. Roy tentou ajudar Penélope, mas ela recusou sua ajuda. Preocupado com Katie, Roy agachou-se, com ela ainda em seu colo, e enfrentou o incêndio até alcançar o jardim. Assim que chegou ao jardim, com Katie em seu colo, Roy desmaiou e ambos caíram no chão. Os paramédicos correram para socorrê-los e ambos foram levados para as ambulâncias.

Dentro da casa, os tetos da sala e do corredor começaram a desabar. Presa ao concreto e aos pedaços de madeira em chamas, Penélope já não tinha como escapar. Ela estava prestes a morrer queimada viva. Filomena e os outros espíritos malévolos se divertiam com a cena. O momento que tanto esperavam estava acontecendo: Penélope iria desencarnar, assim como desencarnaram Carmen e Sophia. Penélope berrava de dor. Sentia sua carne queimar. Era uma dor absurda. Devagar, Penélope foi deixando o seu corpo físico. Em espírito, assistia horrorizada ao seu corpo queimando com o incêndio. Dinamite, Filomena e os outros espíritos malévolos do bando formaram um círculo ao seu redor. Seus olhos brilhavam de prazer. Ela ficou ainda mais horrorizada quando viu aquelas criaturas monstruosas ao seu redor. Penélope gritava de dor e de horror enquanto os espíritos malévolos gargalhavam e a insultavam, aguardando seu desencarne.

No jardim, muitos bombeiros tentavam combater o fogo, mas sem muita sorte. As chamas se tornavam mais intensas independente dos esforços dos bombeiros. Os paramédicos fizeram os primeiros socorros em Katie, Victoria e Roy, antes de levá-los de ambulância até o hospital mais próximo.

Em poucas horas a casa tinha sido toda consumida pelo incêndio. Toda a parte superior havia desabado. O fogo consumira tudo, inclusive o corpo físico de Penélope, que sentira e assistira a toda a dor. Até mesmo quando os laços fluídicos foram todos rompidos e ela se vira livre de seu corpo físico, já todo queimado pelo incêndio, Penélope ainda sentira as dores agoniantes de ter sido queimada viva.

Horas mais tarde no hospital, Roy não aguentara os ferimentos e sofrera uma parada cardíaca.

47

O reencontro

Roy abriu seus olhos. Ele pôde ouvir uma voz feminina bem suave chamando seu nome. Devagar, ele acordou por completo e recuperou sua consciência. Sua visão foi tornando-se clara, o que foi lhe revelando, aos poucos, o rosto da mulher que chamava pelo seu nome. Era Linda.

— Linda, é você? — ele perguntou com muita dificuldade para falar.

Linda disse que sim e sorriu.

Ainda sentindo-se confuso, ele perguntou:

— Eu morri e estou nos céus?

— Seu corpo físico sofreu muitos ferimentos no incêndio. Você entrou em choque e seu coração parou. Nossos médicos acabam de te reenergizar com fluidos vitais, e você recebeu de nosso Senhor, Deus todo poderoso, mais tempo na Terra para continuar sua jornada.

Roy sentiu-se com medo, exaltado. A lembrança do incêndio ainda estava viva em sua memória. Ele entrou em pânico.

Notando o seu estado, Linda disse:

— Está tudo bem agora, querido. Katie e Victoria sofreram alguns ferimentos, mas já estão bem e estão seguras.

— Quem está cuidando delas?

— Alguns dias atrás, eu comecei a inspirar Elizabeth e Joey para que visitassem Katie. Meus pensamentos chegaram até eles em forma de inspiração e eles decidiram ir para Nova Iorque fazer uma visita surpresa a vocês. Eles chegaram no mesmo dia em que Penélope sequestrou as meninas. Assim que Elizabeth e Joey chegaram ao apartamento, foram informados pelos policiais e por Amelie sobre o que havia acontecido. Juntos com Amelie, eles foram até a casa de Hampton e ficaram lá no local com os policiais esperando por vocês. Eles estão agora no hospital, cuidando de Katie e Victoria. Tudo ficará bem.

Linda acariciou Roy suavemente com sua mão, enquanto dizia:

— Eu estou tão feliz por você, Roy. Você está aprendendo. Você está finalmente aprendendo a importância do amor incondicional e verdadeiro. Você se livrou dos seus vícios pelas armadilhas materiais, como a soberba, o orgulho, o apego e a riqueza. Você finalmente aprendeu que o amor é o verdadeiro e único caminho que leva a Deus.

— Sinto muito, Linda. Sinto muito pelo mal que eu te causei. Eu nunca deveria ter me envolvido com Penélope. Sinto-me muito envergonhado.

— Não se preocupe comigo, Roy. Eu nunca tive que perdoá-lo, simplesmente porque eu entendi que você não estava preparado, naquela época, para amar alguém verdadeiramente. Amar o amor incondicional. Eu não podia esperar de você algo que você não tinha para oferecer. Era parte essencial da sua jornada, do seu destino, conhecer Penélope e passar pelo que vocês passaram juntos. Parece que você finalmente aprendeu que Deus mora onde existe o amor incondicional. O amor incondicional é amar o próximo e amar tudo no Universo como amamos a Deus.

Ela beijou a testa de Roy com imenso carinho e finalizou dizendo:

— Agora volte, meu querido amigo. Volte e seja muito feliz. Sua esposa e suas filhas estão esperando pelo seu retorno. Nós vamos nos rever um dia.

— Estou confuso. Você disse esposa?

— Sim. Um dia você irá me entender. Adeus, Roy, e até um dia.

Imediatamente após ouvir as palavras finais de Linda, o coração do corpo físico de Roy voltou a bater, enquanto os médicos utilizavam o desfibrilador para tentar ressuscitá-lo.

48

O perdão

DIAS depois, Roy havia se recuperado e deixado a UTI do hospital, e foi levado para um quarto onde podia receber visitantes. Assim que entrou, em uma cadeira de rodas, empurrado por uma enfermeira, viu o quarto repleto de balões e flores. Primeiro ele viu Katie, que pulava de alegria. Ela correu em sua direção e, com muito cuidado, deu-lhe um beijo no rosto.

— Cuidado, Katie. O papai está muito ferido. Você não pode tocar nele por causa de suas queimaduras. — disse Elizabeth, que segurava Victoria em seu colo.

Ao lado de Elizabeth, estava Joey, que o cumprimentou com um sorriso alegre:

— Bem-vindo de volta à vida, Roy. Os médicos disseram que você quase morreu.

Roy estava muito surpreso em ver Joey e Elizabeth ali no hospital. Eles pareciam estar muito felizes em vê-lo. Roy achou a presença deles muito estranha, levando em conta como ele havia deixado a Carolina do Norte e rompido a relação com eles. Antes que Roy pudesse cumprimentá-los de volta, Ricky entrou no quarto correndo, sorrindo e chacoalhando um buquê de flores no ar. Ele chacoalhava o buquê tão forte, que algumas das pétalas soltaram-se e caíram pelo chão.

— Senhor Roy... Senhor Roy. Que bom que o senhor não morreu! Olha o que eu trouxe para você! Olha! — Ricky continuou a chacoalhar o buquê.

Elizabeth, preocupada com que Ricky pudesse machucar Roy com o buquê de flores, gentilmente segurou Ricky e pediu que ele lhe entregasse as flores para que elas pudessem ser colocadas em um vaso.

— Elas são lindas. Obrigado, Ricky. — disse Roy, surpreso em ver o menino.

— São lindas mesmo. Minha mãe que comprou. Nós fomos até a loja de flores ali na esquina e...

Ricky continuou falando sem parar, mas Roy já não estava mais prestando atenção. Ele viu que Dolores estava na porta do quarto e, então, não conseguiu pensar em mais nada. Seu coração começou a bater acelerado. Ele notou que ela estava mais bonita do que nunca. Roy e Dolores se encararam em silêncio por segundos que pareceram uma eternidade. Dolores então sorriu, ajeitou seu cabelo e quebrou o silêncio, dizendo:

— Olá, Roy. Nós só viemos aqui para lhe cumprimentar e entregar estas flores. Queríamos dizer que estamos muito felizes pela sua recuperação.

Roy, imediatamente, lembrou-se de como a havia tratado na delegacia, e baixou sua cabeça, sentindo-se envergonhado. Sem conseguir encará-la nos olhos, ele disse obrigado pela visita.

— Pai, pai! — disse Katie toda alegre. — O Ricky agora voltou a morar com a mãe dele. Eles estão juntos de novo. Não é maravilhoso que eles estão juntos? Agora nós podemos morar juntos como nós morávamos antes, não podemos?

— Ah, mas sem a senhora Green... não é mesmo? Ela era má! — Ricky perguntou a Katie.

Todos no ambiente ficaram em silêncio. Ricky, então, disse com uma cara de criança que fez algo errado:

— Nossa, mãe. Me desculpe. Eu esqueci que você pediu para eu não contar que a senhora Green estava morta.

— Ricky, venha aqui agora! — exclamou Dolores. Ela olhou em direção a Elizabeth e Joey, e disse: — Desculpem-me. Talvez seja melhor que eu os deixe sozinhos. Sei que vocês têm muito o que conversar em família.

Roy estava cabisbaixo, enquanto Katie pedia a Dolores que não fosse embora. Joey agachou-se e pediu a Katie que fosse com Dolores e Ricky para que, assim, ele e Elizabeth pudessem conversar com Roy a sós. Katie concordou e, então, ele disse a Dolores:

— Dolores, por que não tomamos um café? Elizabeth e eu temos que conversar um pouco com Roy. Por favor, vá na frente e nós iremos lhe encontrar assim que conversarmos com ele.

— Sim, parece uma ótima ideia. Eu cuido da Victoria e das crianças, enquanto vocês conversam com ele. — Dolores deu uma rápida olhada para Roy, mas ele não retornou o olhar.

Elizabeth entregou Victoria para Dolores, que deixou o quarto com a bebê no colo e as crianças a acompanhando. Assim que ficaram apenas os três no quarto, Elizabeth disse:

— Parece que nós estamos destinados a te visitar em hospitais, Roy. Esta deve ser a terceira vez que nós o visitamos em um hospital.

— Eu garanto que desta vez não foi minha culpa! — ele riu, mas foi logo interrompido quando percebeu que ela não havia achado graça.

— Bom... eu não diria que não tenha sido sua culpa.

Joey olhou para ela com olhar de desaprovação e a alertou de que não era aquela a intenção da visita deles.

Roy pensou por um instante e, logo após um breve momento em silêncio, concordou com ela:

— Você está certa, Elizabeth. Eu me coloquei nesta posição, não é mesmo? Eu escolhi estar junto de Penélope. Eu fui cego e fiquei obcecado pelo estilo de vida luxuoso e cheio de riqueza do qual estava desfrutando.

— Roy, não estamos aqui para te julgar, e nem para falar do passado. Nós todos sabemos o que aconteceu. O único proveito de se pensar no passado são as lições que podemos aprender com os erros cometidos e não cometê-los novamente. Vamos seguir em frente. — disse Joey, com um ar de paz e certa suavidade em seu tom de voz.

— Eu pensei que vocês estivessem bravos comigo pelo que... eu fiz a Linda.

— Sim, e muito. — Elizabeth mudou o tom de voz, de furioso para um tom mais calmo e sereno. — Quero dizer, nós estávamos. Nós realmente estávamos muito, muito bravos com você.

Lágrimas vieram-lhe aos olhos enquanto lembrava de sua filha, Linda. Após uma rápida pausa, Elizabeth continuou enquanto as lágrimas desciam-lhe pelo rosto:

— Nos sentimos feridos, Roy. Você não traiu apenas a nossa filha, mas foi como se você houvesse nos traído também. Tudo bem que no começo, quando você e Linda começaram a namorar, nós demoramos para nos conhecer bem e nos entender, mas logo nós passamos a te conhecer melhor e... a gente te via como um filho.

Roy também tinha lágrimas em seu rosto. Ele olhou para Elizabeth e estendeu sua mão direita. Ela segurou sua mão com bastante carinho e continuou:

— Quando Linda desencarnou, você e Katie se tornaram as pessoas mais importantes em nossas vidas. Nós aprendemos a te amar, Roy, como se você fosse o nosso filho. Nós sentimos tantas saudades quando vocês deixaram a Carolina do Norte e vieram para cá.

— Eu posso imaginar o quanto vocês sentiram a falta de Katie... — disse Roy.

E Elizabeth o interrompeu:

— Não só Katie. Nós sentimos muito a sua falta também. Nós estávamos com tanta raiva pelo que você tinha feito à nossa filha e à nossa família, mas, com o tempo, nós entendemos que a nossa raiva estava se voltando contra nós mesmos. Quanto mais nós nos distanciávamos de você e de Katie, mais nós sofríamos. A gente carregava tanta tristeza e tanta raiva, e esses sentimentos agiam como venenos que tiravam os melhores sentimentos da gente e tomavam conta de nós, causando depressão e infelicidade.

Joey, então, tomou a conversa de onde Elizabeth havia parado:

— O desapontamento e a raiva que nós sentíamos pelo que você havia feito se foram, e todos aqueles sentimentos ruins foram substituídos pelo nosso amor por você e por Katie. O amor curou as feridas e removeu todo o sofrimento de nossos corações. — Joey secou as lágrimas em seu rosto — Meses atrás, Dolores encontrou o número do telefone lá de casa e nos telefonou, parece que foi Katie quem pediu a ela e, então, através de Dolores, nós retomamos contato com a nossa pequena Katie novamente. Nós passamos a ter conversas frequentes por telefone, não apenas com Katie, mas também com Dolores.

— Então vocês dois fizeram amizade com Dolores meses atrás?

— Sim. — respondeu Joey. — Sabendo que Dolores era a pessoa mais próxima de Katie, era muito importante para nós estabelecer uma relação com ela, nem que fosse por telefone. Dolores passou a nos telefonar e a nos manter informados sobre Katie, e nós também a lhe telefonávamos para saber notícias. E foi há algumas semanas, quando Dolores nos confessou estar um pouco preocupada com o jeito estranho de Penélope, que nós tivemos a intuição de que algo muito ruim estava para acontecer.

Elizabeth continuou:

— Nós compramos as passagens de avião, marcamos um hotel para uma semana e decidimos vir e fazer uma surpresa para vocês. A gente pensou em visitá-los em seu apartamento e retomar a nossa relação. No dia que nós chegamos em Nova Iorque, fomos direto à sua residência. Quando chegamos, encontramos policiais e também conhecemos uma senhora chamada Amelie, que nos contou mais ou menos o que tinha acontecido. Na verdade, nós chegamos ao seu apartamento alguns minutos depois de você ter saído para ir à casa de praia em Hampton.

Ainda segurando a mão de Roy, ela disse:

— Meu Deus, nós estávamos com tanto medo. Não sabíamos o que estava acontecendo direito. Ficamos sabendo que Dolores havia sido presa e que Katie e Victoria estavam desaparecidas. Foi tudo tão pavoroso.

Tentando evitar que aquelas lembranças tristes voltassem todas à tona e perturbassem Roy, Joey fez um sinal com a cabeça, pedindo a Elizabeth que deixasse de falar sobre aquele assunto.

— Graças a Deus está tudo bem, agora. Vamos agradecer ao Nosso Senhor por vocês estarem todos a salvo.

— O incêndio! — exclamou Roy, quase gritando. As lembranças do incêndio haviam lhe voltado à mente. Um frio correu-lhe pelo corpo. A frase que Ricky dissera antes, no quarto do hospital, lhe viera à mente, e ele, então, pensou em Penélope. Chocado e em pânico, Roy olhou para Joey com certo pavor e perguntou: — Penélope... ela... morr... ela morreu?

Joey e Elizabeth se olharam e foi Joey quem respondeu:

— Sim, Roy. Os bombeiros tentaram entrar na casa, mas o teto desabou por completo e...

— Ela morreu queimada viva! — concluiu Roy em choque.

— O funeral foi ontem. — disse Elizabeth. — Dolores ficou cuidando das crianças, enquanto eu e Joey fomos ao funeral. Nós éramos os únicos presentes. Foi muito triste. Oremos por ela.

Roy chorou desperadamente. Sentia-se muito triste por saber do desencarne dolorido que Penélope havia sofrido. Joey e Elizabeth ficaram ao seu lado, os dois em silêncio, esperando Roy se acalmar. Depois de um longo tempo chorando, Roy, cabisbaixo, disse para si mesmo em voz alta:

— Que ironia. Ela sempre os chamou de caipiras e, no fim, vocês foram os únicos a estarem presentes em seu funeral e a orarem por ela.

— Não vamos pensar nisso. Como disse, oremos por ela. Oremos para que ela encontre o caminho de volta a Deus.

— A propósito, você disse que Dolores ficou cuidando das crianças?

— Sim, ela ficou. Os policiais a liberaram no mesmo dia do incêndio, quando foi comprovado que Penélope havia sido a culpada pelo envenenamento. Ela é uma mulher muito gentil, Roy. — disse Elizabeth. — Você tem muita sorte de tê-la em sua vida.

— Querida, Dolores está nos esperando na cafeteria. Creio que Roy precisa ficar só e descansar.

— Você está certo, meu querido. Vamos encontrar Dolores e as crianças. — Olhando para Roy com carinho em seu olhar, Elizabeth disse:

— Nós alugamos um apartamento aqui em Nova Iorque. Você, Katie e Victoria podem ficar com a gente até você conseguir se ajeitar e decidir o que irá fazer da vida.

— Vocês já sabem que eu perdi tudo o que eu tinha? Penélope assinou procurações... enfim, uma longa história, mas a verdade é que estou sem nada!

Elizabeth respondeu:

— No dia em que chegamos ao seu apartamento, enquanto conversávamos com Amelie, um homem nos disse que ele precisava que o apartamento fosse liberado até o dia seguinte. Ele não nos pareceu muito amigável e explicou que vocês haviam sido despejados do apartamento. Joey e eu mais ou menos adivinhamos o que tinha acontecido, mas não vamos falar disso agora. Estamos aqui para lhe ajudar no que você precisar.

Ela beijou delicadamente a mão de Roy e disse antes de deixar o quarto:

— Eu me esqueci de lhe dizer que Dolores está deixando os Estados Unidos dentro de alguns dias, para sempre. Ela e Ricky estão indo morar na Colômbia. Lute pelo amor dela, Roy, antes que seja tarde.

49

A união de dois amores

DOLORES olhou para todos os lados, com a esperança de encontrar Roy e as crianças. Em sua mente, iria acontecer como nos filmes românticos, em que o mocinho da história chega ao aeroporto no último minuto do filme e se declara para a mocinha do filme que está prestes a ir embora. Uma música romântica toca ao fundo da cena de amor e o filme termina com um lindo final feliz. Dolores deu uma última olhada ao redor e, assim que certificou-se de que Roy não estava por perto, deu uma mochila para Ricky e disse:

— Filho, ajude a mamãe com esta mochila, por favor.

Ela empurrou o carrinho com a bagagem pela entrada do terminal do aeroporto, sendo seguida por Ricky, que não estava feliz em deixar os Estados Unidos. Eles caminharam até o guichê de *check-in* da companhia aérea, ambos se sentindo nostálgicos e tristes.

— Como é Medellín, mãe? Fica na praia? — perguntou Ricky, com um ar desanimado.

— Não, filho, é uma cidade muito bonita, mas não fica perto do oceano. — notando que Ricky estava bastante triste, Dolores se agachou e, olhando em seus olhos, disse:

— Eu prometo que você vai amar a Colômbia. As pessoas lá são muito amigáveis e você irá ver a sua tia Lucie e os seus primos.

— Mas... mãe, eu nem sei quem eles são.

"Ele está certo. — ela pensou. — Minha irmã nunca se preocupou em nos telefonar ou escrever para saber como estávamos, desde que deixei a Colômbia."

Dolores disfarçou a tristeza que estava sentindo e disse:

— Ricky, vamos viajar com alegria. Nós estamos juntos, não estamos? Nós somos um time, não somos?

— Sim. — ele respondeu com a voz bem baixa.

— O quê? Eu não escutei o que você respondeu! — Dolores fez cócegas em Ricky, que começou a rir.

— SIM! — ele gritou, rindo.

— Bem melhor! Filho, nós estamos juntos e é isso que importa. Não importa onde estivermos, desde que estejamos juntos, nós seremos felizes!

Os dois se abraçaram e seguiram para a sala de espera do aeroporto.

*****

Em East Village, Nova Iorque, no apartamento alugado, Elizabeth, Joey, Roy e as crianças estavam prontos para viajar e deixar Nova Iorque, rumo à Carolina do Norte. Roy havia aceitado a proposta de Joey e Elizabeth para retornar à Carolina do Norte. Ele havia também contatado o seu antigo chefe, que lhe oferecera seu antigo cargo de volta. Joey comprou um carro antigo e usado para que eles pudessem fazer a viagem de Nova Iorque até a Carolina do Norte.

Naquela manhã, Roy e Joey abasteceram o carro e colocaram todas as bagagens no porta-malas. Roy estava triste, pensando em Dolores. Elizabeth havia lhe dito que Dolores iria voar naquele mesmo dia, e lembranças dos momentos bons que os dois viveram lhe visitavam a mente e o coração. Roy observou toda a família entrar no carro e se acomodar. Ainda nostálgico e pensativo, com o olhar perdido, pensava em Dolores. Sentia saudades até das risadas de Ricky e de suas perguntas que nunca terminavam. Uma lembrança lhe veio à mente enquanto todos o esperavam entrar no carro:

"Ambos, Roy e Ricky, estavam no Central Park jogando futebol enquanto Dolores estava sentada com Katie e Victoria sobre um lençol no gramado. Ricky havia parado de jogar futebol para perguntar a Roy o porquê de a grama ser tão fofa e por que tinha a cor verde. Roy segurou seu boné e o arrastou para perto de si... Sorrindo disse: — Você sabe de uma coisa? Eu vou lhe chamar de Senhorzinho Por quê.

— Por que o senhor vai me chamar de Senhorzinho Por quê, senhor Taylor? — perguntou Ricky com o seu jeito curioso.

— Por este mesmo motivo, Senhorzinho Por quê... Porque você sempre pergunta o porquê de tudo. E os dois riram alto. Roy o ergueu no ar e o levou até onde Dolores estava com Katie e Victoria, e juntou-se a elas.

Dolores sorriu e, naquele momento, Roy pensou que aquele era o sorriso mais lindo que já havia visto em sua vida."

— Vá atrás deles, Roy. Eles precisam de você assim como você precisa deles. Disse Linda em seu ouvido.

A memória se foi e Roy voltou à realidade. Joey estava sentado no banco do motorista, chamando por ele. Roy entrou no carro, sentou-se ao lado de Joey e perguntou:

— Você pode me levar até o aeroporto J. F. Kennedy, Joey, por favor?

Entendendo as intenções de Roy, Joey lhe avisou que o voo de Dolores deixaria o aeroporto em duas horas.

— Não creio que iremos conseguir chegar a tempo... a não ser que, por um milagre, o voo tenha atrasado.

— Vamos tentar! — exclamou Roy.

*****

— Mãe, a gente está aqui esperando faz tanto tempo... até parece que já faz um dia inteirinho! — disse Ricky entediado.

— Eu sei, filho. A moça da companhia disse que o voo está atrasado. Logo eles nos chamam.

— Já faz muito tempo, mãe... eu tenho fome.

Dolores abriu a sua mochila e tirou de dentro um sanduíche que havia preparado antes de deixar a casa onde estava. Ela entregou o sanduíche a Ricky, que abriu o embrulho com muita rapidez.

— Hummm, que delícia, presunto e queijo e sem maionese! O meu preferido.

Ele comeu o sanduíche inteiro e, após engolir o último pedaço, disse:

— Mãe...?

— O que foi agora, Ricky?

— Por que o nosso voo está atrasado? Seria porque eles têm que abastecer com gasolina?

— Eu não sei, filho. Logo eles nos chamam para embarcar.

Naquele momento, um anúncio da companhia aérea informava aos passageiros do voo para Bogotá — cidade onde eles desceriam para pegar outro voo até Medellín — que já podiam fazer o seu caminho até o portão da segurança e dirigir-se até o portão de embarque.

Dolores levantou-se, pegou as malas e disse a Ricky que levantasse também. O voo deles iria decolar em quarenta e cinco minutos.

Eles foram até o portão da segurança, onde havia uma fila de pessoas esperando que a moça da segurança checasse suas passagens. Em poucos minutos, chegou a vez deles de mostrarem os documentos e passagens para a moça que trabalhava na segurança.

— Moça, por que a senhorita precisa olhar nossas passagens? É por que...

Dolores olhou para Ricky e disse:

— Agora não, Ricky. Sem perguntas.

— Dolores! — gritou Roy, que corria pelo saguão do aeroporto. Dolores, espera!

Dolores não conseguia acreditar no que estava vendo. Roy estava correndo pelo saguão do aeroporto, esbarrando nos passageiros e pessoas ao redor. Pulando as malas e bagagens que estavam em seu caminho, Roy gritava o nome de Dolores alto, pedindo que ela esperasse por ele. Logo atrás de Roy, estava Katie, que também corria e, mais atrás, Joey e Elizabeth segurando Victoria.

— Mãe, olha! É o senhor Taylor e a Katie! Nossa, olha que legal, os avós da Katie também estão aqui.

Roy continuou a gritar:

— Esperem, por favor!

As pessoas na fila da segurança estavam eufóricas assistindo à cena. Quando Roy finalmente chegou ao local onde Dolores e Ricky estavam, ele estava sem folêgo e quase não lhe saía a voz. Ele disse, quase sem voz:

— Eu te amo... Eu te amo muito. — Roy tomou folêgo e respirou fundo antes de continuar. — Eu nunca senti este sentimento que eu sinto por você, por ninguém mais. Este sentimento é muito novo para mim, eu me sinto perdido, mas tudo o que eu sei é que quero passar o resto da minha vida com você.

O coração de Dolores estava batendo forte. Em silêncio, sem saber o que dizer, ela se aproximou de Roy. Ele, então, a agarrou em seus braços e deu-lhe um abraço bem apertado, seguido por um beijo. Os passageiros que estavam em volta aplaudiram e mais passageiros se juntaram para assistir à cena.

Katie logo chegou e abraçou Ricky, ambos se sentindo felizes com a reconciliação de seus pais. Elizabeth e Joey chegaram perto, sorrindo muito. Dolores segurou a mão de Ricky e deu espaço para que os outros passageiros da fila pudessem passar à frente, porém ninguém se moveu. Contagiadas com toda aquela felicidade e demonstração de amor, as pessoas queriam assistir àquela cena romântica. Roy ajoelhou-se e, olhando para Ricky, disse:

— E eu também te amo, Senhorzinho Por quê.

Ricky deu-lhe um abraço forte. Roy levantou-se e, encarando Dolores e segurando suas mãos, ele pediu:

— Dolores, venha para a Carolina do Norte conosco. Vamos começar uma nova vida, agora como uma família. Quero que você se case comigo.

Naquele momento, o anúncio do aeroporto no alto-falante dizia:

Última chamada para os passageiros do voo 2581 da empresa Voe Comigo com destino a Bogotá. Nós pedimos que todos os passageiros se dirijam ao portão de embarque o mais rápido possível. Esta é a última chamada.

— Então, mãe... responde. Você vai dizer sim, não vai? Diz que sim, mãe... — implorou Ricky.

Dolores olhou para Ricky e Katie, que estavam de mãos dadas, e olhou para Roy, que a encarava com um brilho em seus olhos. Ela, então, abriu um sorriso e disse:

— Sim, querido, nós vamos para a Carolina do Norte. Roy, eu aceito. — ela disse com lágrimas em seus olhos.

Dolores e Roy se beijaram apaixonadamente, enquanto Elizabeth, Joey e as crianças celebraram com muita alegria.

Linda estava ali presente, acompanhada por Teresa e Geraldine. As três testemunharam a cena com muita alegria e felicidade.

Elas acompanharam a família, que deixou o aeroporto, até eles entrarem no carro e seguirem rumo à Carolina do Norte.

— Deus os abençoe, meus queridos. — disse Linda com um imenso sentimento de paz em seu coração.

Teresa e Geraldine estenderam suas mãos para Linda, que as segurou. Teresa disse a ela:

— Eles ficarão bem, minha querida. Eles estão em paz.

O carro partiu, deixando o aeroporto, enquanto Teresa, Geraldine e Linda voltavam para Lunas, felizes por saberem que seus amigos queridos estavam agora em paz.

50

Borboletas no jardim

DEZ anos depois.

Carolina do Norte, Estados Unidos.

Dolores correu pela escada até o andar térreo da casa. Olhava o relógio em seu pulso, preocupada por estar em cima da hora. Ela vestia um lindo vestido vermelho, seus cabelos negros cacheados estavam adornados com uma tiara de flores e tinham um brilho ainda mais especial. Assim que chegou ao final da escada, deparou com Victoria, que esperava impaciente. Dolores ficou em silêncio, parada, olhando para Victoria por alguns segundos. Victoria estava agora com dez anos de idade, usava um vestido amarelo e estava ainda mais bonita naquele dia especial.

— Por que você está me olhando assim, mamãe? — perguntou Victoria.

— Eu estou te admirando, minha princesa. — Dolores caminhou até Victoria, dizendo. — Você está linda! — Dolores beijou seu rosto. Naquele mesmo momento, muitas memórias de momentos felizes que vivera com Victoria, desde que ela nascera, lhe vieram à mente.

— Por que você está chorando, mamãe? Você está triste?

Dolores enxugou as lágrimas e respondeu:

— Pelo contrário, estas são lágrimas de felicidade. Minha alma está transbordando de felicidade.

Roy havia descido as escadas e estava assistindo à cena do alto da escada. Ele, então, desceu e se aproximou de Victoria. Gentilmente, ele deu um beijo nela e disse que a amava muito. Assim como Dolores, Roy também tinha lágrimas em seus olhos. Naquele instante, Ricky chegou à sala. Ele tornara-se um adolescente e havia crescido muito, e estava quase tão alto quanto Roy. Embora alto, Ricky mantinha os mesmos traços de quando era criança.

— Pai, mãe, a gente tem que ir. Por que vocês estão chorando? A Katie vai ficar uma fera se a gente se atrasar e perder o discurso dela.

A família, então, correu para o carro e se dirigiu ao colégio de Katie. Assim que chegaram ao colégio, avistaram uma enorme faixa que dizia:

PARABÉNS AOS FORMANDOS DA CLASSE DE 1987

Elizabeth e Joey estavam sentados na primeira fileira. Ao lado deles, havia quatro lugares reservados. Roy, Dolores, Ricky e Victoria foram logo para junto de Elizabeth e Joey e sentaram-se nos lugares reservados para eles. O diretor do colégio estava prestes a convidar Katie para seu discurso. Ela havia sido escolhida por seus colegas de classe para ser a oradora da turma na formatura. Assim que o diretor a anunciou, Katie levantou-se e foi até o centro do palco. Ela olhou para sua família, sentada na primeira fileira, sorriu e, então, começou seu discurso:

— Boa tarde a todos. Eu me recordo de que, no meu primeiro dia de escola, eu estava muito ansiosa e com medo. Eu não queria me separar da minha mãe. Estava com muito medo do desconhecido. Como seria aquele novo mundo? — eu me perguntava. Minha mãe era o meu mundo e eu me sentia extremamente insegura com relação ao novo mundo que estava prestes a conhecer. Minha mãe, então, me disse: — Se você se sentir sozinha ou com medo, pense em mim e eu estarei com você em pensamento.

— Naquele momento, uma pequena borboleta estava voando perto de nós e minha mãe disse para que eu ficasse de olho nas borboletas. Toda vez que eu visse uma borboleta, seria porque ela havia enviado a borboleta até mim para me proteger.

Katie deu uma pausa por um momento, seus olhos estavam cheios de lágrimas. Ela rapidamente as enxugou e continuou seu discurso:

— Minha mãe desencarnou alguns meses depois que eu comecei a escola. Eu tinha apenas cinco anos quando ela se foi. Para mim, fora como se o mundo inteiro desabasse sobre mim. Tudo mudou, e a vida de repente se tornou um lugar sombrio e triste para se viver. Eu me senti extremamente sozinha, eu me senti perdida e muito frágil.

Roy chorava sem parar. Elizabeth, sentada ao seu lado, segurou sua mão com força e deitou sua cabeça no ombro dele. Ela também chorava.

— Eu me lembro de que, quando eu era uma criança, costumava procurar as borboletas no jardim, procurava por elas nas ruas, e procurava em todos os lugares. Todas as vezes que eu via uma borboleta, imaginava que havia sido minha mãe quem a havia enviado dos céus para mim, para me mostrar que ela estava cuidando de mim. Tiveram muitas vezes em que dias sombrios e tristes me visitaram. A vida se tornou, algumas vezes, difícil e dura, porém eu nunca me senti sozinha. Eu nunca perdi minha fé, simplesmente porque, todas as vezes que eu via uma borboleta, me sentia mais motivada e feliz, certa de que tudo daria certo no fim.

Victoria e Ricky assistiam à irmã com muita admiração em seus olhos. Katie pausou por um breve momento mais uma vez para enxugar as lágrimas e continuou:

— Hoje, eu olho para trás e lembro dos momentos difíceis, e tenho certeza de que minha mãe e Deus nunca deixaram de olhar por mim. Eles me enviaram muitas borboletas durante toda a minha vida para me mostrar que tudo ficaria bem. Estas borboletas estão aqui hoje. Elas estão, na verdade, sentadas aqui na primeira fileira. Estas borboletas podem ser também chamadas de família e amigos. Nos momentos mais difíceis, Deus enviou queridos amigos, que tornaram-se parte da minha família, pessoas que eu gosto de chamar de minhas borboletas. Borboletas que vieram para iluminar os momentos difíceis da minha vida e trazer, assim, momentos de paz e felicidade.

Katie assoprou um beijo em direção à sua família, que estava sentada à sua frente, e continuou:

— Nós todos estamos aqui hoje terminando uma etapa de nossas vidas. Estamos todos muito alegres e prontos para embarcar nessa nova jornada. Alguns de nós iremos seguir para a Universidade da Carolina do Norte, alguns irão cursar universidades em outros estados e outros irão até cursar universidades em outros países. Todos nós vamos enfrentar situações diferentes, mas temos algo em comum: iremos enfrentar o desconhecido. Eu gostaria de dizer uma coisa a vocês: não tenham medo do futuro. Mantenham a fé em Deus e tenham a certeza de que ele sempre irá lhes enviar borboletas para iluminar seus caminhos. E nunca se esqueçam: nós nunca estamos sós. Deus os abençoe.

Os graduandos se levantaram ao final do discurso e a aplaudiram por um longo período.

Linda, Geraldine e Teresa assistiam àquela cena com muita alegria e felicidade, admirando a evolução dos seus amigos queridos.

Katie desceu do palco e foi até sua família. Todos se abraçaram e se beijaram.

— Estou tão feliz por você, filha. — Disse Roy a ela, antes que ela retornasse ao palco para se juntar aos seus colegas de classe.

Todos os formandos se abraçaram e, após contarem regressivamente de cinco a um, atiraram seus capelos para bem alto no céu e comemoraram sua formatura.

Fim.

Mensagem do autor

Cada palavra, cada frase deste livro carrega muito das minhas emoções e da minha energia. Foram doze meses de concepção, doze meses imerso na história de cada personagem. A história narrada neste livro é muito pessoal, vivi, em alguns momentos de minha vida, situações similares às que estão no livro, por exemplo, o momento em que Katie recebe a notícia de que sua mãe falecera. Lembro-me até hoje de como meu pai me encarou, com lágrimas escorrendo por seu rosto, dizendo que minha mãe tinha falecido. Naquele momento, o mundo parecia ter desabado sobre nós. Abraçamo-nos e juntos choramos. Uma mistura de medo e saudade nos uniu naquele instante. Chorei em muitos momentos ao escrever as situações difíceis pelas quais Katie passou. Ao escrever "Borboletas no Jardim", reaprendi lições que tinha aprendido em momentos difíceis de minha vida. Assim como Katie, aprendi que nunca estamos sozinhos em nossa jornada pela Terra. Deus sempre está cuidando de seus filhos. Ele, com todo o seu amor de Pai, nos envia borboletas para iluminar nosso caminho e nos ajudar a superar os obstáculos.

Olhando para o passado e revendo momentos difíceis em minha vida, por exemplo o desencarne precoce de minha mãe, (ela tinha apenas trinta anos quando desencarnou, vítima de um aneurisma cerebral) e também os anos de minha adolescência em que fui acometido por uma forte depressão, hoje lembro que Deus sempre esteve ao meu lado, em forma de familiares e amigos, pessoas maravilhosas que foram muito importantes em minha vida. Meu pai, minhas irmãs, parentes e amigos, pessoas queridas que hoje, mais do que nunca, sei que o carinho, amor e apoio deles foram essenciais para o meu fortalecimento e para o meu aprendizado. Agradeço a Deus, todos os dias, por ter me enviado essas lindas borboletas — como Katie os chamaria.

Meu desejo ao escrever "Borboletas no Jardim" foi de dividir com os leitores a minha fé de que Deus sempre nos envia "borboletas" para iluminar o nosso caminho. Acredite: Deus está sempre conosco.

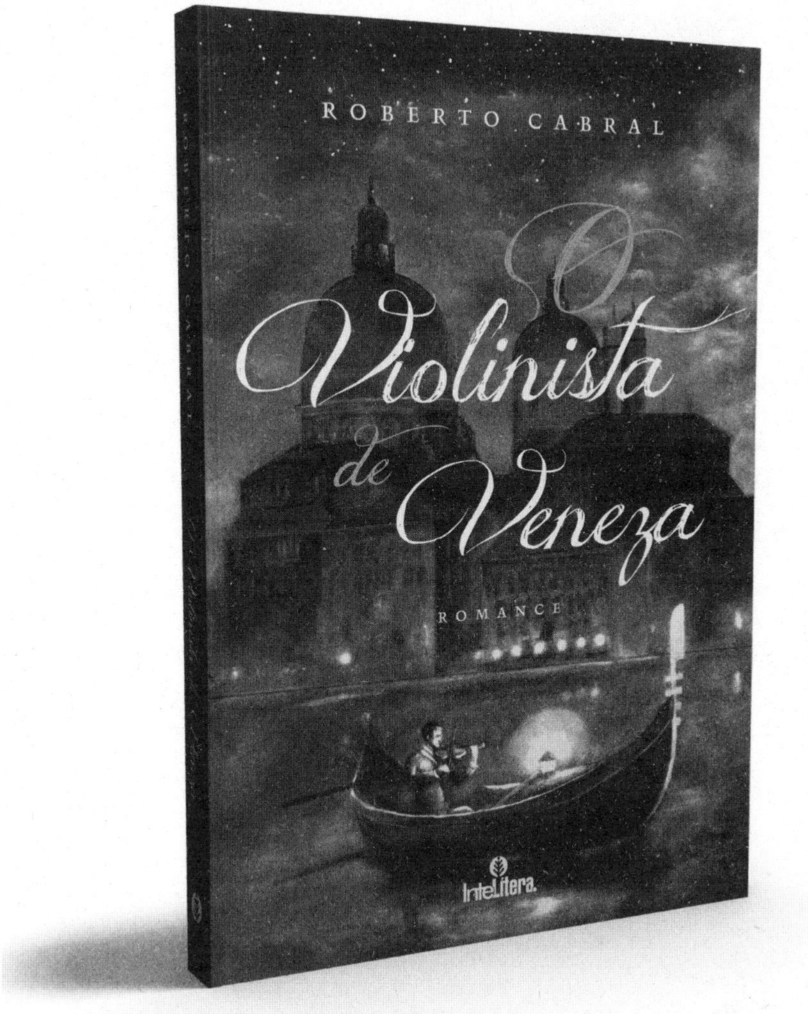

O Violinista de Veneza

Roberto Cabral

Romance surpreendente e emocionante, relata estranhos fenômenos que ocorreram na Europa no século XIX. Uma linda história de amor nos tempos do nascimento do Espiritismo.

Gabriel, Esperança Além da Vida

Nilton Cesar Stuqui pelo espírito

Gabriel Martins

Emocionante e reconfortante. Assim é o relato de Gabriel, um jovem que desencarnou aos 20 anos, vítima de um acidente automobilístico.

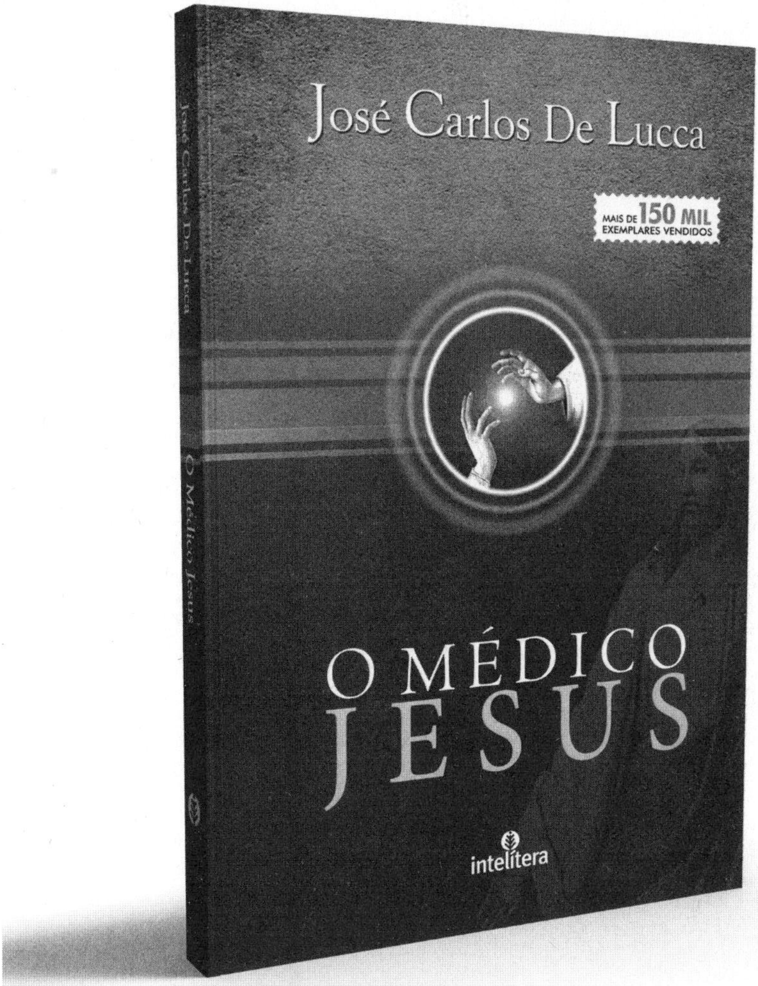

O Médico Jesus

José Carlos De Lucca

Ao ter este livro o leitor se sentirá como alguém que está prestes a se consultar com o médico mais habilidoso de todos os tempos. O leitor encontrará neste singelo livro o caminho para a libertação de suas dores e a verdade sobre suas doenças.